深川あやかし屋敷奇譚

笹目いく子　Ikuko Sasame

アルファポリス文庫

.co.jp/

目次

たたり振袖　5
生き人形　85
化け猫こわい　159
百物語　211

たたり振袖

（一）

縁側にある口の広い赤絵の深鉢で、金魚がぽちゃり、と小さな水音を立てた。

夕餉《ゆうげ》の膳を運ぶお凜《りん》が通りすがりに目をやると、すっきりとした形の和金《わきん》と長く華やかな尾鰭《おひれ》を靡《なび》かせる琉金《りゅうきん》とが、追いかけあって遊ぶ様子がちらりと見える。

葉月《はづき》の晦日《みそか》も近い夏の終わり。

駆け足の夕立の後、少しばかり涼しくなった風に、誰もがほっとしている黄昏時《たそがれどき》のことだった。

「おや……」

縁側で団扇《うちわ》片手にあぐらをかき、のんびり涼を取っていた青年が呟いた。月代《さかやき》は青々とし、頬は白く滑《なめ》らか。黒々とした鬢《びん》に粋な細髷《ほそまげ》。どこか茫洋とした大きな瞳が童顔の印象を与えるが、まず優男と呼んで差し支えのない容貌だ。波と笹舟を大きく描いた派手な浴衣《ゆかた》に、これまた大胆な唐花文様の博多帯を締めた伊達《だて》な姿は、さながら役者を思わせる。

青年は、名を仙之助《せんのすけ》という。

「お凛、お客人のようだよ」

歌うような青年の声に、膳を整えていた女中のお凛は手を止めた。慌てて茶の間から縁側に出る。涼風が顔を撫で、ちりん、と頭上の風鈴が鳴った。

縁側の前には、石燈籠《いしどうろう》を置いた池を中心に築山や草木を配した、風情《ふぜい》のある中庭が広がっている。お凛は雲間から差す夕日に目を瞬《また》かせ、聞き耳を立てた。確かに表の方角から、下男の富蔵《とみぞう》が誰かと話している声が切れ切れに聞こえてくる。

「困りましたねぇ。もう夕餉時《ゆうげどき》だっていうのに」

きゅっと顔をしかめてぼやいたお凛は今年十五。絶世の美女とは言えないが、くるくると表情の変わる物怖じしない瞳と、血色のいい頰や唇に愛嬌がある。たすき掛けにした袖から伸びる腕はすんなりとしていて、小柄な体はきびきび動く。屋敷には五十も半ばを過ぎた富蔵と、そろそろ三十路のお江津《えつ》という女中が三年ほど奉公しているが、お凛は奉公に上がってまだ一年にも満たない新米だ。

この屋敷の主である仙之助は、浅草田町《あさくさたまち》にある高級料理茶屋『柳亭《やなぎてい》』の二十五になる次男坊である。

一見すればいかにも垢抜けた風采の美男子なのだが、中身は掴みどころのない心太《ところてん》のような変人で、おまけに名うての遊び人ときているから手が焼ける。

数年前までは、暖簾《のれん》分けして店を持たせてやろうとか、いい婿入り先を探してやろうとか、柳亭の店主や女将《おかみ》が散々心を砕いたらしい。だが根っからの放蕩息子である仙之助ときたら、

「嫌ですよ、そんな気ぶっせいなのは。こんな極楽とんぼに、商《あきな》いだの婿だのが務まるわけないでしょう。どら息子に夢を見すぎですよ、おとっつぁんたちときたら。いやいや、おとっつぁんやおっかさんや兄さんに恥をかかせたくないから言うんです。店の名前に傷がついたらどうします？　それよりも、どこかに適当な屋敷の一つでももらえませんか。そうしたら大人しくのらりくらり暮らしますんで。その方がずっと安上がりだと思いますよ。ね？」

などと、お凛が母であったら拳固《げんこ》を頭にお見舞いしたくなるようなことを、ぬけぬけとのたもうたそうだ。

しかし親も大甘なものだから、風光明媚な深川木場《ふかがわきば》は島田町《しまだちょう》に、数寄屋造《すきやづく》りの瀟洒《しょうしゃ》な屋敷を与えたのだった。

そして仙之助は宣言したとおり、そこで誰憚《だれはばか》ることなく、のらりくらりと趣味事に

耽《ふけ》って暮らしている。その趣味事というのがまたふるっていて、いわく因縁付きの、がらくたまがいの珍品の蒐集《しゅうしゅう》ときたものだ。

怪しげであればあるほどいいと言っては、厄介払いをしたがっているお客から妙な品を引き受けるので、幽霊が出てくる掛け軸だの、ひとりでに歩き出す生き人形だの、触ると呪われる石だの、笑う箪笥《たんす》だのといったものを持ち込む客が後を絶たない。

「そんなもの、まがいものに決まっているじゃありませんか。ごみを増やすのはやめてくださいませんか」

お凛は毎度目を三角にして止めるのだが、それでも五回に一回くらいは妙なものをこっそり受け取り、いつの間にか屋敷の中にがらくたが増えてしまっている。ついには屋敷は「あやかし屋敷」と揶揄《やゆ》され、主に至っては「天眼通《てんげんつう》の旦那」などという胡散《うさん》くさいあだ名をつけられる始末だ。お凛にしてみれば、「あやかし屋敷」はともかく、仙之助の目は天眼通《てんげんつう》ではなく節穴《ふしあな》の間違いとしか思われぬ。

ただでさえ夕餉時《ゆうげどき》だというのに、客に長居をされたら迷惑だ。たいてい仙之助は客と話し込んで時を忘れてしまうし、お凛は主の挙動を見張っていなくてはならないから、家事に大いに差し支えるし腹も空く。

「またしょうもないがらくたを持ち込もうっていうお客様じゃありませんか。適当に言って出直してもらいますから」

そう言って縁側を下りようとすると、仙之助が慌てたように追ってくる。

「追い返しちゃいけないよ。できるだけ手短に済ませるからさ、頼むよお凜。すごい珍品を持ってきたお客だったらどうするんだい。もし逃したら後悔してもしきれないじゃないか」

「珍品なんてあるわけございません。先日も、笑う箪笥《たんす》なんてものを押し付けられたのをお忘れですか？　なんですか、箪笥《たんす》が笑うって。馬鹿馬鹿しい。下駄が笑うならまだわかりますけれど」

「ゲタゲタゲタ、って？　お前でも駄洒落《だじゃれ》を言うんだねぇ」

手を叩いて喜びかけた主は、物騒な目を向けるお凜を見て笑いを引っ込めた。

「おまけに、膠《にかわ》で抽出《ひきだ》しを貼り付けてあって使いようがないし。邪魔でしようがありません。そうだ、壊して焚《た》き付けに使ってもいいですか？」

「駄目だよ！　心ノ臓に悪いことを言うな」

仙之助が青ざめて悲鳴を上げる。

「力持ちのお前が言うと冗談にもならないよ。私の大切な生き人形もどこかへやっちまおうとするしさ。どうしてあれの素晴らしさがわからないかなぁ。あれはな、ひとりでに歩く、怨念《おんねん》まみれの、それはそれはおぞましい、祟られた人形なんだぞ！　そら、ぐっとくるだろう？」

ぐっとはこないが、どうも奉公先の選択を誤ったのではあるまいか、というお凛の疑念は深まるばかりだ。

「あれが歩いたことなんてないですし、歩いたからどうだとおっしゃるんです？　掃除や使いを頼めるのなら役にも立ちますけれど」

「お前、呪われた人形に掃除だの使いだのをさせようって魂胆なのか。恐ろしい娘だな……」

顔を引き攣《つ》らせる青年に、お凛は心外な気分で頬を膨らます。

「あの人形も、私が着物を仕立て直してやって、やっと見られる姿になったくらいにぼろぼろだったじゃありませんか。余計な手間を増やさないでくださいまし」

「うんうん、お前の裁縫の腕はなかなかどうして立派なもんだ。お陰でいかにもおどろおどろしい、怪異でございってな人形だったのが、すっかり毒気が抜けちゃってさ。どこにでもある人形みたいになっちまって切ないよ。祟りも呪いもお前にかかると形無しだ……」

恨めしげにそう零《こぼ》した仙之助は、ほらほら、と庭の方を指し示す。

「夕餉《ゆうげ》がどんどん遅くなるよ。お客さんをお待たせするもんじゃない」

「——わかりました」

しぶしぶ応じたお凛は、駒下駄《こまげた》を引っ掛けると、雨に濡れた庭の飛び石を踏んでいった。

「お待たせいたしました」

枝折戸《しおりど》を出て声をかけた途端、表庭にいた富蔵と客人が同時にこちらを見た。

「こちら様が、どうしても旦那様にお目にかかりたいって、一点張りでな」

地蔵顔を当惑させて、富蔵がごま塩の鬢《びん》を掻く。

「ご繁多《はんた》な時分に相すみません。ですが、ぜひともお願い申し上げます」

客人は思い詰めた様子で言い、腰を屈《かが》めた。見たところどこかのお店者《たなもの》であるらしい。清潔な細縞の着物にぱりっとした黒い前垂れを締め、屋号入りの手入れの行き届いた藍の袢纏《はんてん》を纏《まと》っている。整った髷《まげ》やきれいに髭《ひげ》を当たった顔からして、身代の大きな店の奉公人だろうとお凛は察した。年の頃は二十四、五だろうか。すらりと引き締まった体躯に、童顔の主とは正反対の、切れ長の目できりりとした面立ちをしている。背中に風呂敷包《づつみ》を背負っているのを見て、嫌な感じだ、とぴんときた。

「主に御用でございますか」

警戒心も露《あらわ》に尋ねるお凛に、へぇ、と男が畏《かしこ》まる。

「手前は深川八幡の門前仲町《もんぜんなかちょう》にあります古着・太物屋《ふとものや》『すえ吉《きち》』の手代《てだい》、藤吉《とうきち》と申します。こちらの旦那様が、珍しい、その、いわく付きのものを蒐集《しゅうしゅう》しておられると耳に挟みまして……お見せしたいものがあり、参りました次第です」

やっぱり。お凛は小さな唇をへの字に結ぶ。だが、むやみに追い返すわけにもいかない。

「左様でございますか。お持ちになられたいわく付きのものとは、一体どのようなお品でしょうか」

まずは主人に御用の向きを伝えて参りますので、と付け加えると、藤吉と名乗った男はごくりと喉を鳴らした。

風呂敷の結び目を握った手に力がこもる。目を向けて、お凛はそっと息を呑んだ。

寒くもないのに、袖からのぞいた男の腕にびっしりと鳥肌が立っている。

藤吉は光を失ったかのような虚《うつ》ろな目をお凛に向け、やがて掠れた声を発した。

「……振袖。呪われた振袖でございます」

静けさに満ちた座敷に、添水《そうず》の、かこん、という涼しげな音が響き渡る。

「ふーん、これは……」

膝の前に置かれたものに見入っていた仙之助が、深々と嘆息した。

障子の外の坪庭では、雨に濡れた鮮緑《せんりょく》の楓《かえで》が、黄金色の夕日を受けて燃えるように輝き、添水《そうず》に流れる水がちょろちょろと耳に快い音を立てている。その風趣《ふうしゅ》な庭に臨む座敷で、仙之助は藤吉という手代《てだい》と向かい合っていた。

二人の間には、藤吉が持参した風呂敷包《づつみ》が広げられている。

包まれていたのは、目にも鮮やかな赤地に吉祥文様が描かれた、一枚の振袖だった。

「実に、野趣《やしゅ》あふれる着物ですねぇ」

なるほど、うまいことを言うものだ、と茶を運んできたお凛は胸の内で呟いた。美しい、でもなく、艶《あで》やか、でもない。野趣《やしゅ》あふれるとしか言い表しようがない。

何しろ、袂《たもと》と裾が黒と茶に焼け焦げているのだ。

「へぇ。これは三月《みつき》ほど前に、富沢町《とみざわちょう》の朝市にて仕入れた着物でございます」

藤吉がきっちりと正座して歯切れよく応じる。

すえ吉は、仲町の本店の他、四谷伝馬町《よつやてんまちょう》と富沢町にも店舗を持つ古着・太物商《ふとものしょう》だそうだ。木綿や麻などの反物はもちろん、裕福な武家や町人向けの高価な古着も多く扱っているという。

「仕入れた当初、この振袖は、古着といっても仕立てたばかりのように新しい上に、贅《ぜい》を尽くした逸品でございました。そのためすぐに売るのではなく、客引きのために本店に飾っておこうと旦那様がおっしゃいました」

本店の土間に面した座敷の衣桁《いこう》に飾った振袖は、それはそれは華やかで人目を引いた。赤い振袖は評判を呼び、お客の足は引きも切らず、店主も奉公人たちも拾いものをしたと喜んでいたという。

「ところが、半月《はんつき》ほど経ったある晩」

男の口調が俄《にわか》に淀《よど》む。

「その振袖が、火を出したのでございます」

「火、ですか？」

仙之助が顔を上げる横で、お凛も思わず聞き耳を立てた。

「はい」

藤吉の喉仏がぐっと動く。

「振袖をかけてある衣桁《いこう》あたりから煙が立ち上っているのを、夜中に手前が見つけました。慌てて着物を外して火元を確かめようとしたところ、衣桁《いこう》がぼうっと燃え上がりまして……」

火事だ、という藤吉の叫び声に他の奉公人たちも飛び起きた。布で叩いたり水をかけたりしたところ火はすぐに収まった。しかし、原因がはっきりしない。台所は遠いし、煙管《きせる》がそばにあったわけでもなかった。火事が何より恐ろしい江戸であるから、皆毎晩念を入れて、きっちり火の始末をして床《とこ》についているのは言うまでもない。不可解極まりない小火《ぼや》であったが、振袖は無傷であったし、衣桁《いこう》が少々煤《すす》けた程度で済んだ。とりあえずはよかったと、皆で胸を撫で下ろしたのだった。

「しかし……」

男の声が暗く翳《かげ》る。

「また、火が出たんですね？」

仙之助が言った途端、かこん、と添水《そうず》が鋭い音を響かせた。

藤吉は強張《こわば》った目で仙之助を見つめる。

「そのとおりでございます」

二度目は、皆がその小火《ぼや》騒ぎを忘れかけた一月後《ひとつきご》に起こった。

「その振袖をいたくお気に召されたお客様がおられました。大層な高値をつけてくださいましたもので、旦那様もお売りすることにしたのです。それで、解《ほつ》れや傷《いた》みがないか、職人たちが隈《くま》なく検《あらた》めることにいたしました」

その時、職人たちの仕事場に、店のお嬢さんで十九になるお菊《きく》が通りかかったのだという。普段から仕事場にやってきて針仕事を習っていたというお菊は、振袖に興味を示しぜひ羽織ってみたいと言った。

「まぁ、着ていただいた方が仕立ての良し悪しもわかりやすいものでございますから、纏《まと》っていただいたのです」

燃えるように赤い振袖は、若いお菊の白い肌によく映えた。よくよくいい品物だと皆で感心しながら眺めていたその時。

「お嬢様が、大声で叫びはじめたのです」

熱い、熱い、と娘は突如悲鳴を上げてもがきだした。見れば、振袖の裾や袂《たもと》からぶすぶすと煙が立ち上っているではないか。

何が起きたのかと呆気に取られる皆の目の前で、赤く透き通った炎がさあっと立ち上る。そして蛇のようにお菊の体に絡みつくなり、みるみる燃え上がった。

「それはもう、恐ろしい光景でございました」

藤吉の張り詰めた声を聞きながら、お凛は知らず息を止めていた。

「皆でお嬢様の着物を叩き、泣き叫ぶお嬢様に水をかけ、どうにかこうにか、消し止めました」

火が出た。それも、二度ともこの振袖のそばから。

「着物を調べましたが、焼け焦げていたこともあり原因は判然といたしませず。とうとう皆、この着物には何か禍々《まがまが》しいものが取り憑《つ》いているのではないかと、恐れはじめたのです」

青ざめている手代とは反対に、つややかな瞳を輝かせた仙之助が感じ入った風に唸《うな》る。

「まるで、梅野《うめの》の振袖のようなお話ですねぇ」

背筋が寒くなるのを覚えつつ、お凛も内心で頷いた。

梅野の振袖の怪談話は、江戸者であれば知らぬ者はない。何しろ、明暦《めいれき》三年に江戸の大半を焼いた丁酉《ひのととりの》火事は、この梅野の振袖から名を取り「振袖火事」とも呼ばれているのだから。

麻布《あざぶ》の質屋の娘であった梅野は、本郷《ほんごう》の本妙寺《ほんみょうじ》の小姓である美少年に恋をした。そして、少年が纏《まと》っていた着物と同じ柄の振袖をあつらえてもらい、それをかき抱いて少年に恋い焦がれていたのだった。しかし、娘はかなわぬ恋に思い悩み、憔悴《しょうすい》のあまり命を落としてしまう。

葬儀の際、梅野の棺桶には件《くだん》の振袖がかけられていたが、それは寺男によって売りに出され、上野の町娘であるきのの手に渡る。ところがきのもほどなく命を落とし、葬儀の際に再び棺桶にこの振袖がかけられた。寺男はまたもこの振袖を売り、今度は町娘のいくの手に渡る。そしてこのいくも、やはり病で命を散らすのである。

さすがに気味が悪くなり、寺男たちがこの振袖を焼いて供養しようとした時、振袖は火がついたまま舞い上がり、寺の屋根にふわりと落ちて瞬《また》く間に燃え上がった。かくて、この火が江戸の大半を焼き尽くす丁酉《ひのとり》火事の発端となったのだという。

「手前どもも、これは梅野の振袖の再来ではないかと噂しております。お嬢様はお気の毒にもお御足《みあし》に火傷《やけど》の跡が残り、決まりかけていたご縁談が流れてしまいました。旦那様はこの振袖は祟られているとおっしゃって、すぐ処分しようとなさいました。ですが……」

お寺に焚《た》き上げをお願いして、かつての大火のようなことになったらどうする、とはたと思い至ったのだという。

「とんだ思い過ごしであればよいのですが、江戸の大半を焼く火を当店の振袖が出すようなことになれば、取り返しがつきません。どうしたものかと頭を悩ませておりましたところ、こちらのお屋敷の旦那様であれば、と奉公人の一人が言い出したのでございます」

「ほほう」

仙之助が面白そうに小首を傾げた。

「いわく因縁付きのものを集めていらっしゃる千里眼のお方だと、もっぱらの噂だそうですね」

藤吉が上目遣いに恐々と言う。

「天眼通《てんげんつう》の仙之助様、と伺いました。その、祟りだとか憑《つ》きものだとかを、見分けてしまわれるとか……」

「まさか」「まさか」

仙之助の嬉しげな声に被せて、お凛も平たい声で呟く。

「私はただの好事家《こうずか》でして。しかしまぁ、これでも見る目はある方だと、少々自惚《うぬぼ》れてはいますがね」

まんざらでもなさそうな主に向かって、手代《てだい》は真剣な表情で身を乗り出した。

「では、この振袖が本当に祟られているのか、おわかりになられますか？」

「――もちろん」

掴みどころのない、無邪気な瞳がきらりと光る。藤吉は緊張で顔を強張《こわば》らせ、固唾《かたず》を呑んで仙之助の言葉を待つ。

「わかるわけないですよ。いくら私でもね、今はじめて見たんですもん。あはは」

藤吉が脱力するのをよそに、滑《なめ》らかな月代《さかやき》を白い手でぺちんと叩き、あっけらかんと言ったものだ。

「しかし、実に面白そうな品ではありませんか。ぜひとも手元に置きたいものです。譲っていただけますでしょうね、藤吉さん」

「そ、それはもう。願ってもないことでございます。ただ……」

がくがく頭を上下させた藤吉が、躊躇《ためら》うように振袖と仙之助の顔を交互に見る。その様子に仙之助は小さく笑う。

「ここで火を出すのではないかと、気にかかりますか。大丈夫、その心配は無用です。うちにはこの、お凛がおりますからね」

突然話を振られ、お凛はその場で目を剥《む》いた。

「何を隠そう、このお凛ときたら、祟りも呪いも撥《は》ね除けてしまう娘なんですよ。いや、祟りも呪いもこの子を避けて通ると申しましょうか。おまけにとんでもない力持ちときてますしねぇ。鬼も裸足《はだし》で逃げ出すんですから、高僧の霊験あらたかなお札やお経よりも効果があるというもので。ま、たとえて言えば樟脳《しょうのう》みたいなものです」

花も恥じらう十五の乙女を捕まえて、鬼も逃げ出すとは何事だろう。おまけに言うに事欠いて樟脳《しょうのう》とは。人を虫除けみたいに、とお凛は眉を吊り上げる。そりゃあまぁ、深川大和町《やまとちょう》の両親が営む蕎麦屋《そばや》で育ったお凛は、外番《そとばん》の出前もなんなくこなし、大の男も顔負けの力持ちで鳴らしたのだが。

そのお凛に、藤吉が半信半疑の視線を送る。

「はぁ、それは頼もしいことで」

「そうでしょう。振袖に樟脳《しょうのう》、ぴったりじゃありませんか」

仙之助は、我ながらうまい例えだ、などと能天気に笑っている。夕餉《ゆうげ》のおかずを一品減らしてやろう、お凛は固く心に決めた。

「そうおっしゃっていただけますのなら……どうぞよろしくお願い申し上げます」

納得したようなしないような風情《ふぜい》で頷くと、藤吉は最後に深々と頭を下げた。

庭で楓《かえで》の葉がざわめき、添水《そうず》がまた、かこん、と鳴った。


「振袖の祟りかぁ。いいねぇ、ぞくっとして。こう、いい具合に涼しくなるよ」

ぽりぽりと小気味のいい音を立てて沢庵《たくあん》を咀嚼《そしゃく》しながら、茶の間の膳の前に座した仙之助が機嫌よく言う。惚れ惚れとした視線の先には、衣桁《いこう》にかけられた赤い振袖があり、おどろおどろしくもきらびやかな姿を二人の前に披露している。

「こんなものを押し付けられてしまって。食欲が失せやしませんか？」

また屋敷にがらくたが増えた、とお凛はげんなりする。

「どうしてさ？　こいつを眺めながら飯三杯はいけるね。祟られた振袖だぜ。最高じゃないか」

仙之助は優男風の顔をうっとりと上気させ、変人ぶりを発揮している。おかずの煮穴子《にあなご》三匹を二匹に減らしてやったのにも、とんと気づいていないらしい。

「この振袖から、本当に火が出たんでしょうか。どうせまたまがいものなんじゃございませんか？」

「なんということを言うんだ、失敬な。どこからどう見たって呪われてるじゃないか。この禍々《まがまが》しさ。この忌《い》まわしさ。ああ、美しい……」

難儀な性癖もあったものだ、とお凛は天を仰ぐ。陶然《とうぜん》として振袖を見上げる青年の箸先が、かつんと空の皿をつついた。

「お凛や。今日の煮付けは少なかった気がするよ」

「そうですか。でも振袖をおかずにすれば、あとご飯二杯はいけるんですよね？」

のっぺりとした声で返すと、仙之助は一瞬侘《わび》しげに皿を眺め、

「ま、いいか」

と飯を頬張る。

「そうだ！　お凛が羽織ってみたらどうだい」

急に青年の顔が輝いた。

「何をです？」

「だから、この振袖をだよ。本当に呪われた着物なのか、お前も気になるだろう？」

突然何を言い出すのか。唖然《あぜん》とするお凜を横目に、仙之助は茄子《なす》の浅漬けをうまそうに噛み締めている。

「大丈夫、祟りも呪いもお凜を避けて通るんだから。何も起きたりしないよ。ね、やってみようよ」

またそれか、とお凜は眉根を寄せる。どういうわけか、この主は本気でお凜が「妖しいもの」を寄せ付けない体質だと信じ込んでいるのだ。

そもそも仙之助に雇われた行立《ゆくたて》も、この性質を見込まれてのことだった。自分の趣味事を手伝う奉公人が欲しいけれども、簡単に怨念だの怨霊だのに取り殺されては困る。その点、お凜ならばうってつけだ、とある時持ちかけられたのである。

お凜が奉公するようになってからというもの、いわく付きのお宝たちがやけに大人しくなってしまって大誤算だ、などと仙之助はぼやくし、屋敷のうちで妙な物音や気配に悩まされることが減った、などと奉公人たちは安堵している。しかし、そんなことを言われたところで、お凜にはちっともぴんとこない。

そりゃあ、生まれてこの方怪異にお目にかかったことなどないが、たいていの人はそういうものではないのか。けれど、お凜がいくら抗議したところで、「お前はわかってないねぇ」とへらへらした返答があるばかりなので、今や反論する気も失せている。とはいえ、変わり者の旦那の奇天烈《きてれつ》な趣味に付き合わされることさえ我慢していれば、大した労苦もない恵まれた奉公先である。樟脳《しょうのう》呼ばわりされる居心地の悪さくらい、我慢できる。

いや、祟られた振袖を着てみろと命じられる奉公先というのは、充分とんでもないのではないだろうか。どうも己まで、この主の変人ぶりに毒されてきているような……

「では、私が羽織ってみても意味がないんじゃありませんか？　どうせ何も起こりやしませんよ」

「それだよ」

ぱっちりと丸い瞳をこちらに向けて、青年は屈託なく笑う。

「もし火が出たら、これは怪異じゃあないってことになる。火が出なかったら、原因は怪異ってことだ。どうだ、いい考えだろう」

そんな理屈があるものか。仙之助の願望にばかり都合がいい気がする。お凜は白い目を青年に向けた。

「怪異でなかったら私が燃えますけれど」

「すぐ消してあげるから、大丈夫だってば」

「じゃあ旦那様が着てみたらいかがですか。消して差し上げますよ」

仙之助が小馬鹿にした風に目を丸くして、指の長い優美な両手をひらひらさせた。

「何言ってるんだい。こいつは振袖だよ。男が着たって仕方がないだろう。お前はしっかり者なのに、時々肝心なところが抜けてるねぇ……っていうのは冗談、冗談！」

もう下げますね、と能面を作ったお凛が膳を掴んだので、必死の形相で引っ張り返す。

「わかった！　明日は『越後屋若狭《えちごやわかさ》』の練り切りを買いに行こう。好きなのを選ばせてやる！」

「越後屋若狭？」

「越後屋若狭！」

膳を掴んだまま、やけくそのように仙之助が叫ぶ。

本所《ほんじょ》一ツ目橋に程近い上菓子屋の越後屋若狭といえば、江戸中にその名が轟《とどろ》く名店中の名店で、予約をしなくては菓子を買うことすらできないことで有名だ。ところが、名店柳亭の次男坊という肩書きのお陰で、この主は予約不要の来店が許されているのだった。あそこの菓子はそりゃあふるえるくらいの絶品だ。魂まで蕩《とろ》けたようになって、仙之助のがらくたが屋敷の中に増えているのにも気がつかぬくらい、数日の間幸福感が抜けないのだ。

「……きっとですよ」

念を押して膳から手を離すと、仙之助は赤べこのように勢いよく頷いて、取り上げられては大変とばかりに、もりもりと飯を口に運んだのだった。


日がとっぷりと暮れて鈴虫がりんりんと鳴きはじめる頃、怪異を見極めるべく支度に取りかかった。

富蔵とお江津も加わり、茶の間から台所の広い土間へと慎重に振袖を運ぶ。万が一火がついた時のために、周囲に水を張った大小の桶をいくつも用意しておく。燃えやすそうなものも勝手口から庭へと運び出した。

「旦那様、本当にやるんですかい？」

「呪われた振袖だなんて、おっかない。お凛は大丈夫なんでしょうね、旦那様？」

たすき掛けした富蔵とお江津が、それぞれ腕に手桶を抱えて不安げな声を発する。

「大丈夫だと言ってるだろう。まぁ、もしも火が出たら、桶の水を片っ端から浴びせるんだぞ。さ、お凛、いつでもいいぞ。景気よくやっておくれ」

土間に片膝ついて桶に手を置いた仙之助が、目を輝かせて威勢よく言う。豆絞りの手ぬぐいのねじり鉢巻に、袖はたすき掛けして、尻端折《しりはしょ》りにした出で立ちときたら、これから深川八幡の神輿《みこし》でも担ぎに行くかのような気合の入れようだ。

「景気よくと言われましても……」

嘆息しつつ、お凛は板敷に畳んで置かれた振袖を手に取った。絹が手にやわらかく、ずしりとした重みがある。燭台と行灯《あんどん》の明かりに浮かび上がる紅色はやはり美しい。ちらりと仙之助をうかがうと、真剣そのものの表情で大きく頷く。

火なぞ出るわけがないと思いつつも、なんだか落ち着かぬ気分に襲われる。

深く息を吸う。さっと着物を広げ、えいっとばかりに袖を通した。

赤く輝く奔流《ほんりゅう》が体を包み、束の間目が眩《くら》む。

張り詰めた空気が土間に満ち、一同は息をひそめて身を固くする。

「どうだい」

やがて、そろそろと主が囁《ささや》いた。

お凛は眉間に皺《しわ》を寄せ、たっぷり十数えてから重々しく頷く。

「着心地は、悪くありません。仕立てもいいんでしょうね。袷《あわせ》ですし、寒い時期に着たらさぞ暖かいでしょう。ぼろぼろでなかったら、ですが」

「あ……そう」

今にも水をかけようと身構えていた仙之助が、がっかりしたように首を傾げた。何を期待していたのだ、何を。

よかった、よかった、と富蔵とお江津が手桶を下ろして口々に言うそばで、青年は一人考え込んでいる。

「ということは、これは怪異だってことだ。うん、間違いない。よかったじゃないか。火を出すところこそ見られなかったが、これで本物の祟りだとわかったわけだ」

やっぱり火を出すことを期待していたのか。聞き捨てならぬ発言に、振袖を脱いだお凛は主を剣呑な目で睨《にら》む。

「何故そうなるんですか。怪異でもないし、種も仕掛けもない、ただの振袖だということじゃありませんか」

「じゃあ、どうして二度も火が出たと思うんだい？」

幼子のようにやたらと澄んだ瞳で問われ、答えに詰まった。

「妙な話だ。そうだろう？」

それは、そうだ。ただの振袖は勝手に燃え上がったりはしない。かといって、怪異だなんてあるわけがない。うーん、と考え込んだお凛に、仙之助は畳みかける。

「まぁともかくだ。これですえ吉は祟りの元を断てたし、私はお宝を手に入れた。万々歳って奴だね。いや、趣味と実益を兼ねるとはこのことだ」

喜色満面で大切そうに振袖を茶の間の衣桁《いこう》へ運ぶ主を、お凛はなんだか釈然としない心地で見送った。祟られた振袖だなんてあるわけもないが、だからといって謎が解けたわけでもない。お宝を手に入れた、などと軽々しく喜んでいい話なのだろうか。

……そして、お凛の予感のとおり、話はそう簡単には終わらなかったのだ。

（二）

翌日、一ツ目橋に程近い越後屋若狭で上生菓子を贖《あがな》った帰り道、せっかくだからと永《えい》代島《たいじま》の深川八幡に寄り道して、永代寺《えいたいじ》門前仲町にあるすえ吉を訪ねてみることにした。

お江戸で「なかちょう」といえば、深川八幡と通称される富岡《とみおか》八幡宮の参道である門前仲町を指すと相場は決まっている。茶屋がひしめき合う繁華《はんか》な通りは、昼は八幡参りの参詣客《さんけいきゃく》で賑わい、名物の鰻《うなぎ》や蛤《はまぐり》を焼くいい匂いが漂っている。そして、夕暮れ時からは辰巳《たつみ》芸者が闊歩《かっぽ》する深川随一の花街へと変貌し、参道は夜な夜な酔客であふれるのだ。

じりじりとうなじを焼く日差しと人いきれに汗をかきながら、一の鳥居に近い火の見櫓《やぐら》を望む参道を歩いていると、前を行く仙之助がそわそわとしはじめた。

「ああ、染吉《そめきち》と梅奴《うめやっこ》は達者にしているかなぁ。近頃とんとご無沙汰だった」

鮮やかな露草色《つゆくさいろ》の紗《しゃ》の着物に、紫黒色《しこくしょく》に市松模様を織り込んだ紋紗《もんしゃ》の羽織、手には浅草『寶扇堂《ほうせんどう》』の墨絵の扇子という通人風のこの青年は、染吉と梅奴という売れっ子の辰巳芸者に入れ込んでいるのだ。豪勢な貢ぎ物を贈るのはもちろんのこと、大枚をはたいて夜通し遊び倒すことも珍しくない。倹《つま》しい蕎麦屋《そばや》の娘であるお凛には、まるで理解が及ばぬ暮らしぶりである。

「ねぇ、お凛。お前、菓子を半分持って先にお帰りよ。一人で食べていいからさ。私はちょいと二人に挨拶して……」

「真っ昼間から何をおっしゃっているんですか。きりきり歩いてくださいまし」

面倒くさそうにお凛が言うと、あのねぇ、と扇子を扇ぎつつ主が哀れみの眼差しを向けてきた。

「子供のお前には辰巳芸者の粋ってもんがわからないだろうなぁ。辰巳芸者の気風《きっぷ》のよさってのは、そりゃあいいもんでね。こう、俠《きゃん》で威勢がよくてさ。男を足蹴にする勇ましさで、痺れるんだよねぇ」

「あらそうですか。じゃ、私が蹴って差し上げますよ」

そう言うなり、鼻の下を伸ばしている主の踵《かかと》めがけて爪先を繰り出すと、仙之助は「うわ」と叫んで飛びすさった。道楽息子のわりには身が軽い。

「主人に向かってなんということをするんだお前は！ なんだその、惜しかった、みたいな顔は」

青い顔をして歩き出した主の後を、お凛は澄ました顔でついていく。

やがて、ちり一つなく掃き清められた店先に、藍の暖簾《のれん》が清々《すがすが》しく翻《ひるがえ》るすえ吉本店が見えてくる。江戸にいくつも店舗を持つだけあって、店構えはなかなかのものだ。出入りする客層も懐に余裕のありそうな町人や、粋筋らしい華やかな女人が目についた。店内は衣紋《えもん》掛けに吊るされた色とりどりの着物がずらりと並び、壁に作りつけられた棚には太物《ふともの》の反物がぎっしりと積まれ、繁盛ぶりがうかがえる。

「あっ、これは仙之助様」

土間に佇む二人に気づいた藤吉が帳場格子《ちょうばごうし》の内から現れ、即座に座敷の端に膝を折る。

「昨日は厄介なものをお引き受けくださり、本当にありがとう存じます」

そう言って、旦那様、と背後で客と談笑していた男に耳打ちをする。

「おお、柳亭の……これはこれは」

身なりのいいその男は、すっと表情を引き締めて二人に向き直った。

「店主の仁兵衛《にへえ》でございます。この度は、ご面倒をおかけ申し上げます」

丁寧に述べた仁兵衛は四十半ばというところか。勢いのある店の店主らしく体に精気が漲《みなぎ》っている。だが振袖の件で心労を募らせているらしく、仙之助に向ける両目には抑えきれない疲労の色が見えた。どうぞ奥へ、と再三勧めてくるのを仙之助が断ると、仁兵衛はようやく折れて、帳場の近くに二人を招いた。

「その、いかがですか。あれは……何か悪さをしてはおりませんでしょうか？」

奉公人が茶と茶菓を置いて去ると、おそるおそる仁兵衛が尋ねた。

「いいえ、ちっとも。大人しいもんです。私がお預かりしたからにはもう安心ですよ。どうぞお心安らかに」

「おお、左様でございますか。いや、こう申すのはなんでございますが、仙之助様に万が一のことがあってはと、お願い申し上げてから生きた心地もしませんで……。しかし、少し気が楽になりました」

目尻に人のよさが表れたような小皺《こじわ》を刻み、店主はほっとしたように微笑んだ。

「ところで……」

仙之助が声をひそめる。

「ここで、最初の火が出たそうですね」

はい、と藤吉が進み出て、奉公人たちが忙しく働いている帳場の右手を指差した。

「あの、一番目立つところに衣桁《いこう》を置いてございました」

ふうん、と主が目を細めて腕組みをする。お凛もそっと首を伸ばしてみたが、衣桁《いこう》はすでに見当たらず、周りに火の気のあるものも置かれていない。どういうわけで火がついたのか、ますます不思議だった。

——でも、着物から火が出るなんて、あるわけがないし。

「お嬢様がお怪我をなすったそうで。おいたわしい限りです」

神妙な顔で仙之助が言うと、仁兵衛はぐっと唇を引き結んだ。

「ありがとう存じます。あれには本当に哀れなことでした。一時は痛みで歩くことはおろか、眠ることさえままならないほどでございました。傷跡こそ残ってしまいましたが、命が助かっただけでもよかったと思うしかございません」

「失礼ですが、ご縁談に障《さわ》りが出てしまったとか」

なんて失礼な、とお凛は抗議の視線を送るが、主は知らんぷりを決め込む。

「はい。大伝馬町の太物《ふともの》問屋『青松《あおまつ》』の末の息子さんを婿養子にという話が進んでおりまして。結納品も揃えていたところだったのですが」

声に苦渋が滲《にじ》む。大店《おおだな》である青松の末子は二十二で、お菊を大層気に入っていたらしい。だが、不吉な振袖の噂と、消えない傷を負ったお菊に、二親が難色を示したのだという。

ひどい話だ。世間とはそのようなものかもしれないが、まったくひどい――悶々《もんもん》とするお凛をよそに、仙之助はいかにも辛そうに眉を下げる。

「そうでしたか。お嬢様はさぞ気落ちしておられるでしょうね」

「ええ、それはもう。ですが近頃は、だいぶしゃんとして参りました。元はといえば、あちらの息子さんが娘に惚れ込んでおられましてね。手前味噌でございますが、親に似ずちょいとばかり見目よくて、気立てもいい娘でして。だが、火傷《やけど》の跡がどうこうで縁談を投げる親御さんに従うんなら、所詮《しょせん》息子さんもその程度のお人なんでしょうよ。そんなお人に大事な一人娘を嫁がせるなんざ、こちらから願い下げです。ご縁が流れて、かえってよかったと思っておりますよ」

自分に言い聞かせるような、きっぱりとした口調で店主が言った。

「まったくです。おっしゃるとおり！　それはぜひともお嬢様のご芳顔《ほうがん》を拝したいものですな……」

力強く同意した青年の目がちらちらと店の奥に向く。お凛が咳払いするやいなや、背筋を伸ばしてやたらと扇子を扇ぎだした。

「娘はまだ十九ですしね。体に傷があろうと構わぬという殿方が現れるまで、縁談なぞまっぴらだと啖呵《たんか》を切っておりますよ」

仁兵衛がくすりと笑うと、後ろに控えている藤吉のきりりとした目元がやわらかく綻《ほころ》んだ。生真面目そうな瞳に驚くほど柔和な表情が浮かぶ。物静かで口数も少ないので厳しい人なのかと思いきや、とてもやさしい人なのかもしれない。お凛は意外な気持ちで、そうっと手代《てだい》の顔を眺めていた。


「お店を訪ねたところで、藤吉さんの話以上のことはわかりませんでしたね」

店を辞して、鰻《うなぎ》の香ばしい匂いや三味線《しゃみせん》の音が流れてくる仲町を歩きながら、お凛は青年の背中に向かって言った。

「うーん」

眠たそうな返事を寄越した仙之助が、こちらを振り向きにやりと笑う。

「いや、わかったよ。こいつは祟りだ。間違いない。でなければあんなところから火なんぞ出ないさ。お前も得心しただろう？　私は拾いものをしたよ」

やっぱりそうなるのか。嬉しげに笑う主の姿に、頭痛を覚えたお凛が空を仰いでいると――

「もし。もし、仙之助様。少々お待ちくださいまし」

背後から切羽詰《せっぱつ》まった女の声が響いた。

振り返ると、若い娘が人波をかき分け近づいてくるのが目に入る。

「お知り合いですか、旦那様」

「さぁ、覚えがないなぁ」

扇子を扇ぎつつ青年が首を傾げる。

「仲町の芸者さんじゃないんですか？」

「私の知らない辰巳芸者なぞいるもんか。やや、別嬪《べっぴん》じゃないか」

柳亭の二親が嘆きそうなことをのたまってから、仙之助ははっと表情を引き締める。

息を弾ませ追いついてきた娘を見て、まぁ、なんてきれいな人だろう、とお凛も目を丸くした。柳の葉のような優美な眉、吸い込まれそうに黒々と輝く双眸《そうぼう》、繊細な頤《おとがい》と滑《なめ》らかで白いうなじ。ほっそりとした体つきときたら、今にも折れてしまいそうだ。蝉《せみ》の翅《はね》のごとく軽やかな卯《う》の花色の縮《ちぢみ》に、大きな金魚を大胆に配した黒地の帯もよく映えて、女のお凛でも見惚れるほどに美しい。

「おや、私をご存じで。失礼ですが、どなた様でしたでしょう？」

仙之助はささっと鬢《びん》を撫で付けて羽織を整えるや、極上の笑みを浮かべて娘を見つめる。

「私、すえ吉店主の娘の菊でございます。あの振袖をお受け取りになったと伺いまして」

心なしか青白く強張《こわば》った顔で、娘が細い両手を揉むようにして言った。

「ああ、あなたが……」

目を瞠《みは》った仙之助の隣で、お凛も驚いて息を呑む。それから、道理で、と得心した。病み上がりかと疑う細い体つきは、怪我から回復したばかりであるせいなのだろう。

「不躾《ぶしつけ》なことをお願いし、申し訳ございません。ですが、あの振袖、あれはどうか、焼き捨ててくださいませんでしょうか」

え、と訝《いぶか》しむ仙之助に、娘は涙目で言い募る。

「私は恐ろしいのです。あれは祟られております。どうか、どうかお願い申し上げます」

「お、お菊さん。ちょいと落ち着いて」

仙之助がたじたじとして宥《なだ》めるが、お菊は深く腰を折り、

「このとおりです。仙之助様、お願い申し上げます」

と悲痛な声で訴える。

すれ違う人々の視線が痛い。お凛と仙之助は唖然《あぜん》としたまま、娘を見下ろしていた。

「深川の八幡様」として親しまれる深川八幡、正式には富岡八幡宮は、永代寺の広大な敷地の中に位置する。

つまり寺の中に神宮があるわけなのだが、これには少々変わった由来がある。寛永《かんえい》の昔、この一帯が深川と呼ばれる前の頃、永代島という小島があった。そこに長盛法印《ちょうせいほういん》というお坊様が京より現れて、ご神託を受けたとして八幡様を創建したそうだ。この時、長盛は永代寺という寺も建てた。この永代寺の敷地が広大で、富岡八幡宮がその中に含まれることとなったのである。お坊様が八幡を建てるというのも不思議な気がするのだが、そこは神仏喧嘩せずというもの。まことに大らかなことだとお凛は思う。

その八幡様の境内《けいだい》には、これまた大らか極まりないことに水茶屋や料理茶屋がひしめき合い、およそ神域とも思われぬ歓楽地の様相を呈している。高級料理茶屋としてお江戸に名を馳せる『伊勢屋《いせや》』と『松本屋《まつもとや》』もこの境内《けいだい》にあって、どちらも仙之助の贔屓《ひいき》である。

「伊勢屋か松本屋へ行きたいなぁ……」

八幡様の賑々しい参道脇で、簡素な水茶屋の床机《しょうぎ》に腰かけた仙之助がぼやく。

「お菊さんもあそこで遊べば元気が出るんじゃないかなぁ。料理が絶品だよ？　ああ、三味線《しゃみせん》の音色が聞こえてくるようだ。染と梅を呼んでさ。いいと思わない？」

「思いません。元気が出るのは旦那様だけでしょう。芸者と遊びながら、どうやって呪いや祟りの話をしようっていうんですか？」

未練がましく二軒茶屋の方角を見つめる主にぴしりと言う。それからお凛はお菊に顔を向けた。娘は床机《しょうぎ》に腰かけて、じっと手元の麦湯を見下ろしている。

振袖を燃やしてくれと必死の形相で訴えるお菊に面食らい、ひとまずどこか落ち着ける場所へ、とここへやってきたのだった。

「お菊様、あの、ご気分はいかがですか」

お凛がおずおずと声をかけると、娘が我に返ったように顔を上げる。

「大丈夫です。みっともないところをお見せして、大変失礼をいたしました」

「お父上からは、ずいぶんお元気になられたと伺ったんですが、やっぱりそうそう吹っ切れるものじゃありませんよねぇ。恐ろしい思いをなすった上に、ご縁談も流れてしまったとなれば」

旦那様、と顔をしかめるお凛の横で、仙之助がやる瀬なさそうに言う。

一瞬、どういう顔をしたものかと迷うように、お菊は目を泳がせた。

「ええ……そうですね。もうすっかり忘れたと思うと、急に思い出されたりしますもので」

そうでしょうねぇ、と深く頷いた青年が、お菊にすうっと体を寄せる。

「しかし、もう恐ろしいことなどございませんよ、お菊さん。あれは私がしっかりとお預かりしておりますから。この仙之助に何もかも、一切合切、お任せください」

無駄に美しい顔を寄せて熱っぽく囁《ささや》くので、お菊が混乱した様子で身を反らせる。

「大伝馬町の馬鹿息子のことも忘れちゃいましょう。ね？　というわけで、ぱぁっと遊びに行きませんか。茶屋はいかがですか。歌舞伎はどうです。それとも舟遊びがお好きですか？　いいですねぇ、しっとりと二人っきりなんて」

あらぬ方へ話を持っていこうとする仙之助に、娘は慌てて首を横に振る。

「あのう、せっかくですけれどそんなわけにはいかないのです。あの振袖は恐ろしいものです。どうかすぐに焼いてください。いえ、私が燃やしてしまいますから、お返し願えませんでしょうか」

硬い声でまた言い出したので、お凛と仙之助は顔を見合わせた。

「元はといえば、あの振袖はとある大店《おおだな》のお嬢さんが、見合いの席に用意したものなのだそうです。けれど、お嬢さんは急死なすって、振袖は人手に渡って転々とした挙句、富沢町の市に並んだのだと聞きました。ですから、あれにはお嬢さんの未練と怨念《おんねん》がこもっているのではないかと思うのです」

お菊が唇をふるわせる。

「あの振袖を羽織ったのも、今となっては正気ではなかったのだとしか思えません。私、頭の中で声を聞いたんです」

「声、ですか」

仙之助がすっと声を落とすと、ええ、と怯えるようにお菊は囁《ささや》いた。

「恨めしい。幸せそうなお前が恨めしい。私を纏《まと》え。お前を……」

――燃やしてやる。

「そう声が響いて、気がついたらあれを身に纏《まと》っておりました」

夏の終わりの日差しの暑さと、甲高い蜩《ひぐらし》の鳴き声が、急に遠くなった気がした。

禍々《まがまが》しい女の声を頭の中に聞いたように錯覚し、お凛は柄にもなくぞくりとする。

「きっと、悪いことが起こります。どうか、どうか、お願い申し上げます」

睫毛《まつげ》に白玉のような涙を溜めたお菊が、絞るように言った時――

「お嬢様！」

行き交う人をかき分けて走ってくる男が、大声で叫ぶのが耳に届く。

「藤吉……」

慌ててお菊が立ち上がったところに、血相を変えた藤吉が駆け寄った。

「ああよかった。急にお姿が見えなくなったので、皆大騒ぎしていたんですよ。仙之助様とご一緒でしたか。……あのう、何かございましたので。お嬢様に御用でも」

藤吉は額に大粒の汗を浮かべ、困惑と疑念の入り混じった視線を仙之助に向ける。その目の鋭さにお凛はぎくりとした。

「いえ、なんでもないの。偶然お会いしただけで」

お菊が表情を強張《こわば》らせ、手代《てだい》の視線を避けるように俯《うつむ》く。

「なんでもないとおっしゃられても、お嬢様……」

「ああ、こいつはどうも申し訳ないことでした。藤吉さん」

食い下がる手代《てだい》を遮《さえぎ》るように、仙之助がぱっと立ち上がった。

「実はですね、私、お菊さんに一目惚れしちまいまして。舟遊びにお誘いしたんですが、見事にふられてしまいました。こんなところまで連れ出して相すみません」

「えっ……？」

あけすけに言い出した青年を、お菊と藤吉が唖然《あぜん》と見つめる。

「店の外でちらっとお姿をお見かけして、眩《まばゆ》いばかりのお美しさにくらりとこう……。ですが、まだ遊びに出かけるようなお心持ちには到底なれない、と叱られてしまいました。私としたことが、見境のないことをしてお恥ずかしい限り。それもこれもお菊さんの美貌のせい……ああ、なんと罪深いお人だ」

よろりとして切なげに胸など押さえている。

「お菊さん、どうか堪《こら》えてやってください。あ、でも舟遊びのことは考えておいてくださいね。芝居でもいいですよ。仙之助はどこへでもお供いたします。藤吉さんも、このとおりです」

反省しているのかしていないのかわからない調子でまくし立て、深々と頭を下げた。

「い、いえ。どうぞお手をお上げくださいまし」

「仙之助様、滅相もございません。どうか……」

お菊と藤吉が泡を食って口々に言う。

「それにしても、藤吉さんは心底お菊さんが大事なんですね。おちおち口説く隙もありゃしない。これじゃあ悪い虫がつきようもないですな」

閉じた扇子で額をこつんと叩き、仙之助が嘆息した。

「はぁ。それはその。あんなことがございましたし、ようやくお怪我が癒《い》えたばかりですのでお一人にするのが不安で」

一瞬うろたえ、藤吉は額の汗を拭いながら恐縮する。

「これほど忠義な手代《てだい》がいるとは、すえ吉さんはご安泰だ。いい奉公人がおいでで仁兵衛さんが羨《うらや》ましいなぁ。きっと奉公して長いんでしょうね？」

「い、いいえ。手前など、まったく未熟者でございまして……」

手代《てだい》は生真面目に応じてますます身を縮める。

「手前は四年ほど前まで、須田町《すだちょう》にある油屋の手代《てだい》を務めておりました。しかし、訳あって店を離れまして、そこをすえ吉の旦那様に拾っていただいたのです」

「ほう、油屋の。そうでしたか」

仙之助は意外そうに目を瞬《またた》かせた。

「ですので、すえ吉の旦那様とご一家の方々には、お返ししきれぬご恩がございます。店に置いていただけるだけでも、ありがたく存じております」

お菊を見た藤吉の目元がふっと緩む。瞳の厳しい表情が和らいで、別人のようにやさしげに見える。さっきもこの表情を見た、とお凛は思い返していた。すえ吉の店主が、お菊の話をしていた時だった……

「藤吉は誰よりも身を粉《こ》にして働き、店に尽くしてくれます。藤吉なしでは店は立ち行かないと、父や番頭がいつも申しております」

お菊が口角を上げて美しく微笑んだ。

「なるほど……」

仙之助は考え深そうに頷き、お菊の言葉にすっかり畏《おそ》れ入った様子の藤吉に視線を向ける。それから、どこか底の知れない笑みを浮かべた気がした。


「幸せ……」

台所続きの板敷に座り、越後屋若狭の練り切りを味わいながら、お凛は一人身震いした。

本日の若狭の薯蕷《じょうよ》練り切りは、秋を先取りした桔梗《ききょう》と、こぼれ萩《はぎ》の二種である。技の極致と美意識の限りを尽くした細工は、黒文字《くろもじ》を入れるのが罪に思われるほど完璧だ。もっちりと滑《なめ》らかな生地と、極上の白こし餡《あん》が舌の上で溶け合うと、幸福のあまり気が遠くなる。

「これを食べないなんて、もったいない」

庭から響く虫の声を聞きながら、うっとりと呟いた。

仙之助は、屋敷に戻るなり「用事を思い出した」と言い出して、実家である柳亭へそそくさと出かけてしまったのだった。

そんなことを言って、仲町へ梅奴だか染吉だかに会いに行っているのではあるまいか、とも思うのだが、菓子を食べていいという許しも得たので不満はない。下男の富蔵と、女中のお江津にもお裾分けをして大層喜ばれた。主の面妖な趣味に付き合わされるのは厄介だが、こういう役得は大歓迎だ、などと思っていると、夕焼けを背負った当の主が、勝手口にひょっこり顔をのぞかせた。

「あら旦那様、そんなところから。お帰りなさいませ……」

「ああっ、そんなに平らげちまって！」

悲鳴のような声を発した仙之助が、駆け寄ってくるなり笹折《ささおり》を覗き込んだ。

「六つもあったのに、一つしか残っていないじゃないか」

「だって、富蔵さんたちにも分けましたから。それに、食べていいとおっしゃったじゃありませんか。半分は旦那様が持ってお出かけになったんだし」

「お前ねぇ、だからって本当に全部食べる奴があるか？　残りの菓子は染と梅にやったんだよ。これでいくらすると思っているんだ。遠慮というものを知らんのか、まったくもう」

「いいじゃありませんか。私が体を張ったご褒美なんでしょう？」

何よ、けちけちと、とお凛が黒文字《くろもじ》を最後の一つに伸ばしかけると、仙之助が慌てふためいて笹折《ささおり》を奪い取り、きっと睨《にら》んだ。

「お前、怒っているんだな。私が仲町で遊んできたと思っているんだろう」

「違うんですか？」

「違っていないことはない」

どっちだ。

「しかし、ちょっと顔を見てきただけだ。いや、梅たちがどうしてもというんで、差しつ差されつして少々遊んだけどさ。何しろ浅草まで行ってきたんだから、長居する暇もなかったんだよ」

「あら、本当に浅草へお出でになっていたんですか。てっきり仲町に入り浸っておられるものだとばかり」

「お前はもう少し主を信用しなさい」

なんという女中だ、と仙之助が嘆かわしげに天を仰ぐ。

「ですが、早くお帰りにならなくともよかったんじゃありませんか。御用はもう終わったんですよね？」

買い出しから戻ったお江津が台所に現れたので、夕餉《ゆうげ》の支度にかかろうと腰を上げる。

仙之助は、青の濃淡が美しい桔梗《ききょう》の練り切りを頬張りながら首を傾げた。

「うん、まあね。でも、本命は違うんだな」

「本命って、なんですか」

たすき掛けをしながら尋ねるお凛に、青年は口をもぐもぐさせ、うーん、と唸《うな》る。

「そのうちにわかる、かな。たぶん。……いや、うまいねぇこれ。あーあ、全部食べちまって。うちの奉公人は血も涙もない。藤吉さんを見習って欲しいよ」

ぼやく仙之助を、お凛は煙《けむ》に巻かれた心地で眺めていた。


生温かい闇が体を包んでいる。そよとも風が吹かぬ、無音の世界。体が闇に溶けてしまったかに思われ、上も下も覚束ない。己が誰であったのかも思い出せない。静かな暗い水のような闇を揺蕩うっつで漂っていると、ふわり、と赤く透き通った羽衣《はごろも》のようなものが眼前を過《よぎ》った。赤く美しい金魚の尾鰭《おひれ》だ。琉金《りゅうきん》だろうか、長い尾鰭《おひれ》が優雅に舞う。闇を背景に赤く輝く金魚の姿を、どこかで見た気がする。ああ、お菊様の帯だった。尾《お》鰭《ひれ》が波打ち、伸びていく。長く長く伸びていく。目にも鮮やかな真紅の幕に似たものが、視界いっぱいに広がる……

曖昧模糊《あいまいもこ》としていた意識が唐突に焦点を結ぶ。その刹那《せつな》、お凛は戦慄と共に喉いっぱいに叫んだ。

艶《あで》やかな赤い振袖が、血の色の火を噴きながら、闇を焦がさんばかりにごうごうと燃え上がっていた。

「火事だぁ！」

富蔵の割れ鐘を突く大声にお凛は飛び起きた。

「お江津さん！」

「たいへんだ」

隣で寝ていたお江津も跳ね起きる気配がする。

途端、自分の手も杳《よう》として見えぬ女中部屋の闇に、燃え上がる振袖の残像が浮かぶ。

――まさか。

先を争うように部屋を飛び出した二人は、全速力で廊下を走った。茶の間の外の縁側の雨戸が何枚か開いている。そこから外を見るなり、あっ、とお凛は立ち竦《すく》んだ。

あの振袖が、土の上で禍々《まがまが》しい黒煙を立てて燃え上がっている。

水を、とお江津が叫ぶ声をぼんやりと聞いた時、すごい勢いで庭を走ってくる影を見た。炎に一瞬浮かび上がったのは、手桶を抱えた仙之助だ。

仙之助がその手桶を思い切りよく振る。飛び出した水が生きもののごとく宙に広がり、月光を受けて白く輝きながら弧を描く。かと思うと炎にざんぶと襲いかかり、赤い火が瞬《また》く間《た》にかき消えた。少し遅れて、やはり手桶を抱えた富蔵が猛然と走ってきて、駄目押しの水をさらに浴びせる。

富蔵の喘ぐ息だけが、しんと静まり返った暗い庭に響く。どうやら大方の火は消えたらしい。焦げ臭い煙を立ち上らせる振袖に、もう火の気配はなかった。

「やれやれ。ま、こんなものかな」

振袖のそばにしゃがみ込み、仙之助が落ち着いた声で言った。

「振袖が、燃えた……」

呆然と呟いて、お凛は己の膝がかたかたとふるえているのに気がついた。

——燃やしてやる。

呻《うめ》くような女の声が聞こえた気がしてぎくりとする。

空耳だ、と思いながらも、足のふるえを抑えることができなかった。

（三）

綿雲が浮く澄んだ青空に、仄《ほの》かな秋の気配が漂っている。けれど、空気はまだまだ暑く息苦しい。茶の間の縁側の鉢で泳ぐ金魚も気怠《けだる》げで、餌をねだるでもなく水草の間をぼんやりと漂うばかりだ。

熱い南風が吹き、軒下の風鈴がどこか濁った音を響かせる。風は縁側のそばの衣桁《いこう》にかけられた、まだ湿っている赤い振袖を、物憂《ものう》げに揺らしていく。

洗濯物を抱えて中庭に出たお凛は、縁側の前で足を止め、呑気に風に揺れる振袖を遠目に見つめた。

昨夜の小火《ぼや》により身頃に新たな焦げ跡をこさえ、穴まであいて悲惨なこと極まりない。とはいえ、思ったよりも焦げた範囲が狭くて済んだのは幸いだった。まぁ、すでにぼろぼろなので今更であるし、持ち主は着物がぼろくなればなるほど喜ぶに違いないのだが。

お凛はしばらく考えた末、よし、と表情を引き締めて、そろそろと振袖に近づいた。

「あのう、もしもし？　何か恨みごとがあったりとか……します？　そりゃあ、若くして亡くなったのはお気の毒だと思うんですけれど。火を出すのはちょっとやりすぎじゃありませんか？」

小声で話しかけてみるが、もちろん答えは返ってこない。

「すえ吉のお嬢様なんて、縁談が壊れたし、危うく命を落とすところだったんですよ。お御足《みあし》にも傷が残っただなんて、お気の毒だとは思わないんですか？　ものには限度ってものがあるでしょう」

段々むらむらと腹が立ってきた。

「第一、無関係の人を巻き込んで、恨みを晴らそうっていう性根がどうかと思うんですけど。そういうのって、よくないですよ。意地ってものがありません。もてませんよ、絶対。いや、うちの変わり者の主にはもてるでしょうけど、嬉しいですか？　いいんですか、それで。江戸者は意地と見栄ってもんがなきゃ」

畳に濃い影を落とし、ゆらゆら揺れるばかりの振袖は、聞いているのかいないのか。

こういう時には、やっぱり、あれだろうか。

居住まいを正し、お凛は小さく咳払いした。

「南無阿弥陀仏、南無阿弥陀仏。成仏してください。般若波羅蜜多《はんにゃはらみた》……続きはなんだったかな。いや、天魔調伏といえばこっちかしら。おほん。祓《はら》いたまえー清めたまえー悪霊退散悪霊退散……」

　真剣な表情で眉間に力を込め、洗濯物を抱えたままぶつぶつやっていると——

「ぶはっ！」

　横手で盛大に噴き出す声が聞こえた。

「あはははは！　ふ、ふふ……ふははは！　し、死ぬ」

　釣り上げられた鮪《まぐろ》か何かのように、仙之助が縁側でのたうち回っている。

「の、呪いも祟りも私を避けて通るっておっしゃったのは、ご自分じゃないですか」

　耳朶《じだ》がかっかと熱くなる。洗濯物を抱えていなかったら縁側から蹴落としてやるところなのに、と地団太を踏みたい気分だ。

　待った、待った、息が詰まる、と首筋まで真っ赤になってばたばたすると、主は涙を拭いながらようよう縁側に座り込んだ。

「お前、噺家《はなしか》になったらいいんじゃないか」

　などと言い、般若《はんにゃ》の顔つきのお凛を見て口を噤《つぐ》む。

「ま、それはそうと。せっかくの努力だけどお祓《はら》いは必要ないよ。何しろ、昨夜の小火《ぼや》は怪異じゃないとはっきりしたからさ」

「えっ？」

お凛は寸の間唖然《あぜん》とすると、「残念だなぁ」と振袖を眺めている仙之助に詰め寄った。

「ど、どうしてですか？　だって、火が出たじゃありませんか。祟りだってはっきりしたんじゃ……」

「お前、祟りも呪いも信じないんじゃなかったのかい」

「それは、まぁ、その。だって、あんなにはっきりと」

もごもごと口ごもると、仙之助が白い歯を零《こぼ》した。

「昨日の夜は、たぶんああなるだろうと思ったんだよ。だから浅草まで出向いて、暗くなる前に帰ってきたわけだ。庭で待ち構えていたから蚊に食われるわ寝不足になるわ。練り切りは一つしか食べられなかったし。散々だ」

目を白黒させているお凛をよそに、あーあ、と嘆息して金魚なぞを眺めている。

「待ち構えていたって……」

まさか霊魂やあやかしを待っていたわけでもなかろう。

「昨日隠れて見張っていたら、こっそり屋敷に忍び込んだ奴がいたよ。着物を庭に持ち出して火をつけたんだが、私が出ていったら慌てて逃げちまった」

「見たんですか。誰なんですか？　火付けなら捕まえないと。ご番所に……」

洗濯物を放り出す勢いで言い募ると、仙之助はちょっと手を上げてお凛を制し、庭を向いて眩《まぶ》しげに目を細めた。

「焦ることたないよ。昨日私があちこち嗅ぎ回ったのに気づいたんだろうから、観念してもうすぐやってくるさ」

「もうすぐ？　やってくるって、犯人がですか？」

仙之助は妙に寂しげな顔をしたまま答えない。白く滑《なめ》らかな顔を戸惑いながら見下ろしていると、熱気を孕《はら》んだ風が吹き、風鈴がちりちりと歌う。それから少し遅れて、衣《い》桁《こう》の振袖が、音もなく揺れる気配がした。

仙之助の奇妙な予言のとおり、中食《ちゅうじき》の後片付けをしていると、屋敷を訪ねてきた人があった。

表庭に出ていったお凛は、その人を見るなりめまいを覚えた。自分の見ているものが信じられず、赤くなったり青くなったりしながら口をぱくぱくさせる。

——何か、他の用向きでいらっしゃったのかも。きっとそうに決まっている……

咄嗟《とっさ》にそう考えるお凛に、客が土下座せんばかりに腰を折る。

「昨夜は、まことに、申し訳ございませんでした」

すえ吉の手代《てだい》の藤吉が、絞り出すように言った。

「昨夜……」

お凛は鸚鵡《おうむ》返しに呟く。

「はい。あの振袖に火を付けたのは、手前でございます」

ちぎれ雲が日を陰らせ、すべてが灰色に染まり色彩を失う。昼間の熱気が残る蒸し暑い夕刻だというのに、冷たい水を浴びせられたように体が凍えた。

――藤吉さんが、火を……

「藤吉さん、早かったですねぇ。顔を上げてくださいよ。どうぞどうぞ、入ってください」

背後に仙之助の声が響いた。

ぼうっと振り返ると、斧琴菊《よきこときく》模様の粋な浴衣《ゆかた》に身を包んだ青年が、太平楽に微笑んで藤吉を見ている。

藤吉の全身がすっと強張《こわば》る。やがて静かに顔を上げ、男はじっと仙之助を見つめた。

ひどく悲しげな目をしている。その場に立ち尽くしたまま、お凛はぼんやりと思った。

「昨日、仙之助様が須田町の油屋までおいでになったと人伝《ひとづて》に耳にしまして、ああ、これはもういけないなと。すっかり動転してしまいました」

茶の間で仙之助と向かい合った藤吉は、どこかさっぱりとした口調で言った。

ぽちゃり、と金魚が水を騒がせる小さな音が、縁側から聞こえてくる。

茶を出したお凛はさすがに遠慮しようと思ったが、仙之助に引き止められて、居心地悪い気分で部屋の隅に小さくなっていた。話を聞きたいような、聞きたくないような、どうにもいたたまれない心地がする。

しかし、藤吉はすっかり腹を決めた様子で、誰に話を聞かれようと意に介する様子もなかった。

「手前がどうして店を離れたのか、お聞きになられましたか」

「ええ……まぁ」

茶を一口含んでから、仙之助が気負いなく頷く。

「ほら、実家が料理茶屋なもんですから、灯りや料理に使う油は須田町にある店から仕入れていまして。で、親や板前たちに当たってみたら、藤吉さんが奉公なすっていた店がわかりましてね。四年前の件も耳にしていて、何があったのか聞きました。聞いた話が本当かどうかを確かめるために、藤吉さんが奉公していたお店の旦那さんにもお会いしましたよ。——いや、人の口には戸は立てられないって奴ですねぇ。怖いもんです」

そう軽口を叩き、無邪気な丸い瞳でじっと手代《てだい》を見つめる。

「藤吉さん、あなた、つくづくやさしい人なんですね。四年前の冬、小僧さんが小火《ぼや》を出した責任を取って店を辞めたというじゃないですか」

お凜は思わず身を乗り出した。火。ここでも火が出た。

「どういう風に火を出したのかも、お聞きになったんですね？」

藤吉が苦い笑みを浮かべる。

ええ、と主はごく気楽な調子で応じた。

「十になる小僧さんが店の油を零《こぼ》したのを隠そうとして、手ぬぐいを何本も使って拭いた上に、ろくに洗わずに火の近くで干したところ、燃え上がったんだそうですね」

「そのとおりです」

暗い目で藤吉が頷く。

「油は少々洗った程度では落ちない。落ちたように見えても染み込んでいて、熱のこもりやすいところに放っておいたり、火種を近づけたりすれば容易に燃え上がるのだと、教えたつもりでおりました。しかし、行き届いておりませんでした。油屋が火を出すなど、他の商家以上にあってはならないことです。油がどれほど危険であるのかを教え込んでおりませんでした、手前の責任です」

小僧は、夜中にこっそり火鉢の火をかき立てて手ぬぐいを乾かそうとしたらしい。手ぬぐいの炎はあっという間に畳に燃え移り、奉公人たちが飛び起きて駆けつけた頃には、火鉢の置かれた部屋の唐紙《からかみ》（紋や柄のある紙を貼った襖《ふすま》のこと）にも燃え広がっていた。

「死にもの狂いで水をかけ続け、どうにか消し止めました。小僧も無事でした。まったく、部屋を丸々一つ焼いただけで済んだのが、不幸中の幸いでございました」

お凛は息をするのも忘れ、藤吉の横顔を凝視する。

まるで炎を今、目の前に見ているかのように焦点の合わぬ目をしていた手代《てだい》は、やがてふうっと息を吐いた。

「失火の罰で、旦那様は謹慎となりました。小僧は幼いことから旦那様が罰を受けることで赦《ゆる》されましたが、店から出されることは避けられませんでした。しかし、元々愚かな子供ではなかったし、性根が悪いわけでもなかったのです。ただ、動転してしまった。手前が助けを求めるのに足る手代《てだい》ではなかった、そういうことなのです。ですから、どうかその小僧を店に置いていただけないかと、旦那様や番頭にお願いしました。こんなしくじりをしたら、もう他の店で雇ってもらうことはできないだろうと思いましたので」

「代わりに、あなたが店を去ったわけですか」

「元から、手前の責任だったのです」

藤吉は目を伏せ、何か重いものがまとわりついているかのように肩を下げた。

だけど、とお凛は内心で首を傾げた。藤吉が店を去った経緯はわかったが、それとこの振袖とどういう関係があるのだろうか。

「そのことを」

仙之助が、のっぺりとした口調で言う。

「お菊さんにも、話しましたね」

すっと部屋の空気が冷えた。お凛はどきんとして二人を見比べる。

どうしてお菊の名が出るのだろう。それを話したからどうだというのか。話しましたか？　ではなく、話しましたね。……なぜ、仙之助はそうと確信しているのだろう？

表情の消えた藤吉の目が、かえってその問いの不穏さを肯定しているようで、お凛は正体のわからない不安に息を詰める。

「いいえ。お話ししたことはございません。手前が油屋に奉公していたことは、もちろんご存じですが」

奇妙なほど明瞭な口調で、男が答えた。

ぽちゃり。赤い衣を翻《ひるがえ》し、金魚が暗い水を揺らす。

挑むような男の視線を仙之助はやわらかく受け止め、手に持った『伊場屋《いばや》』の歌川豊国《うたがわとよくに》筆の派手な団扇《うちわ》でゆっくりと扇いだ。

藤吉は深く息を吸って背筋を伸ばし、縁側の近くの衣桁《いこう》にかけられた赤い振袖に顔を向ける。

「手前が、火をつけました。座敷にあった振袖に小火《ぼや》を出したのも、お嬢様にお怪我を負わせた火を出したのも、手前でございます」

「油と布を、使ったんですね？」

はた、と団扇《うちわ》で肩を叩き、仙之助が呟くように言った。

「そのとおりです」

男があっさりと頷いた。

「油を染み込ませた布を、袖と裾の表地と裏地の間に詰め、火の気を近づけました。ざっと水にくぐらせて乾かしておいたので、匂いもしませんでしたし、人が袖を通すこともないから、誰に気づかれることもございませんでした。そこにわずかな火種を近づければ容易に燃え上がります。傍目《はため》には、突如火が出たように見えますでしょうね」

淡々とした口調には、後悔も躊躇《ちゅうちょ》も感じられない。

「とはいえ、最初の小火《ぼや》の時は油を使うのは気が咎《とが》めて、衣桁《いこう》を焦がす程度に留め、着物には油など仕込んでおりませんでした。少し騒ぎを起こして祟りの噂を広めることが目的でしたから。しかし、狙いどおりにことが運ばず、油を使わざるを得なくなりました。振袖がこちらに預けられてしまったのは残念なことでした。仙之助様はどうも一筋縄ではいかないお方と見えましたし、油屋での出来事が知れれば、手前に疑いがかかるかと不安になりまして。万が一何かの証拠が残っていたらまずいと思い、昨夜お屋敷に忍び込んで振袖を焼こうとしたのです」

「……どうして、ですか？」

お凛の唇から、ぽとりと言葉が零れ落ちた。

藤吉がちらとこちらを見てうっすら笑う。

「不可解な小火《ぼや》を出してから、振袖を焼く。そうすれば、嫌でも皆、梅野の振袖のことを思い出しますでしょう？　この店は不吉だ。祟られている。そういう噂が出回れば……」

「お菊さんの縁談を壊せる、と考えたんですね」

さして驚いた風もなく仙之助が言うと、藤吉は薄い唇を歪め、つるりと片手で顔を擦《こす》った。その手の下から現れた顔に、ぞっとするような暗い微笑が浮かぶ。篤実《とくじつ》で清々《すがすが》しい藤吉の顔とも思われぬ。がらりと豹変した面差しに、お凛は総身を強張《こわば》らせた。

「ええそうです。あんなどら息子に、店とお嬢様を渡すなぞ冗談ではありません。鼻持ちならない、二親の言うとおりにしかできん若造ですよ。それならいっそ、傷をつけて手元に置いてやろうと思ったんです。手前はいつまでもお仕えします。ええ、いつまでもお仕えしますとも。手前ほどお嬢様を思っている忠義者はおりません。……だが、離れようとするなら許さない」

醜《みにく》く割れて妄執《もうしゅう》に満ちた声に、お凛は知らず身を引こうとして、壁に背中を押し付けた。

団扇《うちわ》がゆるく空を切り、仙之助の鼻の頭にぱたりと当たって動かなくなる。

その団扇《うちわ》の縁から目をのぞかせ、主は沈黙したまま手代《てだい》を眺めている。

不意に、庭の雀《すずめ》がちゅんちゅんと鳴き飛び立った。

お凛はびくっと首を竦《すく》めてそちらを見やり、再び藤吉に目を戻した。するともう、男の顔からは先ほどの醜悪な笑みが消え失せている。元の抑制のきいた、湖面のように静かな表情を浮かべ、男はふっと嘆息した。

「……とまぁ、立場も弁《わきま》えずお嬢様に横恋慕した上に、こんな馬鹿げたことを思いつきましたわけです。前の奉公先でもしくじったくらいですから、手前はこういう救いようのない男なんでございます。どうぞ、自身番に突き出してくださいまし」

畳に両手をついた藤吉が、深々と頭を下げる。

茶の間にちりちりと風鈴の音が淡く響く。

強い日差しが濃い陰影を刻む部屋で、誰もが影になったように動かなかった。

何を考えたらいいのかもわからず、お凜は手のひらに汗をかきながら、ただ男の姿を呆然と見つめていた。

――藤吉さんが。まさか。どうして……

頭の中が煮えたように熱い。ぐるぐると切れ切れの思考が渦を巻いている。その中に、不意にお菊を見つめる藤吉のやわらかな眼差しが過《よぎ》った。眩《まぶ》しげな、はにかんだような、一途な瞳だった。

――好きなんだ。本当に、お菊様のことが好きなんだ。

喉がぎゅっと詰まり、お凜は奥歯を噛み締めた。

それが、どうしてこんなことに。

「まぁ、気に入っていた振袖を燃やそうとしたのは、噴飯物《ふんぱんもの》ですけどねぇ」

おもむろに、間延びした声で主が言った。手元の団扇《うちわ》をくるくる回し、仙之助は一緒に回る美人画を眺めている。

「いや、さらに野趣《やしゅ》あふれる風情《ふぜい》になったから、むしろよかったのか。――なんてことは置いておいて。その程度でお上に突き出そうとは思わないから、気にしなくていいですよ」

へ？　と藤吉とお凛が間の抜けた声を発した。

「し、しかし。それだけじゃないんで。お嬢様にお怪我をさせたのは重罪です。許されないことです」

にじりよりながら手代《てだい》が言うのを、仙之助はなんだか遠い目で眺める。

「ねぇ、藤吉さん。あなたの心意気はそりゃあ立派だけどさ。また人の罪を被ろうとするのはやめた方がいいんじゃないかな。油屋の奉公を解かれた話をしたのは、油の扱いに慣れたあなたなら、祟りを装って振袖を燃やせただろうと私に疑わせたかったからでしょう？　だけど、そんなことをしても、お菊さんは喜ばないと思いますよ」

穏やかな声を聞いた藤吉の顔が、みるみる青ざめた。

「それはどういう……本当に、手前がしたことでございます。すべて。お嬢様はなんの関係もございません」

うーん、と仙之助はしかめっ面で団扇《うちわ》をぱたぱた扇いでいたが、いきなり首を伸ばしたかと思うとひょいとお凛を見た。

「お凛、お前どう思う。藤吉さんが、そんなことをするお人だと思うかい？」

「えっ？」

お凛は正座したままぴょんと飛び上がった。

「あ、お、思いません！　あり得ません！　そんなこと、なさるわけがありません！」

身を乗り出し、両腕をぶんぶん振り回して夢中で訴えると、藤吉がうろたえた顔をこちらに向ける。

「そいつはまた、どうして」

仙之助が面白そうに問う。

「どうしてって、だって。そんなの見ればわかります。藤吉さんはやさしいお方です。それに、お菊様が大好きじゃありませんか。怪我をさせるなんてあり得ません。髪の一本だって傷つけるわけがありません！　そうですよね、藤吉さん」

鼻息荒く言い切ると、藤吉の顔が耳までさっと赤く染まった。

「いや、そんな。手前はその」

「お菊様のこと、大切ですよね？　違うんですか」

うう、と男がだらだら汗をかいて呻吟《しんぎん》する。

「おお、お前もなかなか言うね。子供のくせに」

仙之助が痛快そうに呵々大笑《かかたいしょう》した。

子供は余計だ、子供は、と頬を膨らませてから、お凛はひたと藤吉を見つめる。だって、そう思うんだから仕方がない。藤吉は、想い人に大怪我をさせてけろりとしていられるような人には見えない。これっぽっちも、見えない。

お凛の眼差しに耐えかねたように、藤吉はさっと顔を背けた。

笑いを収めた仙之助が口を開く。

「私もそう思いますよ。あなたは性根がやさしすぎる。そもそもねぇ、藤吉さん。遊び人をなめちゃいけませんよ。なんたって私は三座《さんざ》に通い倒した筋金入りの遊び人ですからね。人が芝居を打っているかどうかなんて、一目でわかっちまいます」

自慢にもならぬことを胸を張ってのたまうと、仙之助は胡坐《あぐら》をかいてにこりとした。

「決死の演技には胸を打たれましたけどね。あなたには、お菊さんを傷つけるなんてできっこない」

気の抜けた表情で聞いていた藤吉が、泣き出しそうな顔をする。反論しようとするかのように幾度か口を開こうとした挙句、ただぐったりと項垂《うなだ》れた。

「だけど、藤吉さん、どうして嘘をおっしゃったんですか。そこまでして……」

お凛は身を乗り出した。

「藤吉さんは、どなたかを庇っていらっしゃるんですか。そうなんですか？」

仙之助が言ったことを思い出して尋ねると、藤吉がぎくりと肩をふるわせる。

ありませんか？　死んだ振袖の持ち主が縁談を呪っている、とかなんとか付け加えて」

団扇《うちわ》を弄《もてあそ》びながら、諳《そら》んじるようにすらすらと言う。

「ところが、せっかく衣桁《いこう》を焦がして祟りを演じたというのに、着物が売られることになりお菊さんは焦った。その時、以前あなたから聞いたのであろう油屋の一件が頭に浮かんだ。布と油を使えば、うまいこと振袖を燃やせるのではないか。そう閃《ひらめ》いて、職人が着物を検《あらた》める前に油を仕込み、着てみたいと言って羽織ったんですね。こっそり火種を袂《たもと》に放り込んで……」

藤吉の頬が強張《こわば》っていく。炎に包まれるお菊の姿を思い出しているのだろうか。膝に置いた両手を、筋が浮くほど固く握り締めている。

「まぁ、どれほどの火になるのかは、お菊さんにもわかっていなかったんじゃありませんか。皆を少々脅かすつもりが、大怪我を負ってしまって、お菊さん自身も驚いたことでしょうよ。しかし、結果的には効果は絶大だった。それこそ、お菊さんの一世一代の大芝居だったわけだ」

こうして、梅野の祟りの再来だと、皆が見事に信じ込んだ。

仙之助の声から逃れようとするかのごとく、藤吉が目を閉じる。

「あなたは着物を調べて、油が仕込まれていたのに気がつき、お菊さんを問い詰めた。

さぞ仰天したことでしょうねぇ。あなたの話を聞いて、この騒動を思いついたというんだから。そりゃあもう苦しんだでしょう。だが、あなたへの恋心ゆえだと告げられれば、真相を人に明かすわけにもいかない。振袖の祟りだとするのが一番いいと考えた。うん、私でもそう思いますよ、きっと」

一人大きく頷いて、興奮気味に続ける。

「ところがです。お焚《た》き上げされるか、捨てられるとばかり思っていた着物は、旦那さんのお考えで私のところに持ち込まれた。お菊さんは、私が振袖の祟りなぞないと見破るのではないかと心配になったんですね。そればかりか、油が仕込まれていたと勘づくかもわからない。不安でたまらなくなった」

仙之助は団扇《うちわ》を右へ左へ上へ下へと忙しく動かして、無反応の手代《てだい》に向かって身振り手振りを交えて熱心に語る。深刻な話をしているというのに、まったく珍妙な光景だ。

「一方、あなたはあなたで、お菊さんが祟りをでっち上げ、火をつけたなどという醜聞が表に出ることを、なんとしてでも避けたかった。まあ自火と言い張れば重罪にはならんでしょうが、お店の評判はがた落ちでしょう。ところが、私が油屋さんなぞを嗅ぎ回りはじめた。私が余計なことを世間様に漏らしては手遅れだと思い、あなたはこうして一芝居打つ決心をしたんですね」

藤吉は瞼《まぶた》を閉じたまま、石になったかのようにぴくりとも動かない。さわさわと梢《こずえ》が擦れる音と、蜩《ひぐらし》の遠い声、それに風鈴の音が耳に届き、座敷の静寂を一層際立たせる。だからあれほど血相を変えていたのか、とお凜は深川八幡に現れた手代《てだい》の姿を思い出していた。お菊が仙之助によからぬことを漏らしてはいまいかと、藤吉は生きた心地もしなかったことだろう。それで、万が一にも仙之助がお菊へ疑いを向けないように、油屋に奉公していたと話し、いざとなったら罪を被ろうと密かに腹を括《くく》ったのだ。

「ち、違います」

がらりと唐紙《からかみ》が開いたかと思うと、細い声が響いた。見れば、罰が悪そうな富蔵の隣で、当のお菊が、肩を上下させて喘ぎながらきらきらと両目を光らせているではないか。どうやら、富蔵の制止を振り切ってここまで入ってきたらしい。

「ちょっ……お、お嬢さ、な……」

ぎょっとして目を見開いた藤吉が、両手を伸ばしてあわあわとうろたえる。しかし、藤吉が意味のある言葉を発する前に、お菊は素早く茶の間に入ってきて、仙之助に向かって鋭く叫んだ。

「声がしたのです。本当です。着物を着ろという女の声がしました。た、確かに油を仕込みはしましたが、火を放つ勇気が出ず、ぐずぐずしていたのです。ですがあの時、頭の中に奇妙な声が響いて、気がついたら着物を纏《まと》っておりました。そうしたら、ひとりでに火がついたんです」

「お嬢様」

顔を歪めて藤吉が呻《うめ》く。

「お嬢様、それは、もう……」

「本当です。藤吉、嘘じゃないの。本当なのよ」

お菊の澄んだ瞳から、涙があふれて頬を濡らす。あまりにも悲痛な様子に、お凛まで胸が引き裂かれるように痛んだ。必死にありもしない祟りを訴える姿に、見ている方が辛くなってくる。

「へぇ。やっぱり祟りだったんですね。なぁるほど」

あっけらかんとした声が響いた。

えっ、と三人が顔を向けると、仙之助が膝を叩いて意気揚々《いきようよう》と言う。

「いや、当のお菊さんがおっしゃるんだから、祟りなんでしょう。ねぇ？　間違いない。やっぱりいい拾いものをしましたよ。祟りだなんて、いやよかった。安心した！」

普通は逆の方が喜ばしいのではないか。

「あの、ですが」

中途半端に腰を浮かせた藤吉が、お菊と顔を見合わせ、混乱したように言う。

「ですが、そういうわけには。お心遣いは大変ありがたく存じますが、やはり手前はお裁きを受けなくては……」

「いいですってば、そんなのは。面倒くさいし、誰の得にもなりゃしない。私はただ、面白い……じゃなくて、珍しいお話が聞けただけで満足なんですよ。実は本物の祟りでした、となれば言うことありません。いやぁ、つまらない落ちにならなくてよかった。これぞ斧琴菊《よきこときく》、なんてね」

自分の着物を指し莞爾《かんじ》として笑う。斧琴菊紋《よきこときくもん》は「よきことを聞く」の語呂合わせで縁起を担ぐ模様だ。一人悦に入《い》っている主を、お凛は珍しく好意的な気分で眺めた。

いつの間にか寄り添うようにして手を取り合っている藤吉とお菊が、しばし呆然として、やがて泣き笑いの表情になる。二人が潤んだ両目に感謝の念を浮かべ、仙之助に向かって何か言いかけた、その時。

一陣の熱い風が吹き込んで、風鈴を激しく鳴り響かせた。強い風に息が詰まり、お凛は顔を背けてぎゅっと目を瞑《つぶ》る。

「……お嬢様。お嬢様、どうなすったんです」

風がやみ、藤吉の怪訝そうな声にお凛は瞼《まぶた》を開いた。藤吉の傍らで、お菊が細い両手で耳を覆い、ふるえながら背を丸めているのが目に飛び込む。

「お菊様?」

「こ、声が」

お菊の掠れた声が、ざらりと耳を撫でた。

「声が、聞こえる……あの、声が」

びっしりと額に汗を浮かせ、無残なほどに青ざめたお菊が、ゆっくりとそれを見る。

それを——

きゃあっ、と叫んだのが、己だったのかお菊だったのか、判然としない。

振り向いた時には、衣桁《いこう》にかけてあった赤い振袖が、ぶすぶすと煙を吐きながら燃え上がっていた。

「うわぁっ」

藤吉が混じりけのない恐怖に満ちた声を上げ、お菊を庇うように腕に抱いて後ずさる。

透き通った赤い炎が生地の上を走る。走る。尾を靡《なび》かせて、赤い金魚が踊り狂っている。黒い染みのような焦げがどんどん広がり、艶《あで》やかな赤い生地を呑み込んでいく。情念と怨念《おんねん》に己を焼く娘の姿がそこに重なる。

なんて、美しい。禍々《まがまが》しいのに、なんて。

てえへんだ、と富蔵が叫ぶ声を遠くに聞く。炎に見入られたお凛の視界を、何かが韋《い》駄天《だてん》もかくやという勢いで過《よぎ》った。

――旦那様。

仙之助が、よっ、という掛け声と共に燃える着物を引っ掴む。次の瞬間にはだだっと縁側へ走り、勢いよく庭に向かって擲《なげう》った。

着物は燃えたまま宙でふわりと広がり、土の上に落ちる。そして、人がもがき苦しむように身悶《みもだ》えしながら炎と煙を巻き上げた。じりじり、しゅうしゅうという音の合間に、女の呻《うめ》き声と啜《すす》り泣きを聞いた気がして、お凛は凝然《ぎょうぜん》と凍りつく。だがそれは本当に少しの間の出来事で、皆が我に返った時には、着物は灰の小山となっていた。

「旦那様、あ、あれ？　火はどこに……」

水を汲んだ手桶を抱えて富蔵が駆けつけた時には、その小山からは細い煙が一筋立ち上るばかりだった。

瞬《まばた》きも忘れているお凛の前に、燃え尽きた振袖を見下ろす仙之助の後ろ姿が、強い逆光に影となって浮かび上がっていた。

（四）

あっけらかんとした青空に、純白の入道雲が湧き立っている。だが、そよそよと吹く風はもう秋のそれで、肌にさらりと触れてくる。りん、りん、と軒下で風鈴が鳴る。そのどこか物悲しい音色にぼうっと耳を傾けて、お凛は呟いた。

「あの振袖。あれはやっぱり、その、あれなんでしょうかねぇ……」

「なんだい、お凛。うちのおとっつぁんとおっかさんみたいな話し方をして。あれ、それ、これ、どれ、だけで通じるんだよね。年の功って奴かなぁ。お前とも話が通じそうじゃないか」

あはは、と笑った仙之助が、透き通った心太《ところてん》をちゅるちゅる啜《すす》る。お八《や》つの給仕をしていたお凛は無言で手を伸ばし、匙《さじ》に山盛りの辛子《からし》を主の器に落とそうとしかけた。

「あっ、うおっ！」

仙之助が目を剥《む》いてさっと器を遠ざける。

「ちょっと、辛子《からし》漬けじゃないんだから！」

「あらすみません、手が勝手に。怪異ですかねぇ、怖い怖い」

「嘘をつけ。お前のは殺意だろう！　どういう奉公人だよ本当に……」

青年が一間《いっけん》も離れ、警戒心も露《あらわ》に心太《ところてん》をちゅるっと吸い込む。お凛は物憂《ものう》げな顔を庭へ向けた。

「あの振袖、どうして燃え上がったんでしょうね。やっぱり……」

「祟り。呪いだな。うん、間違いない」

「でも、藤吉さんはそうはおっしゃいませんでしたよ」

お凛は自信満々の主に向かって唇を突き出した。

「着物の奥に火が燻《くすぶ》っていたのかもしれません。水をかけただけでは、火というものは案外消えないものです。座布団や布団であれば、丸一日水に浸けておかないとまた燃え出すことがあります。あの着物は袷《あわせ》ですし、油が残っていたらまた火が出てもおかしくありません」

藤吉は昨日、燃え上がる振袖を見て、気分がすぐれないと言い出したお菊を奥で休ませる間、仙之助とお凛に小声で言った。

「手前が火をつけたせいで、一度ならず二度までも皆様を危険に晒しました。まことに、お詫びのしようもございません……」

そう辛そうに言って、畳に額を擦《こす》り付けるように頭を下げたのだった。

「いいじゃありませんか、祟りってことで。そんなに思い悩まなくてもいいと思うんだけどなぁ。藤吉さんはつくづく真面目ですよ」

あなたが不真面目すぎるだけです、とお凛は胸の内で呟く。

「いえ、そんなんじゃ」

顔を上げた藤吉が首を横に振る。

「油屋を離れた経緯は、すえ吉に雇っていただいた当初からお嬢様もご存じでしたが、油の扱いなどの詳細はお話ししていませんでした。しかし、衣桁《いこう》が焦げた騒ぎの後、お嬢様は妙に熱心に手前に油のことをお尋ねになりました。そして手前は、深く考えることなくお答えしてしまったのです。お嬢様が大怪我をなすった時は、手前があんな話をしたせいでなんてことになってしまったのかと、目の前が暗くなりました。すべて旦那様に打ち明けるべきだとも考えました。ですが、手前は……」

声が、ふるえた。

「お嬢様の縁談が壊れて、嬉しかったのです」

今にも泣き出しそうな表情で、男が囁《ささや》くように言う。

「手前は忠義者なんぞではございません。浅ましい男です。分を弁《わきま》えているつもりで、お嬢様がずっと誰とも縁付かずにいてくれたらと、内心では願っているのです。手前を想う一心だったとお嬢様に打ち明けられた時には、実のところ、天にも昇りそうな心地がいたしました。お嬢様が、あんな大怪我をなすったというのにです。それなのに手前は……お嬢様をいつまでも閉じ込めて、自分のものにしておきたいと欲しているのです。金魚鉢の中の、金魚のように」

幸福と苦痛とがない交ぜになった瞳を縁側の金魚鉢へ向け、苦しげに肩で息をする。

「旦那様にからくりをお話しすれば、手前はもう店にはいられないでしょう。だから、振袖の祟りを信じるふりをいたしました。そうして、仙之助様のお手元へ振袖をお届けに上がったのです。島田町へ向かいながら、幾度振袖を掘割《ほりわり》に捨ててしまおうと思ったか知れません。しかし、誰が拾い上げるとも限りませんし、かといってこっそり燃やせる場所もなく。仕方のない仕儀でございました」

しかし。

「お嬢様は、着物が仙之助様のお手元に残ることをひどく不安に思われました。もし油の痕跡が見つかれば、怪異などではないことが明るみに出てしまう、取り戻さなくてはとおっしゃいました。下手に動けば、仙之助様にかえって疑いを持たれるとお話ししましたが……案の定でございましたね」

悪いことはできないものです、と藤吉は苦い笑いを唇に浮かべたのだった。

「げに恐ろしきは人の妄執《もうしゅう》、って奴だねぇ。恋というのは時として醜《みにく》いもんさ」

悟ったように言いながら、仙之助はぎやまんの器を日に透かした。

「振袖を纏《まと》えと命じた声は、案外お菊さん自身の声だったのかもしれないよ。一途さってのも、度を越すと怨霊のように祟るもんだよ。まぁでも、あんな美女に祟られるなら望むところだ。男冥利に尽きるってもんさ」

「そりゃあ藤吉さんは男前ですもんね。男気もあるし、やさしいし、切れ者だし。お菊様があそこまで思い詰めるのも当然ですよ。旦那様はその点安心ですね」

「何言ってるんだい、失敬な。染吉と梅奴がどれだけ私に惚れ込んでいるか知らないだろう。毎度帰らないで、って泣かれて詰《なじ》られて、しまいにはおととい来やがれ、って足蹴にされるくらいだぜ」

「それ、好かれてないですよ、絶対……」

「それにしても、あの振袖が燃えちまったのは残念だよ。ほんと惜しいことをしたなぁ。今夜あたり染と梅の顔でも見に行って、元気を出すとするか。うんそうしよう」

お凛のぼやきをよそに、仙之助は心太《ところてん》を頬張り、ぎやまんのきらめきに見入って満面の笑みを浮かべる。

嘆息したお凛が傍らの金魚鉢を見れば、秋の日差しを照り返す水の中で、和金《わきん》と琉金《りゅうきん》が仲睦まじくゆったり泳ぎ回っていた。

＊＊＊

その二年後、すえ吉の手代《てだい》であった藤吉は、篤実《とくじつ》な人柄とすぐれた商才から番頭に抜擢され、娘のたっての願いもあって、店主は彼を婿養子に迎えることにした。

すえ吉は藤吉の手腕で商《あきな》いを広げ、新たに三つの店舗を江戸に構えるほどになった。

たたり振袖の呪いで娘の縁談が壊れ、娘も消えぬ傷を負い、一時は悪い評判も流れたが、今では人は、

「禍《わざわい》を転じて福となす、っていうわけだねぇ」

としきりと噂しては、すえ吉の大暖簾《おおのれん》を見上げるのだという。

生き人形

（一）

色を深める紅葉を揺らす風も清々《すがすが》しい、秋の朝であった。

「お凛や、今朝は歩いたかい？」

朝餉《あさげ》の膳の前で、期待に目を輝かせながら主が尋ねた。

「歩きませんってば。何度お聞きになっても無駄です。歩きも走りもはいはいも欠伸《あくび》もくしゃみもしなければ、鼻歌も歌いやしません」

給仕をしながら、お凛は面倒くさそうに答える。

「いやいや、もうじき歩くはずだ。お前が近くにいたら怖がってなかなか勇気を出さないかもしれないが、そろそろ我慢できなくなってくる頃に違いないよ」

やっと立ち上がるようになった赤子が今日こそ歩き出すのでは、と楽しみにしている父親のような言葉であるが、もちろんそんな心温まる話をしているわけではない。

いたいけな赤ん坊ではなくて、呪われた人形がいつ歩き出すのかという、世にも物騒な話をしているのだ。

「やっぱりあれかなぁ。最初に着ていた着物を着せた方がいいんだろうか。お前、あの着物は取ってあるよね、ちょいと着せ替えておくれよ」

「あんなぼろを着せて飾るんですか？　着物を作り直していいとおっしゃったのは、旦那様じゃありませんか」

お凜は眉をひそめつつ、お櫃《ひつ》からお替わりの飯を茶碗によそって手渡す。

「そうしないと古手買《ふるてが》いに売るって言うんだから、駄目とは言えないじゃないか。お前は本当にやるから怖いよ」

仙之助が恐怖の色を浮かべた目を向けてくるのでむっとする。呪われた人形の話をする時にはきらきらと目を輝かせるくせに、お凜を見る時には道端で熊に出会ったかのように怯えているとはどういうわけなのだ。

「思うに、祟りも呪いも避けて通るお前が作った着物なんて着せたのが間違いだったんだ。それにさ、おどろおどろしい着物じゃないと気分が出ないんだよ、きっと。小ぎれいな格好で満足しちまってたら、そりゃあ誰だって祟りなんて骨の折れること、しようって気になりゃしないよ。人間、切実なもんがないと怠《なま》けちまうからねぇ。いや、人間じゃなくて怪異だけどさ。真理だね、真理」

とかなんとか妙な精神論を唱えながら、仙之助はしみじみとした風情《ふぜい》で味噌汁を啜《すす》る。日はすでに高く昇り、世の人々はとっくに朝の一働きを終える時分である。しかしこの青年ときたら、朝寝を決め込みだらだらと起きてきて、ただ今遅い朝餉《あさげ》を優雅に取っているのだ。煩悩と堕落の化身のような主に怠惰について語られるなど、人形にしてみたら噴飯物《ふんぱんもの》に違いない。

だいたい、呪われた人形が満足して大人しくなったのであれば、結構な話ではないか。普通はそう思うのだろうが、この主は普通ではない。世には呪いを祓《はら》いたい人は多くいても、身悶《みもだ》えするほどに呪われたいと思う人はそうはいなかろう。

ところがこの仙之助ときたら、その数少ない変わり者なのであった。

件《くだん》の、生き人形の話である。

今年の水無月《みなづき》の末に、この深川島田町にある通称「あやかし屋敷」の主、仙之助のもとへ持ち込まれたがらくた、もとい珍品だ。いわく因縁付きのものを蒐集《しゅうしゅう》することに目がない仙之助は、祟りや呪いを見抜く「天眼通《てんげんつう》の旦那」であると巷《ちまた》で噂されているらしい。お陰で後から後から妙な品物を持ち込まれ、お凛をはじめ奉公人たちは大いに迷惑しているのだった。

人形を持ち込んだのは、本所《ほんじょ》二ツ目橋に程近い、相生町《あいおいちょう》四丁目の小間物屋『万年《まんねん》屋《や》』の店主である。

なんでも、その人形は夜な夜な歩き出すのだそうな。

「半月《はんつき》あまり前からでございました」

軒下の燕《つばめ》の巣から聞こえてくる雛鳥《ひなどり》の声にもかき消されそうな小声で、万年屋の店主、勝右衛門《しょうえもん》が青ざめながら言ったものだ。

羽振りのよさを示すような上等の紗《しゃ》の着物に、洒落《しゃれ》た駒絽《こまろ》の羽織なぞを纏《まと》っている。つるりと手入れの行き届いたふくよかな顔に、どっしりとした鼻と大きな口、気働きの利きそうな鋭い目が印象的だった。しかしその両目は、寝不足と心労ゆえか血走って見える。

「奥の部屋にきちんと置いてあるんでございますが、夜皆が眠りについて朝になってみると、どういうわけか部屋のあちらこちらに動いているのです。試しに奉公人が夜中に部屋をのぞいてみましたところ……ひょこり、ひょこり、と人形が畳の上を動いておりましたそうで……」

勝右衛門は締め上げられた蝦蟇《がま》のように、ぶるぶるふるえながら呻《うめ》いた。

「そうして今日の明け方、妙な気配を感じてふっと目を覚ましたら……」

枕元に人形が座り、黒く底の見えない瞳で勝右衛門の顔を覗き込んでいたという。

ぎゃあああっ、と絶叫する勝右衛門の声が聞こえた気がして、お凛は総毛立った。

「誰が置いた。だ、誰の仕業だ。わしへの当てつけか。許さんぞ！」

全身を冷や汗で濡らしながら奉公人たちを問い詰めたが、皆驚き恐れるばかりで埒《らち》が明かぬ。そのうち、

「の、呪いだ。これは人形の祟りです」

「そうですとも。当店は祟られているのに違いない」

などと口々に言い出す始末。

「黙らんか。こ、こんな人形は捨てろ！　捨ててしまえ！」

激昂した勝右衛門は、人形を庭へ放り投げる。本物の子供かと見紛う、可憐な着物を纏《まと》った人形は、無力にも宙を舞い、ぐしゃりと土に叩きつけられた。

「あたしはもう、恐ろしくて恐ろしくて、夜も眠れないんでございます。そうしましたら、番頭が天眼通《てんげんつう》の仙之助様のお噂を耳に挟みまして……」

どうか、どうか、この呪われた人形を預かっていただけませんか、と店主は窶《やつ》れた顔

を伏して仙之助に頼み込んだ。

店主の前に行儀よく正座した人形は、立てば四尺はあろうかという、三つ折れの立派な市松人形である。市松人形の中には三尺近いものもあるが、これほどの大きさは珍しい。黒々とした桃割れの繊細な髪、透明感のある、血の気が差すような艶《つや》のある肌、丸く潤んだつぶらな瞳、ほんのり紅をさした唇といい、生きているかと見紛うばかりだ。

聞けば、桐材の上に桐塑《とうそ》と胡粉《ごふん》を塗り重ねているのだそうで、髪の毛や歯も一本一本植え込まれているというから驚いた。松の葉文様の赤い長襦袢《ながじゅばん》の上に、青地に菊花や打出の小槌、隠れ蓑、隠れ笠、金嚢《きんのう》といった宝文様、それに犬張子《いぬはりこ》に手鞠、鈴、糸巻、独楽《こま》などの玩具文様も散らした加賀友禅の表着を身につけていて、なんとも愛らしい。

だがしかし、その着物はどろどろに汚れ、あちこち裂けて惨めなものだった。店主が人形を庭に放り出した後、数日野ざらし雨ざらしにした挙句、野良猫が爪を立てたらしい。

「こんなに美しい人形を放り出すなんて、罰当たりなことをなさいますねぇ」

陶然《とうぜん》として人形を見回していた仙之助は、つと顔を上げて勝右衛門を見やった。

「で、この人形に祟られるわけに心当たりはおありで？」

「へっ⁉」

男がぎょっとしたように目を見開いた。

「いや、大層怯えておいでだし、身に覚えがあるのかなぁ、と」

「な、何をおっしゃるんで！　身に覚えなんざひとつもあるもんですか。人形がひとりでに動いたら誰だってふるえ上がるに決まってます」

青白い顔でぶんぶんかぶりを振る旦那に、そういうもんですかねぇ、と三度の飯より怪異を愛する仙之助はけろりとして言ったものだ。

「旦那さんは……恐ろしくないんで？」

勝右衛門が厚い唇を心なしか青くして尋ねる。

「え？　怪異がですか？　ぜんぜん、ちっとも。人間の方がよっぽど恐ろしいですよ」

へらへらと笑う仙之助を、万年屋の店主は苦笑いを浮かべて眺めた。

「あたしは逆ですねぇ。人間なんざこれっぽっちも怖かありませんがね、呪いだ祟りだ幽霊だっていうと、これが苦手でねぇ……」

「へぇ、意外だな。商人《あきんど》は目に見えないものなんぞ怖がらないもんだと思ってましたが」

「いやいや、あたしにとっちゃ、人間をどうこうするのは造作もないんで」

肩を揺らして笑う勝右衛門の唇がぱくりと開く。紫色の禍々《まがまが》しい瘴気が吐き出された気がして、お凛は目を疑った。

人間なぞ、どうとでもなる。赤子の手を捻るかのようにねじ伏せてしまえる。そう揶《や》揄《ゆ》する笑みに見えたのは、目の錯覚だろうか。

「ですからね、こういうどっちつかずのものが、本当に気に障《さわ》るんですよ」

つるりと手入れの行き届いた、働き者の旦那の顔に戻った男は、あはは、と気恥ずかしそうに破顔した。


それ以来。

人形はうんともすんとも言うことなく、もちろん飛んだり跳ねたりすることもなく、屋敷の奥まったところにある小座敷の隅に行儀よく座っている。厄介な代物を押し付けられる主にも辟易《へきえき》するが、襤褸《ぼろ》を纏《まと》ったばっちい人形が日々目につくのは実に不快である。お凛はこの人形を屋敷に置くのなら、せめて着物を仕立て直させてくれと仙之助に迫ったのだった。

だが、そのせいで人形が腑抜《ふぬ》けて歩き回るのをやめてしまったのだと、この主は大いに嘆いているのだ。濡れ衣もいいところではあるまいか。

「お食事中に申し訳ございません、旦那様」

下男の富蔵の声が庭から響く。

「お客様がおいでなんでございますが、いかがいたしましょう?」

「おっ、なんだい。いわく付きのものを持ってきたお客かい？　このところ久しくなかったねぇ」

焼き魚を口に運んでいた仙之助が、犬が尻尾を振るような様子で尋ねる。

「いえ、それが、万年屋の坊ちゃんの清太郎《せいたろう》様でして」

下男が白髪交じりの鬢《びん》を掻いて言った途端、仙之助は渋い顔をして飯を頬張った。

「またあいつか。しつこいねぇ。大福でもやって追い返しておいてくれ」

「いいじゃないですか！　あの人形を返してくれっておっしゃるんでしょう？　お返ししてしまいましょうよ」

お凛は両手を打って明るい声を出した。

清太郎は八つになる万年屋の跡取り息子だ。万年屋の旦那が薄気味悪い人形を泣きつかんばかりにして持ち込んだのとは反対に、息子の清太郎はその人形を返して欲しいと、葉月《はづき》の末から頻々《ひんぴん》と訴えに来ていた。

「嫌だよ！　歩く生き人形なんて、そうそうあるもんじゃない。私がご店主からもらったんだから、もう私のもんだ」

主が眉間に皺《しわ》を寄せて唸《うな》る。

「そうそうあるものじゃなくて、まったくありゃしません。人形がひとりでに歩くわけないでしょう。旦那様がお人形遊びをするわけじゃなし、もう坊ちゃんにお返ししてしまえばいいじゃないですか？」

「あれは歩くんだってば！　お前が骨抜きにしちまったから歩かないだけでさ。私だっていつお人形遊びに目覚めるかわからないよ。だめだめ。絶対返すもんか！」

いーっと小憎らしい顔を作ってみせる齢《よわい》二十五の主は、脱力しそうなほど子供っぽい。主に恵まれない己の不運を嘆きつつ、お凛はこっそり人形を返してしまおうかしらん、などとよからぬことを考える。

その時、だだだっと庭に足音が響いたかと思うと、縁側の前に小さな少年が現れた。

「大福なんぞいらん！　旦那さん、人形を返しておくんなさい！」

万年屋の倅《せがれ》、清太郎だ。富蔵が背後ですまなそうな顔をしている。

「やなこった。さっさと帰れ」

べぇっと舌など出して、間髪を容《い》れずに仙之助が切り返す。

大人気ない態度に少年は絶句し、

「……あ、あなたそれでも大人なんですか⁉」

と、品のいい顔を真っ赤に染めてやっとのことで言う。

「ばぁーか。人の家にずかずか入り込んでおいて、大きな口を叩くんじゃない。文句があるならおとっつぁんとおっかさんに言わんか」

卵焼きを口に放り込みながら小馬鹿にしたように言う姿は、小突きたくなるほど面憎《つらにく》い。相手が美女でないとみると、とことん愛想をけちるいい性格をしているのだ。

「お、おとっつぁんたちは聞いてくれないから、こうしてお願いしに来ているんです！どうして返してくれないんですか？」

お凛も頷く。

「本当ですよ、ねぇ？口も意地も悪い主で申し訳ありません。坊ちゃん、いいこと教えてあげましょう。お店の奉公人さんに美女はいませんか？その人と一緒にいらしたら手っ取り早いですよ。ちょろいもんです」

「……お前は一体、誰の奉公人なんだい？」

清太郎に知恵をつけてやっていると、仙之助が迫力に欠ける童顔でじろりと睨《にら》んだ。

「いいじゃありませんか。旦那様が気を強く持って、誘惑に負けなければいい話なんですから。簡単でしょう？」

「お前ねぇ、私は蠅《はえ》も殺せぬ心やさしい男だよ？見てごらんよ、この子犬のように無《む》垢《く》な瞳を。争いごとは大嫌いなんだ。だから、どうしてもというのなら私を誘惑できるような美女を寄越してくれていいぞ、清太郎。涙を呑んで降参してあげないこともない。

で、お前さんの店にはどんな美女がいるのかな？」

克己心《こっきしん》の欠片《かけら》もうかがえぬ台詞《せりふ》をぬけぬけと吐く。

「……ひどい」

清太郎が涙声で言うので、お凛は慌てた。

「えっ、いえ、あのう。そこまでひどくはないんですよ。まぁ、親御様にも兄上様にも匙《さじ》を投げられた程度のひどさでして……」

「充分ひどくないか？」

恨めしげに主がぼやく。

「違います！　旦那さんが意地悪だからひどいと言ったんです」

少年が腕で顔を覆って甲高く叫ぶ。

「あんたなんか、人攫《ひとさら》いだ！」

「はぁ？　ひ、ひと……!?」

仙之助が目を剥《む》いた。

「言うに事欠いて、人聞きの悪いことを言うんじゃない。私のどこが人攫《ひとさら》いだ」

「あれはただの人形じゃないんだ！　あれは死んだおみやも同然なんだ！　だからあんたは人攫《ひとさら》いだ！」

そう言うなり、清太郎はしゃがみ込み、唖然《あぜん》とする仙之助とお凛を前に悲痛な声で泣き出した。

大福を出してやり、あの手この手で懸命に慰めどうにか泣きやんだ清太郎は、茶の間にちょこんと座るとぽつりぽつりと話し出した。

「あの人形は、おみやって名前なんです」

おみやは、相生町二丁目にあった小間物屋『うかゐ』の店主夫婦が、二年ほど前に特別に注文して作った市松人形なのだという。

「おみやっていう八つの娘がいたんだけど、ずっと昔に病《やまい》で死んじまったんだそうです。それで、おみやに似せて人形を作ったんだって……」

うかゐは大店《おおだな》とまではいかないが、質のいい化粧品や装飾品を揃え、手堅い商売で多くの贔屓《ひいき》客もついていた。品揃えに派手さはないが、こだわり抜いた逸品を扱い、「うかゐの鵜《う》の目に外れなし」が謳《うた》い文句であったらしい。

同じ小間物屋とあってか、うかゐの店主が万年屋へ現れたり、逆に父親が清太郎を連れてうかゐへ出向くこともあった。清太郎はうかゐの店主夫婦に可愛がられ、その人形を見せてもらったことがあるそうだ。

「この着物の柄はねぇ、昔あの子の晴れ着を作った時に、おみやと私が一緒に考えたのを使ったんだよ。きれいでしょ？」

髪に白いものが目立つ内儀が、目を細めて豪華な加賀友禅の着物を撫でていたのを覚えている。

「この人形はね、あたしらにとっては、おみやそのものなんだよ。生きてるんだ」

店主も皺《しわ》の寄った目尻にかすかに涙を溜めながら、清太郎に言ったのだった。

人形を作ったのは、浅草聖天町《しょうでんちょう》に在所がある、「生き人形師」の異名を持つ亀吉《かめきち》という男だった。仏師の家に生まれたというその人形師は、生きているかのような真に迫った人形を作ると言われているそうだ。

「へぇ、亀吉かい。両国広小路《りょうごくひろこうじ》の見世物小屋で人形を見たことがあるよ。ありゃあすごかったねぇ。なるほど、あの人形師が作ったのか……」

感心しきりの様子で頷いた仙之助が、「それで人攫《ひとさら》いねぇ」と、鬢《びん》を搔きながら唇をへの字に結ぶ。

「でも、その人形がどうして坊ちゃんのお家にあったんですか？　うかゐのご夫婦が手放すとも思えませんが……」

お凛が疑問に思って口を挟むと、清太郎の顔に子供らしからぬ翳《かげ》りが過《よぎ》った。

「それを、おとっつぁんが皐月《さつき》の終わりに持って帰ってきたんです」

五つになる清太郎の妹、たえへの土産だ、と人形を前にして父は言った。

「どうだ、見事なもんだろう。こんな市松人形は滅多とねぇぜ」

人形と、得意げな父の顔を、清太郎はぽかんとして交互に見た。

「おとっつぁん。その人形、うかゐのおばさんたちのだよ」

考えるよりも先に言葉が出ていた。どうしてこれを父が持って帰ってくるのだ。わけがわからない。

「なんだって？」

一瞬、父の目が泳いだ気がした。

「何言ってんだ、清太郎。こいつはおとっつぁんが贖《あがな》ってきたんだ」

「違うよ。この着物の柄、俺覚えてるもん。こいつはおばさんが特別に染めてもらったんだって言ってた。それに、こんな本物の人みたいな人形、他で見たことないよ。どうして嘘つくんだい」

むきになって言い募るうちに、父の表情が変わっていく。何故そんなに妙な目つきをしているのだろう、と混乱しながら頭の隅で思った。八つの清太郎にはその時の父の目つきをどう表現したらいいのかわからなかったが、もっと年上で言葉を知っていたならば、それは食らいついた獲物の血の味を思い出している、残忍で凶暴な獣の目だ、と表現したに違いない。

「嘘なんぞついちゃいねぇ。いい加減なことを言うんじゃないよ、まったく。俺を盗人《ぬすっと》呼ばわりしようってのか、ひどい奴だ」

嘆かわしげに父が冗談めかして言う。

「そうだよ、清太郎。おとっつぁんになんてこと言うんだろう」

母までもが目を吊り上げて声を尖らせた。

「だって……」

二親に責められては、八つの子供には反駁《はんぱく》のしようがない。そうなのかな、己の記憶違いなのかな、と急に自信がなくなってくる。

「そうか。お前、たえだけがこんなに豪勢な人形をもらったもんで、羨《うらや》ましいんだろう。こいつはしくじったな。お前にも何か買ってやろう。何が欲しい？　え？　ああそうだ、釣り竿が欲しいって言ってたな。しょうがねぇ、一本贖《あがな》ってやるとするか」

手を打って言うなり、父がにこりとした。

「まぁ、五つの妹に妬《や》いてるとは思わなかったよ。しっかりしててもまだ子供だね」

母もくすりと笑う。

「えっ、ちが……」

両親の会話を聞きながら目が回りそうになった。奇怪な芝居が眼前で繰り広げられているかのような異様さに、胸のあたりが気持ち悪くなってくる。泣きたいのか怒りたいのかわからない混沌とした感情が、喉元までせり上がる。

しかし、芝居を止めようと口を開きかける度、父の笑顔の下に蠢《うごめ》く、得体の知れぬどす黒い生きものが透けて見える気がして、何も言うことができなかった。

うかゐが店を畳み、夫婦も奉公人も離散したらしいと耳にしたのは、それから三日ほど経ってからのことだった。


「何があったのかわかりません。みんないなくなっちまったんです。でも……」

清太郎がぼそぼそと言う。

「あの人形を、おみやのおとっつぁんとおっかさんに返してやりたいんです。きっと、おみやも寂しがってるんじゃないかと思って……」

濡れた目を瞬《またた》かせる少年を見ていると、お凛までもらい泣きしそうになってきた。

「旦那様、お返しして差し上げましょうよ。可哀想じゃありませんか」

「嫌だ」

主が横を向いて言い放つ。

「嫌だといったら嫌だね」

およそ人の心があるのだろうかと疑いたくなる言い草に、お凛はわなわなとふるえて顔色を変える。

「あ……あのですねぇ。年に一度くらいは大人らしいことをしても、罰は当たらないんじゃありませんか⁉」

「だって――わぁ、お凛、ちょっと待て、ぎゅう」

襟を締め上げようとするお凛の両手を掴み、仙之助が奇っ怪な声を立てた。

「だってさ、ぐえ、あの人形が確かに、そのうかゐのだって、証拠はない、だ、ろう……っ」

じたばたする主を仁王のごとき形相で睨《にら》みつけると、お凛はしぶしぶ力を緩めた。それはまぁ、そうだけれど。

仙之助は咳き込みながら必死に呼吸し、「ええい、馬鹿力め……」と呪いの言葉を吐いてしばらくスルメのように伸びていたが、やがてむくりと起き上がった。

「万年屋のご店主といえばさ。大層な商売上手で、二代目にしてずいぶん身代を大きくしたんだってねぇ」

唐突な言葉に、おろおろしていた清太郎が目を瞠《みは》る。

「そう……みんなが言います」

元気のない声で、清太郎がきちんと正座したまま答えた。

「とりわけ、万年屋の『香り露《つゆ》』ってぇ香薬水《においくすりみず》、ありゃあ大当たりだったね。私も贖《あがな》り物に贖ったことがあるよ。野茨《のいばら》を蒸留して作ってあるんだってねぇ。知り合いの姐さんに大層喜ばれてさ。あれを柔肌にすり込んでしなだれかかられた日には、もう昇天しちまうね。おまけに肌も美しくなるってんだから、売れないわけがない。いやぁ、お前さんのおとっつぁんは大した目利きだ。商人《あきんど》の鑑《かがみ》だよ」

だらしなく頬を緩めるところを見ると、辰巳芸者の梅奴か染吉にでも贈ったのであろう。

しかし、父親を褒めちぎられている当の清太郎は、まるで罵詈雑言《ばりぞうごん》でも浴びせられているかのように、どんどん表情を暗くしていく。

「あの、俺、帰ります……」

最後には、今にも消え入りそうな声でようよう呟き、仙之助の返事も待たずに庭に降りて、とぼとぼと歩き去ってしまう。

「坊ちゃん、待ってくださいまし」

お凛は慌てて後を追った。家まで送ってやろうと申し出たが、清太郎は、いらない、とぶっきらぼうに言い置いてずんずん進む。そういうわけにもいかないから、顔見知りの駕籠屋《かごや》を通りで掴まえ、無理矢理清太郎を押し込んで、万年屋まで送り届けるように頼んだのだった。


「どうしちゃったんでしょうね？　あんなに威勢がよかったのに。お腹でも痛くなったんでしょうか」

首を傾げながら屋敷に戻ると、仙之助は茶の間で大福をぱくついていた。

ふーむ、とか、うーむ、とか牛の唸《うな》り声に似た生返事が返ってくるので、大福が喉に詰まったかと思っていると、青年は、「気に食わん」と不機嫌そうに言った。

「何がですか？　人形がですか、それとも大福がですか。まさか坊ちゃんじゃないでしょうね？」

「万年屋だよ」

思いも寄らぬ返答に、お凛は、えっ、と目を瞬《またた》かせる。

んか」

「気に入らないって……ついさっき、坊ちゃん相手に褒めちぎっていたじゃありませんか」

「あの坊主がどういう反応をするのかちょいと気になってさ。思いもしないことを言ってみたんだよ。あー慣れないことはするもんじゃないねぇ。心にもない世辞なんざ言うと口が曲がるよ」

騙《かた》り者も真っ青な口八丁の主が、渋柿を齧《かじ》ったようなしかめっ面をしている。

「心にもないって、香り露《つゆ》は本当はちっともよくないんですか？」

「いいや、よかった。あれをいい女のうなじのあたりにでもすり込んでさ、こう、肩なんて抱いてごらんよ。またたび食らった猫みたいになっちまうね。目の前で懐から紙入れを盗まれたって、まるで気づきやしないだろうよ。染吉ときたら、あれを嗅がせて『伊勢半《いせはん》』の笹紅が欲しいなんて囁《ささや》くもんだからさぁ。いつの間にか店へ連れていかれて買ってやっちまってたよ。お陰で当分懐が寒いよ……」

玉虫色に輝く日本橋は伊勢半の笹紅といったら、金と等価といわれるくらいのとんでもない高級品で、大店《おおだな》の旦那衆がこぞって粋筋の美女に贈ることでも有名だ。しかし主のそんな嘆きはどうでもいい。どうでもいいのだが、ますますわけがわからない。

「じゃあ、いいじゃありませんか。万年屋さんになんの不都合があるんですか？」

「大ありだよ。ありゃあね、元は万年屋じゃあなくて、うかゐの看板商品だったんだ。ところが、皐月《さつき》に店を畳んだうかゐに代わって、どういうわけか、水無月《みなづき》に万年屋がそいつを売り出したのさ」

「え、ええっ？」

お凛は舌を噛みそうになった。

「どういうことですか？　うかゐの看板商品を、どうして万年屋が売り出すんです？」

仙之助がますます渋い顔をするのを見て、お凛は閃《ひらめ》くものを感じ、はっと身を乗り出した。

「まさか旦那様、万年屋が何かよからぬことをして、うかゐの看板商品を取り上げた上、お店を潰したなんておっしゃるんじゃ……」

「そのまさかだって噂だよ」

憂鬱《ゆううつ》そうな主の答えに、お凛は暫時愕然《ざんじがくぜん》とした。清太郎の、この世の終わりのような暗い表情が思い出され、黒々としたものが胸に広がるのを感じる。

「それで急に坊ちゃんの元気がなくなったんですか」

「ありゃあ、父親があくどいことをやってるのを知ってるね。たったの八つだが神童と呼ばれるほど賢いって評判だもんな。色々勘づいているんだろうよ。父親がうかゐの看板商品を盗んで、店を潰し、挙句の果てに店主夫婦の亡くなった娘に生き写しの人形を嬉々として持って帰ってきたんだからさ、嫌にもなるわなぁ。私だったらぐれるか家出するね」

「ちょ、旦那様、声が大きいですよ」

この屋敷と広い庭に他人の目などないのだが、お凛は思わず周囲を憚《はばか》って声をひそめた。

「それ、本当のことなんですか？」

「前から噂はあった。表向きはごくまっとうな小間物屋だけど、あの父親の代になってから妙に羽振りがいいってさ。それがどうも、裏でとんでもない暴利の金貸しをしてるらしいって話でね。強引に借金を作らせて、金を返せないとやくざ者を使って血の一滴まで搾り取るんだとさ。一家離散の羽目になったり、店を乗っ取られたりした者も多いって話だよ。怖い怖い。物の怪よりも恐ろしいねぇ」

青年がつうっと両目を細めて、吟《ぎん》じるように言う。

「その血と涙が染み込んでいるであろう人形がさ、呪われてるかもっていうんだから、そりゃあ寝覚めが悪いだろうよ。お払い箱にしたくもなるってもんだ」

精魂込めて作られた、愛らしい市松人形が目に浮かぶ。そのあどけない顔に血の涙が流れるところが見えた気がして、うなじのあたりがぞくりとした。もちろん、そんなものはお凛の想像に決まっている。それなのに、お凛は柄にもなく首を縮めて二の腕をさすっていた。

（二）

江戸者には釣り狂いが多い。お武家も庶民も、大人も子供も、昨今では女も大いに釣りを楽しむ。

道楽としての釣りというものは、元はお武家の精神鍛練から始まったのだそうだ。犬《いぬ》公方《くぼう》こと五代将軍綱吉《つなよし》公の御代には漁師以外の釣りが厳しく禁じられたものの、その後は士庶《ししょ》の間に広まり、この文政《ぶんせい》の世でもその熱は高まる一方だ。

掘割《ほりわり》の多い本所《ほんじょ》と深川はことに釣りの名所として知られ、竪川《たてかわ》と並んで深川木場もその筆頭である。四方を水路で囲まれた浮島のような島田町では、木場の材木に腰を下ろして釣り糸を垂らす人や、水面に小舟を浮かべて釣りに興じる人々の姿をよく目にする。

木場ではタナゴ釣りが人気なのだが、この魚は春から秋にかけて雄の色合いが虹のように美しさを増すことで知られている。食べても小骨が多くてうまくもないから、釣り上げて色を楽しんだらすぐに逃がす。これをただ延々と繰り返すのだ。タナゴを釣り上げること自体は目的ではなく、その情緒と雰囲気を楽しむ、それこそが釣趣《ちょうしゅ》の極みであるらしい。まったく酔狂な遊びであると十五のお凛は思うのだが、例によって変人で放蕩息子の仙之助がこれを好まぬわけがない。今日も木場に浮かべた舟に贔屓《ひいき》の辰巳芸者と乗り込んで、

「うーん、美しいねぇ。まるで梁と梅のようだ」

「あら、嫌ですよ旦那ったら」

「あたしたちを釣り上げようなんて、悪い人」

などと軽薄極まりない会話を交わしつつ、釣り上げた玉虫色のタナゴをご満悦の様子で眺めている。

「旦那様、いい加減に陸に戻ってきてくださいませんか？　このまま漁師にでもなるおつもりですか」

舟を見下ろす橋の欄干に凭《もた》れ、お凛が木枯らしのごとき冷たい声をかけると、ぽちゃんと魚を逃がした主が、げ、という顔で目を上げる。

「やなこった。また万年屋の坊主が押しかけてくるんだから。冗談じゃないよ」

あいつもしつこいねぇ、と釣り糸を垂らしながら仙之助がぼやいた。

万年屋の長男の清太郎は、悄然《しょうぜん》として家に帰ったかと思ったら、翌日から毎朝、人形を返してくれ、と屋敷に現れるようになっていた。辟易《へきえき》とした主は清太郎を振り切ろうと一石二鳥の策を講じ、こうして木場で舟遊びを決め込んでいるのである。

「そんなことおっしゃって。八つの子供から逃げ回って恥ずかしくないんですか？」

「ぜんっぜん。どうしてさ？　楽しいぜ。浮世の憂《う》さを忘れられるしねぇ。こういうのを命の洗濯っていうんだよ」

テンテン、と染吉が奏でる三味線《しゃみせん》の音と共に無邪気な答えが返り、頭痛を覚えた。

耳を澄ませば、遠くの木場から川並《かわなみ》たちが材木を集めながら歌う木遣《きや》り歌が、風に乗って聞こえてくる。川並《かわなみ》とは、水に浮かべた丸太を鳶口《とびくち》一つで筏《いかだ》に組み、あるいは角材を乗りこなす職人たちで、男の中の男、粋の中の粋、火消しと並ぶ江戸者の憧れの的だ。日がな遊び呆けているこの主に爪の垢《あか》でも煎じて飲ませてやりたいくらいである。

朗々と響く木遣《きや》り歌を聞きながら、散りはじめの落葉が浮かぶ水面に舟を浮かべ、芸者衆と釣りと洒落《しゃれ》込めば、そりゃあ陸に戻るのも嫌になろうというものだ。そろそろ人間を辞めて、魚になりたいとでも言い出すのではなかろうか。

「だからって、いつまでそうしていなさるおつもりですか。陸に戻る頃には浦島太郎におなりじゃありませんか、旦那様」

「あははは、うまいこと言うねぇ。じゃあ、乙姫はどっちだろう？　染かな梅かな」

盃を傾けながら、結城紬《ゆうきつむぎ》の羽織と着流しを洒脱《しゃだつ》に纏《まと》った青年が呵々大笑《かかたいしょう》する。

どの辺に浮世の憂《う》さなるものが溜まっているのかと思われる、腹が立つほどに能天気な与太郎っぷりだ。手にしたタナゴ竿も、浅草の釣具屋の名店『東作《とうさく》』の高級品で、漆《うるし》塗《ぬ》りや彫金を施した雅な逸品である。まったく贅沢な憂《う》さ晴らしもあったものだ。

「あら、万年屋さん？　旦那さん、あそこのご一家とお知り合いなんですか」

濃淡のある紫地に紅葉を散らした着物を纏《まと》った梅奴が、仙之助の釣り竿を優雅に水面へ差し伸ばしながら尋ねる。

「うん、まぁね」

「そういえば以前、香り露《つゆ》をくださいましたもんねぇ。いい香りで肌が光るようで、ほんと重宝でしたよ」

「おや、そんなに気に入ったのかい？　じゃあまた贖《あがな》ってきてあげるよ」

「あらやさしい。でもねぇ、近頃じゃあ、もうあれは売ってないらしいんですよ」

「へぇ。そいつはまたどうして」

残念そうに嘆息する梅奴に、主が首を傾げた。

「それがねぇ、万年屋の旦那さん、今まで苛め抜いた人たちに祟られてるっていうんですよ。ほら、悪い噂があったでしょう？　あくどい金貸しまがいのことをして、あちこちの店を潰したり、身代を奪い取ったりしていたって」

梅奴が唇をすぼめてきりきりと柳眉を吊り上げた。

「それであの旦那さんに、色々悪いことが起こったんじゃありませんか。そりゃもう、身に覚えはたんとありますでしょ。あの香り露《つゆ》だって、ねぇ？　元はうかゐってお店のものだったのを、そこから職人ごと奪い取ったって話でござんしょう？　だから、さすがにまずかったかと気が咎《とが》めて売るのをやめたんじゃありませんか？」

「おや、でもさ」

三味線《しゃみせん》を置いた染吉が、煙管《きせる》を咥えながら物憂《ものう》げに言う。秋花《しゅうか》と尾長鶏《おながどり》をあしらった赤紫の着物に、ぱきっとした黒羽織を纏《まと》った姿が匂い立つようだ。

「何日か前に、またどこぞのお店にやくざ者を借財の取り立てに送り込んだって聞いたよ。喉元過ぎればって奴かねぇ。またぞろ気が大きくなってきたんじゃないのかい？　香り露《つゆ》もじきに売り出すって噂もあるしさ」

「ええっ、それ、本当ですか。染吉さん？」

お凛は憤《いきどお》りに顔を火照《ほて》らせ、欄干から身を乗り出した。

「あいよ。あの旦那も懲《こ》りないよねぇ」

つうっと切れ長の、気の強そうな目をした染吉が、紫煙を唇の間から漂わせながら頷いてみせる。薄い肩をふるわせて泣く、清太郎のちっぽけな姿が目に浮かんだ。聡い少年のことだから、事態を察して小さな胸を痛めているのではなかろうか。お凜は唇を噛んで欄干を強く握る。

ところが仙之助ときたら、へぇぇ、とおかしそうに言って酒なぞ舐めている。お凜はかちんときた。

「へぇぇ、ってなんですか? ひどいじゃありませんか! だいたい旦那様は薄情なんですよ。坊ちゃんがお気の毒だと思わないんですか!」

言うなり仙之助の返事も待たず、緩い弧を描く橋をどどっと駆け下りる。

着物の裾をからげて走り出したお凜の耳に、テケテケテンテン、という乾いた三味線の音が、水面を渡る風に乗って届いた。

相生町四丁目の通りにさしかかると、すすきや秋草を売り歩く棒手振《ぼてふ》りと度々すれ違う。そういえば、今夜は長月十三夜の後の月だ。けれどそれには見向きもせず、一心不乱に歩を運ぶ。

軒を連ねる大小様々な表店《おもてだな》の間で一際目を引く、紺色の大暖簾《おおのれん》を翻《ひるがえ》す万年屋の前に立ったお凛は、息を弾ませながらはたと考え込んだ。

義憤に駆られてやってはきたものの、さてどうしようか。まさか奉公人を捕まえて、「お宅の旦那さん、また悪いことを企んでいるそうですね？」などと詰問《きつもん》するわけにもいかない。

うろうろと行ったり来たりしつつ人波の間から店を見やっていると、丸に万の字を白く染め抜いた大暖簾《おおのれん》をかき分けるようにして、男が表に出てくるのが見えた。

羽二重らしき羽織を纏《まと》った、押し出しのいい四十そこその旦那だが、今にも倒れそうに顔が真っ青だ。後を追って現れたのは奉公人であろうか。三十をいくつか超えたくらいの痩せた男で、羽織ではなく半纏《はんてん》を纏《まと》っているところからすると手代《てだい》かもしれない。

「『たちばな』の旦那さん、どうかお待ちを……」

「畜生、馬鹿にしやがって」

手代《てだい》らしき男の手を振り払い、羽織の旦那が怒りにふるえながら鋭く叫んだ。

「他人の生き血を啜《すす》る鬼だ。お前らの旦那は」

お凛は思わず耳をそばだて、言い争う二人の近くへ寄っていった。

「うかゐの次は、俺の店ってわけか。騙し討ちみたいな利息を押し付けやがって。俺も奉公人も首を縊《くく》れってのか！」

「お、お怒りはごもっともでして……まことにお詫びのしようも」

「手代《てだい》に詫びられたところで糞の役にも立たねぇ。せいぜい俺たちに呪われ祟られ、地獄に落ちやがれ！」

ぺっと唾を吐きかけて手代《てだい》を突き飛ばすと、男は唸《うな》りながら雑踏の中を歩き出す。しかし足取りはふらふらと頼りない。腹に匕首《あいくち》でも刺さっているかのごとく背中を丸め、痛みを堪《こら》えるように去っていく後ろ姿は悲壮感あふれるものだった。突き飛ばされた手《て》代《だい》は力なく地面に尻餅をつき、悄然《しょうぜん》としてただ項垂《うなだ》れている。

「だ、大丈夫ですか？」

見かねたお凛がそばに寄って腰を屈《かが》めると、男はぼうっとこちらを見上げた。

「これはどうも、失礼を。見苦しいところをお目にかけまして……」

よろよろと立ち上がり、頬に引っかけられた唾を袖で拭う。

「お客様でいらっしゃいますか。どうぞ中へ……」

「いえ、そういうわけではないのです。少々お尋ねしたいことがありまして」

お凛が慌てて言うので、男は不思議そうに瞬《まばた》きした。少し目尻の垂れた、人のよさそうな顔つきをした手代《てだい》だ。

「実は……人の噂で、香り露《つゆ》がまた売り出されると聞きました。本当なのでしょうか？」

咄嗟《とっさ》に考え、お凛がそう言った途端、男の顔が苦しげに歪んだ。

「そう、なるかと存じますが、詳しくはまだ。申し訳ございません」

「そうですか。でしたらいいんです。また伺いますので」

お凛はそう応じながら、手代《てだい》が気の毒でならなくなった。この様子からすると、奉公人たちも店主の勝右衛門に大層苦労をかけられているようだ。人から恨まれ、憎まれながらの商《あきな》いなんぞ、苦痛でしかなかろう。

「あのう、大変失礼なことをお聞きしますが」

お凛は思い切って口を開く。

「先ほどの旦那さんもおっしゃっていたようですけれど。お店のよくない噂は、本当なのでしょうか？　折々耳にして、気になったもので……」

「まことに、お恥ずかしい限りでございます」

腹を立てるでもなく、ただただ悲しげに手代《てだい》が俯《うつむ》いた。

「店の看板に傷がつくような評判が立つのは、奉公人としましても慙愧《ざんき》の念に堪えぬ思いでおります」

低く、呟くように言うと、つと男は目を上げる。ゆらりと、目の底に青白いものが立ち上った。

「ですが、どうにかしなくてはならぬと、奉公人一同必死の思いでおります。どうか、お見限りくださいませんようお願い申し上げます」

手代《てだい》の声が掠れる。深々と頭を下げる男を、お凛は言葉を失って見つめていた。


「旦那さん……旦那さんに会わせてください！」

清太郎がやってきたのは、その日の宵《よい》のことだった。

「清太郎坊ちゃんじゃありませんか。こんな時分に。あ、お待ちくださいまし」

朝にも現れたというのに、と応対に出たお凛が驚くのをよそに、清太郎は枝折戸《しおりど》を開けて中庭へ駆け込んでいく。

茶の間の縁側では、仙之助が奉公人と一緒に団子を肴《さかな》に酒を舐めつつ、月見を楽しんでいた。縁側の軒下には鈴虫を数匹入れた竹の虫籠を吊し、団子の隣の大ぶりな壺にはすすきがたっぷり活けてある。黒羽二重を思わせる艶《つや》のある夜空には満月に少し足りない月が煌々《こうこう》と輝き、虫の声が響く庭を昼のような明るさで照らす。時折吹く微風が真っ赤に色づいた名月楓《めいげつかえで》をざわめかせ、どこからか銀木犀《ぎんもくせい》の甘く淡い香りを運んでくる。その風流な一時《ひととき》に乱入してきた闖入者《ちんにゅうしゃ》を見て、仙之助は剥《む》き卵のように白く滑《なめ》らかな顔を思い切りしかめた。

「旦那さん、やっと見つけた！」

清太郎が甲高い声を上げたので、鈴虫が一斉に鳴くのをやめる。

「ちっ」

とあからさまに舌打ちする青年に、少年はどどっと駆け寄った。

「お願い申します。おみよを返してください。このとおりですから！」

「なんだお前は、こんな時分に。一人で来たのか？　いくら月が出ていて明るいったって不用心だなぁ」

「そんなことはどうだっていいんです」

清太郎は月明かりに照らされた顔を鬼灯《ほおずき》のように赤くする。

「今すぐ返してくれなきゃ困るんです。本当に、間に合わないんです」

「――何が間に合わないんだ？」

仙之助の双眸《そうぼう》がつうっと細くなる。少年がはっと瞬《まばた》きして言葉を呑み込んだ。

「いえ、なんでも……」

先ほどまでの勢いが失せ、仙之助の視線を避けるように目を伏せる。

「あの人形だがな」

ぐいと身を乗り出し、青年が清太郎の小さな顔を覗き込む。少年が一歩下がる。

「人形人形とうるさいが、あれを取り返してどうしようっていうんだ？　うかゐのご夫婦の在所だって知らんのだろう。おとっつぁんはきっとまた捨てちまうぜ。いや……下手したら怒り狂って壊しちまうかも。私に預けておいた方がいいと思うがねぇ」

「そんなの。だ、だって。おとっつぁんがおみよを連れてきたんだから、俺が返してやらなきゃいけないでしょう。万年屋の息子なんだから、俺がやらなきゃ……うかゐのおばさんたちも、きっと探し出してみせます」

清太郎が必死に言葉を探す様子を、仙之助は何を考えているのかわからぬ表情で眺めている。

「ところで、ちょいと小耳に挟んだんだが……馬喰町《ばくろちょう》にあるたちばなっていう土産屋、あそこが潰れそうなのは、お前さんのおとっつぁんの仕業らしいって噂は本当かい？」

赤く火照《ほて》っていた少年の顔が真っ青になった。瞳が揺れて、華奢《きゃしゃ》な肩が忙しなく上下する。仙之助は素知らぬ顔で、ぬるく燗した酒を手酌で注ぎ、そうだ、と無邪気に続ける。

「例の香り露《つゆ》、あれももうすぐ売り出すって話だね。いやぁ、よかったよ。私の馴染みが気に入ってるもんでね。また手に入るなんて目出度《めでた》い話だ」

「ちょっと、旦那様……」

お凜が慌てて割って入ろうとした時――

「もう、いいです！　旦那さんには頼まない！　人でなしっ」

裏返った声で清太郎が怒鳴り、さっと踵《きびす》を返して庭を飛び出していく。

「おい、富蔵。万年屋まで連れて帰ってやりな」

「へ、へぇ」

のっぺりとした青年の声に富蔵が頷いて、坊ちゃん、坊ちゃん、と呼びながら走り去る。

りーん、りーん、と思い出したように鈴虫が歌い出す。白金の大きな月が冴え冴えとした光を投げかけ、呆然とするお凜の足元に青黒い影を落としていた。


物悲しい雁《かり》が音《ね》が、遠くに木霊している。

月見がお開きとなり、女中部屋で眠りについたお凜は、ふと目を覚ました。香り露《つゆ》のこと、たちばなのこと、それから清太郎のことが心に重くのしかかっていて、どうにも眠りが浅い。布団の上で幾度か寝返りを打ったお凜は、おもむろにもそりと起き上がった。

隣の布団のお江津を起こさぬようにして、そうっと部屋を出る。格子窓の障子や雨戸の隙間から青白い月明かりが斜めに差し込み、屋敷の中はずいぶんと明るい。廊下をきしきしと鳴らしながら、お凛はまっすぐに屋敷奥の小座敷へと足を向ける。

するすると唐紙《からかみ》を開き、中に体を滑り込ませた。窓の障子を透かし、仄《ほの》かな月明かりが滲《にじ》む部屋に足を踏み入れる。じっと見下ろす視線の先には、仙之助が集めたがらくたの間にきちんと膝を揃えて座った市松人形の、睫毛《まつげ》の長い、あどけない顔があった。

……お前、あの着物は取ってあるよね、ちょいと着せ替えておくれよ。

いつかの仙之助の声が耳に蘇《よみがえ》る。

……万年屋の息子なんだから、俺がやらなきゃ。

そう言った清太郎の懸命な顔が目に浮かぶ。

こんなことをしたところで、なんにもなりゃしないけれど。

「でも、あんたも悔しいわよねぇ？」

そう呟くと、お凛は人形の加賀友禅を仕舞ってある箪笥《たんす》の抽出《ひきだ》しを開いた。

この人形が動き出して、勝右衛門を懲《こ》らしめに行ってくれないものか。

馬鹿げているのは百も承知だが、そんな思いがふつふつとこみ上げてならない。

遠くで、丑三つ時（午前二時頃）を知らせる時鐘の、捨て鐘の音が響いていた。

翌朝、仙之助は遊び疲れたのか、数日ぶりに朝寝坊を決め込んだ。お凜は仙之助の朝《あさ》餉《げ》を待たず、お江津と屋敷の内の掃除をはじめることにした。万年屋の手代《てだい》とのやり取りや、昨夜の清太郎の悲痛な声が胸の奥底に淀《よど》んでいて、よく晴れた気持ちのいい朝だというのに気分は曇り空だ。

——ああ、嫌になる。

気を取り直し、例の市松人形を置いてある小座敷の唐紙《からかみ》を開いたお凜は、足を止めて刮目《かつもく》した。

「……だ、旦那様、旦那様！」

箒《ほうき》を掴んだまま転げるように廊下を走り、縁側に出たところで、ようやく起きてきたらしい仙之助が歩いてきたのに出くわした。青年は欠伸《あくび》を途中で呑み込んで、ひっ、とばかりに飛びのいた。

「なんだいお凜、お、落ち着け！　そんな怖い顔をしなくてもいいじゃないか。今日は舟遊びはやめるから！　私もちっと反省したんだよ。なんならお前とお江津を遊ばせてやってもいいよ。釣り竿も貸してやるから……」

「それどころじゃありません！　人形、人形が……」

箒《ほうき》を振り上げるお凛から逃げようと後ろを向いた主が、えっ、と振り向く。

「人形が、消えたんです！　お屋敷から、出ていってしまいました……！」

途方に暮れたように言った途端、ざあざあと風が唸《うな》り、庭木から赤い紅葉が血の雨のように降り注いだ。

（三）

仙之助とお凛を乗せた猪牙舟《ちょきぶね》が、三十間川《さんじっけんがわ》を疾走する。

涼しい秋風が吹き抜け、爽やかな一日を予感させる気持ちのよい朝である。三十間川を挟んで島田町と向かい合うのは名高い三十三間堂で、南北六十六間にも及ぶ長大な本堂の朱塗りの柱と壁が目にも鮮やかだ。が、船頭を急かしに急かし、出し得る限りの速さでぶっとばす猪牙舟《ちょきぶね》の上にいては、堀沿いの景色を楽しむ余裕などない。柳葉《やなぎば》の形の喫水の浅い猪牙舟《ちょきぶね》は、飛ぶような速度が出る代わりによく揺れるのだ。

「いや、とうとう歩いたとは……一日千秋で待ちわびたよ。感極まるねぇ」

船縁にしがみつくお凛をよそに、平然と前に座った仙之助が楽しくてたまらぬように言う。

人形がひとりでに歩くなんて、そんな馬鹿なことがあるはずがない。

けれど……

お凛の心ノ臓がきゅっと縮み、清太郎の頑是《がんぜ》ない顔が目に浮かぶ。

――私がおみやの人形の着物を替えたせい……いいえ、まさかそんなはずは……

けれど、怨念《おんねん》に目覚めた人形が、恨みを晴らしに勝右衛門のもとへ向かったとしたら。

目の前に、着物の裾をひきずって歩く人形の姿がちらついて、お凛はぶるっと身震いした。

今朝、小座敷の唐紙《からかみ》を開いたら、そこに人形の姿はなく、様々ながらくたの間にぽっかりと畳が覗いているのが見えるばかりだった。

細かな埃が仄《ほの》明るい部屋に舞う。お凛は箒《ほうき》を握り締め、呆けたように立ち竦《すく》んだのだった。

「……もしやお前、あの友禅を着せたのかい？」

お凛の話を聞いた仙之助が、縁側で尋ねた。

「は、はい。昨日の夜に」

箒《ほうき》を掴んだままお凛が頷くと、

「どうしてまた。嫌がっていたんじゃなかったか」

と青年が怪訝そうな顔をする。

お凛は言葉に詰まって目を泳がせた。

「旦那様がどうしてもとおっしゃるし、その……深い意味はないのですが」

主の瞳がきらりと光る。

「――ふぅん。それでか……」

「でも、着せ替えた時には何も起こりませんでした。動く気配なんてまるでございませんでしたし」

「そりゃあ、お前が目の前にいたからさ」

「そんな馬鹿な……あっ、もしかして。清太郎坊ちゃんかも」

お凛ははっとして身を乗り出した。

「坊ちゃんがこっそり持って出たのかもしれません。昨夜もあれだけ必死でいらっしゃったし、きっと痺れを切らして……」

「八つの子供があの部屋まで、夜中に盗みに入ったってのかい？　いくら賢くても、あいつにそんな芸当ができるとは思えないぜ」

　そう言ってから、仙之助が思いついたように庭を見回す。

「ということは、今朝は清太郎の奴は現れていないんだな？」

「はい。いらっしゃっていません」

　常ならばとうに現れている頃だが、少年は今朝に限って姿を見せていない。諦めたのか。それとも、人形を取り返したから？　けれど、仙之助が言うとおり、あんなに幼い子が自分と変わらぬような大きさの人形を一人で盗み出せるものだろうか。どうもおかしい、と胸がざわざわと落ち着かない。

「万年屋で何かあったな」

　本所《ほんじょ》の方角を向いた仙之助が、不謹慎な笑みを唇に浮かべた。

「行くぞお凛。富蔵、お江津、猪牙《ちょき》を捕まえろ！」

「へ、へい」

「旦那様、朝餉《あさげ》は……」

　あたふたしている富蔵とお江津に、

「それどころじゃない。朝餉《あさげ》なんぞ後回しだ」

と主が高らかに叫ぶ。

平素の寝起きの悪さはどこへやら、仙之助は衣桁《いこう》の羽織を引っ掴むと、履物を持ってこい、と声を張り上げたのだった。


二ツ目橋の近くで舟を下り、人で賑わう表通りをもどかしい気分で早足に進む。万年屋の店構えが目に入ると、汗まみれでよろけながらも、走り出さずにはいられなかった。朝餉《あさげ》も食べていないというのにやたらと元気な仙之助と先を争うようにして、行き交う人の間を縫っていく。

「旦那様、あれ……」

お凛が万年屋の軒先を指すと、仙之助が喉で唸《うな》った。とっくに揚戸《あげど》を開けて暖簾《のれん》を出す時分であるというのに、揚戸《あげど》はぴっちりと下ろされたままだ。

もし、と揚戸《あげど》越しに声をかけるが、静まり返った店の内からはうんともすんとも返事がない。

二人は顔を見合わせると、店の脇を通り抜けて母屋へ回ってみた。

立派な赤松や、赤々と染まった南天の木の実も鮮やかな中庭に足を踏み入れると、縁側を向いた部屋から乱れた声音が聞こえてきた。障子が少し開いている。

仙之助とうかがってみれば、中に奉公人たちが集まって、口々に何か言い合っているらしい。どの人も周章狼狽《しゅうしょうろうばい》して顔が蒼白だ。その間に、夜着にくるまった誰かの姿を認め、お凛はぎくりとした。

夜着からのぞいている青い顔、あれは店主の勝右衛門ではあるまいか。そばにはおろおろしている内儀らしき中年の女と、内儀を支えるようにしている痩せぎすの男がいる。黒羽織の身なりからして番頭らしい。部屋の隅で、我関せずという顔で風車を吹いたり、お手玉をぽんぽん放ったりして遊んでいる童女は、清太郎の妹のたえだろうか。

「万年屋は祟られているんですよ、旦那様。散々恨みを買っておいでだから……」

「うかゐの時なんてひどいもんだったじゃございませんか」

「旦那様がお心を入れ替えなきゃ、いずれ取り殺されてしまいます」

「もうこんな商《あきな》いはおやめくださいまし」

奉公人たちが、心底恐ろしげな様子で訴えている。

「う、うるさい、うるさい！　お前たち、それでも奉公人なのか。口を慎め！」

冷や汗に濡れた顔を怒りに歪め、勝右衛門が怒鳴り散らす。が、夜着にくるまって虚勢を張ったところで迫力に欠ける。

「旦那様、たちばなを潰すのはおやめくださいまし」

「香り露《つゆ》もです。職人をうかゐのご店主にお返しして、お詫びいたしましょう」

「そうですとも。おかみさんもそうは思いませんか」

「お前たち、分を弁《わきま》えんか！」

五十そこそこと見える、頬骨が高く鋭い切れ長の目をした番頭が、忌々《いまいま》しげに声を張る。

「人形人形と騒ぎ立てて恥ずかしいと思わんのか。旦那様は夢でも見なすったに違いない。祟りなんぞ、馬鹿馬鹿しい。さっさと仕事に戻れ。店を開ける時刻はとうに過ぎているんだぞ！」

番頭が怒鳴りつけ、奉公人たちを追い散らす。仙之助とお凛は慌てて庭木の陰に隠れるが、番頭も店主も二人に気づく様子もなく、ぴしゃりと寝間の障子を閉じてしまった。

後には覚束なげに小声で囁《ささや》き合う奉公人たちが残された。重い足取りで持ち場へ消えていく奉公人を見送っていた仙之助は、目の前の縁側に手代《てだい》が差し掛かった途端、お凛を促し庭木の陰から出ていった。

「これは、昨日の娘さんじゃございませんか」

不審そうな手代に二人が名乗ると、男が顔色を変える。

「仙之助様、丁度いいところに。実は昨夜、人形が……あの人形が！」

「やっぱり人形が戻ってきたんですね」

「へ、へぇ。昨夜いきなり出たんです！　旦那様の枕元に」

手代《てだい》が白い顔をして声をふるわせる。

「それで、心を入れ替えないのなら祟ってやる、と囁《ささや》いたそうで……朝になってもあのとおり、怯えきっておいでです」

「やっぱりそうでしたか。いや、夜の間に歩き出したらしくて、屋敷から消えちまったんですよ。もしやこちらに戻っているんじゃないかと思って来てみたら……」

両目に喜色を浮かべ、仙之助は声を弾ませる。

「それで、人形はどこに？」

「わ、わかりません。旦那様が大声を上げたら、すーっとどこかへ消えたそうで……」

「探しましたか」

「とんでもない。そんな恐ろしいことできませんです」

手代《てだい》がぶんぶんとかぶりを振る。

「──そういえば、清太郎の姿が見えないが……人形を探しているのかな」

仙之助の問いに、手代《てだい》はきょとんとして瞬《まばた》きした。

「坊ちゃんでございますか？　坊ちゃんは奥の寝間でまだお休みではないかと」

「寝てる？　あれほど人形人形と日参して騒いでたのに？」

「へ、へぇ。昨夜の騒ぎでお疲れなのだと思います」

慌てたように手代《てだい》が言う。

主は、ふむ、と釈然としない顔つきになり、頬をさすって考え込んだ。

「ん……？」

数拍置いて、仙之助の茫洋とした瞳に愉快そうな笑みが浮かぶ。

白い喉がひくついたかと思うと、くつくつと忍び笑いが聞こえ、青年はとうとう盛大に笑い出した。

「な、なんですか、旦那様。何がおかしいんですか？」

お凛が呆気に取られていると、青年は目に涙を浮かべて言う。

「……いや、大した結末ですな。主に恵まれないと、奉公人はかえって力を合わせるようになるんでしょうかね」

「な、なんの話ですか。何が面白いんですか？」

お凛が混乱しながら尋ねるのをよそに、主は発作に襲われたように時折背中を波打たせる。

「旦那さんの前に現れた人形ってのは、本物の子供でしょう？　清太郎が化けていたんですよねぇ」

　はっと手代《てだい》の表情が凍りつく。

　お凛は動きを止めた。それから、自分の顎《あご》がかくんと落ちるのを感じた。

「坊ちゃんが、人形のふりをしていた……？」

　ほっそりと華奢《きゃしゃ》で、父親とは違い繊細な品のいい顔つきをした少年だ。化けようと思えばできないことはないかもしれない。だけど、なぜ清太郎がそんな真似をするのだ。

「皆さんで大層な芝居を打ったもんですねぇ。旦那さんを改心させようとしたわけですか。生き人形の祟りを装って、まっとうな商《あきな》いをしろと言い聞かせるつもりだったんでしょう。だから、清太郎が必死になって私のところに日参したんですね。人形が私の手元にあるっていうのに万年屋にそいつが現れたら、旦那さんはおかしいと勘づいちまいますもんね。あの友禅の表着も入用だろうし」

「せ、仙之助様、何をおっしゃっておられるのか……芝居だなんて、とんだ誤解でございます。旦那様にそんな、大それた真似をするわけが」

「ああ、待てよ。そうか」

　仙之助が役者のような顔を傾け、つうっと目を細める。

「人形師の亀吉さんも手を貸したのかな。違いますか？　おみやの人形を作った人なら、清太郎を化けさせるのもお手のもんでしょう。なんなら亀吉さんに聞いてみましょうか。在所は聖天町でしたっけ。旦那さんにもちょっとお話ししてみようかなぁ。興味を引かれるんじゃないかな、きっと」

手代《てだい》が唖然《あぜん》とし、それから顔面蒼白になってふるえ出す。

「あ……あの。仙之助様、お、お待ちを」

今にも泣き出しそうな顔で喘ぎ、わななく両手を伸ばしてくる。

「お待ちください。どうか、どうか、それはご勘弁くださいまし。旦那様に知れたら、奉公人たちにどんな罰があるか……」

「なぁんてね」

青年が突然にこりとする。

「冗談ですよ。この程度のいたずら、旦那さんに告げ口なんてしやしません。しかし残念だなぁ。祟りじゃなかったか。ま、これはこれで面白いからいいけどね」

そう言って心底残念そうに嘆息する姿を、手代《てだい》は涙目のまま呆然と見つめたのだった。

「おっしゃるとおりでございます。言い出されたのは、坊ちゃんでございまして……」

手代《てだい》に懇願されて、庭にある蔵の陰へと導かれると、男がぼそぼそと話しはじめた。

「あの市松人形を旦那様がお持ち帰りになられた少し後のことでした。坊ちゃんは、ひどく思い詰めておられるご様子だったんですが」

あの父親を懲《こ》らしめたいから協力しておくれ、とある日、清太郎が奉公人たちに頼んだのだという。

「四尺弱の人形と背丈もお変わりになりませんし、面や鬘《かつら》をつけて人形の着物を纏《まと》えば、暗がりでは見分けがつくまいとおっしゃいました」

面と鬘《かつら》は亀吉にあつらえてもらったそうだ。後は、奉公人が歩く人形を見たとでっち上げて勝右衛門の恐怖心を煽り、勝右衛門自身の目にも触れさせる。これはかつて煮え湯を飲まされた者たちの怨念《おんねん》だ――と騒ぎ立ててやれば、さすがの勝右衛門も商売のやり方を変えざるを得まいと考えたのだ。

「ところが、番頭が余計なことを吹き込んで、仙之助様に人形を預けてしまって……」

番頭は勝右衛門の右腕だそうで、他の奉公人らとは心を同じくしていない。従って、この企みにも加えてはいなかったのだ。

「人形が手元からいなくなり、安堵した旦那様は、一月《ひとつき》も経つと、再び元の非道な商《あきな》いをはじめようとなさいました」

もう一度、今度は完膚《かんぷ》なきまでに勝右衛門を恐怖させなくてはならぬ。そう清太郎と奉公人一同は決心した。

「それで、うちに忍び込んで人形を盗み出したんですか？　無茶をするなぁ」

よくよく他人に侵入される屋敷だ、と仙之助が笑うと、手代《てだい》がすまなそうに身を縮めた。

「いえ、手前や奉公人が盗み出したのではございません。坊ちゃんは、亀吉さんにお願いして人形を持ち出していただいたのだそうです……」

亀吉が盗み出した？　と耳を疑うお凜の横で、仙之助が暫時《ざんじ》沈黙する。

「――亀吉さんが盗みに入ったのは、何時頃のことです？」

「夜九つ（午前零時頃）には坊ちゃんが変装しておられましたから、その時までに盗み終えていたはずですが、それが……？」

「そいつはおかしい」

歌うような主の声に、お凜も内心で頷いた。そうだ、おかしい。だって……

「人形が屋敷から消えたのは丑三つ（午前二時頃）の鐘の後のことですよ。夜九つには、人形はまだ屋敷にあった。それは清太郎の嘘だな」

「嘘？　い、一体どういうことで」

手代《てだい》が困惑して言ったその時、慌ただしい足音と狼狽した声が母屋から聞こえてきた。

「大変だ！　えらいことになった！」

先ほど勝右衛門や内儀のそばにいた番頭が、縁側を走りながら叫んでいる。

「ぼ、坊ちゃんが。坊ちゃんが大変だ。医者を、いや、医者じゃ用を足さん」

蝋石《ろうせき》と見紛う顔色で、かっと両目を見開いた異様な様子に、集まってきた奉公人らが一斉に注目する。

「坊ちゃんがどうなすったんで？」

「た、大変だ……」

番頭さん、と皆が口々に呼びかけるのが聞こえぬように、男は青筋の浮いた額にじっとりと汗を浮かべ、大変だ、と繰り返すばかりだ。

「どうなすったんですよ⁉　番頭さん、ねぇ！」

不安に駆られて掴みかからんばかりに詰め寄る皆の姿も、目に入らぬ風情《ふぜい》だ。

やがて、焦点の合わない目をした番頭が虚《うつ》ろな声で呟いた言葉に、お凛は手で唇を覆った。

「坊ちゃんが、に、人形になってしまわれた……」

午前のやさしい日の差し込む、庭を向いた寝間で、清太郎は布団に上半身を起こしていた。

庭木を風が揺らし、真っ赤に色づいた楓《かえで》の葉が舞い込んで、清太郎の寝間着の上にはらはらと落ちかかる。

けれども、清太郎は座っている。ただ、座っている。

かすかに顔を俯《うつむ》け、半眼にした目に赤い紅葉を映しながら、両手両足を布団に投げ出すようにして座っている。

「清太郎、清太郎！」

その顔を覗き込み、ほっそりした肩を揺さぶるようにしながら声をかけているのは、父親の勝右衛門だった。

「一体どうしちまったんだ、清太郎！」

「返事をおしよ、清太郎！　ねぇ、お願いだから」

隣で青ざめ、清太郎の手を握りながら呼びかけているのは、先ほどの内儀だ。

「坊ちゃん、どうなすったんですか？　坊ちゃん！」

奉公人たちが布団の周りに殺到する。

「たえお嬢さんが坊ちゃんを起こしに行かれて……坊ちゃんが目を覚まさないとおっ

しゃって、あたしがご様子を見たら、こ、こんな……」

番頭が額にびっしりと汗を浮かべ、その場に突っ立ったまま呟いた。

清太郎の半眼の目には生気がなく、まるでとんぼ玉のようだ。がらんどうの空間が瞳の奥に広がっているのが見える気がして、お凛は背筋がぞくりとする。

「せ、清太郎、おい、どうした」

勝右衛門が声を上ずらせる。

「からかうのもいい加減にしろ。おい……」

「ひっ！」

突然、手代《てだい》が鋭く叫んだ。視線を辿り、お凛も短く悲鳴を上げる。いつの間にか、庭に童女の姿の人形が立っているではないか。

――行方不明になっていた市松人形、おみやだ。

「ど、どこから」

「誰があそこに置いた？」

「あたしじゃございませんよ！」

奉公人たちが恐慌を来《きた》したように叫ぶ。

青地に宝文様と玩具文様を組み合わせた、薄汚れた加賀友禅。それを纏《まと》ったおみやに生き写しの人形は、ぼさぼさの頭を傾けて、じっとそこに佇んでいる。

ざわざわという葉擦れの音が耳の奥を掻きむしる。雲が日を覆い隠し、すうっと庭が暗くなる。

半眼になった人形の瞼《まぶた》がぴくりと動いた気がするのは、気のせいか。風のせいだろうか。わからない。

「やめて、やめて、やめてぇっ！」

甲高い悲鳴と共に枕が宙を飛ぶ。それは縁側で弾み、人形をかすめて地面に転がる。

「ちょ、よせ！」

勝右衛門が泡を食って妻の腕を掴む。

「やめてって言ってるでしょう！　こっちを見ないでよ！　どこかへお行き！」

泣きじゃくり暴れる妻を、店主は必死に宥《なだ》めようとする。

「あんたも、なんとか言ってくださいよ！」

ちよと呼ばれた内儀は亭主に怒鳴った。

「こんなことになったのはあんたのせいですよ！　商売敵《がたき》の店を潰して、恨みを買ってばかりいるから……」

「な、何を馬鹿なことを。そんなことで、子供が人形になるわけがないじゃないか！」

そう吐き捨てて息子に向き直る。

「いい加減にするんだ、清太郎！」

布団の上の息子の襟首を掴むと、乱暴にゆさぶった。

「悪ふざけもいいかげんにしろ。人形のふりなんぞつまらん芝居を！」

「ちょっと、あんた。なんてことするの！」

――その途端。

ぐらんぐらんと揺れていた清太郎の頭が、ぼとんと落ちた。鞠《まり》でも落ちたかのように、ぼとんと。

「うわぁああっ！」

勝右衛門と内儀が同時に叫び、奉公人たちが天井の板を突き破らんばかりの悲鳴を上げた。

あり得ない角度で胸に向かって逆さまにぶら下がった頭が、まだゆらゆらと揺れている。人形さながらに。

「だ、旦那様……！」

お凛がかちかち歯を鳴らして隣を見ると、仙之助は喜悦に目を爛々《らんらん》と光らせて、清太郎と庭の人形を交互に見やっている。

――あんたがおとっつぁんとおっかさんを苛めたから、あたしがあんたを苛めてやる。この子は人形になって、あたしと友達になるんだ。いいでしょ？

かすかな、無邪気な童女の声がどこからか響いてくる。なんだ、おい、と勝右衛門があたりを見回し、やがて信じられぬように視線を庭の人形に向ける。

「あ、あれが、喋ってる。喋ってる……！」

ぶらん、と庭の人形の手が動いて勝右衛門を指す。ぎゃあっと店主は尻餅をつき、足で畳を掻く。

――今度はあんたが苦しむ番。いい気味。おとっつぁんとおっかさんが喜ぶかなぁ。ああ、いい気分。

くすくす、うふふふ、と心底楽しげで邪気のない笑い声に、お凛の肌が粟立《あわだ》った。

「ま、待て！　や、やめろ、やめてくれ」

勝右衛門ががばと畳に両手をついた。

「悪かった、わ、悪かった！　店は元に戻す。金も返す。だから息子は見逃してくれ！　このとおり、頼む！」

汗がこめかみから噴き出し、勝右衛門の滑《なめ》らかな頬を伝い落ちる。

「これも、清太郎の企みですか？」

仙之助が手代《てだい》に小声で尋ねるが、手代《てだい》はふるえながらかぶりを振る。

「ち、違います。存じません。坊ちゃんは……坊ちゃんはとうに変装を解いて、すぐにお眠りになったはずで。それに、あ、あの声は坊ちゃんじゃございません！」

――逃げたって、無駄よ。あんたがしてきたように、生き血を啜《すす》ってやる……

人形がふらりと揺れて、足を一歩踏み出す。ひっ、と皆が畳を這《は》って後ずさる。

「助けてくれ！　私のことなら呪って構わん。だが清太郎は……」

裂けんばかりに両目を見開き、勝右衛門が息も絶え絶えにおみやに叫ぶ。

「清太郎は『間に合わない』と言っていた。どういうことか、心当たりは？」

混乱に火照《ほて》ったお凛の耳に、仙之助のひやりとした声が触れる。手代《てだい》がふるえながらごくりと喉を鳴らし、表情を歪めた。

「今日は……借財のかたに、たちばなを差し押さえることになっております。明日は、香り露《つゆ》を売り出す……はずで……」

「金輪際、金貸しはやらん！　前に潰した店も、どうにか再建する！　詫びて回る！　清太郎は返してくれ、後生だ！」

勝右衛門が畳を這《は》い、ごんごんと額を縁側に打ち付け喚《わめ》く。その姿を、人形の熱のない、つるんとした瞳が見つめている。

「うかゐも元通りにする。お前さんの二親にも詫びる。たちばなも差し押さえはなしだ！」

頼む、このとおりだ、頼む、と何度も繰り返す声がそのうち掠れ、嗚咽《おえつ》ばかりが響く。

誰もがぴくりとも動かずそれを凝視する。そうしてずいぶん経ったように思った頃、
一陣の風が吹いた。

ぐらっとおみやが揺れる。かと思うと、操《あやつ》り手を失った浄瑠璃《じょうるり》人形のごとく、前のめりにどさりと倒れた。

わっ、と皆が互いに抱き合う。

梁《はり》を失った家のように崩れ落ちた人形は、突っ伏したまま微動だにしなかった。

勝右衛門とちよの啜《すす》り泣きが寝間に低く響いている。

「せ、清太郎……」

「許してくれ。すまなかった。このとおりだ。すまなかった……」

勝右衛門が撫でる清太郎の手は、肌艶《はだつや》こそ人そのものだが、よく見れば胡粉《ごふん》を塗った木製だった。

坊ちゃんが、人形になってしまわれた。

奉公人たちが恐怖と悲しみに顔を覆って泣いている。

痺れたようにその光景を見つめているお凛の隣で、空気が動いた。

顔を向けると、仙之助がすたすたと庭へ歩いていくのが目に入る。

「だ、旦那様？　えっ、ちょ、ちょっと。ちょっと待ってください」

何をしようとしているのか察して、お凛は両手を泳がせる。

「さ、触ったりしたら駄目ですよ！　駄目ですってば！　祟られて……」

皆がつられて庭を向き、わぁっ、と目を剝《む》く。主は転んだ子供を抱き起こすかのような気軽さで、ひょいとおみやの人形を抱え起こした。

人形が主に噛みつくか、首でも締め上げるか、はたまた雷でも落ちてくるかとお凛は息を呑んでふるえあがる。

……が、人形はだらんとしたまま、黙って仙之助の膝に抱かれている。

息詰まる沈黙の後、呑気な声が耳に届いた。

「心配はいりません。ほら、このとおり。清太郎はここにいますよ」

仙之助が、人形の髪の生え際に手を伸ばす。前のめりに倒れた拍子に、皮膚にはあちこち亀裂が入っていた。そこに、よいしょ、と指を引っ掛けたかと思うと、ばりっという音と共に面が剝《は》がれた。

――面が。

剝《は》がれた面と、その下の顔に目を凝《こ》らす。

現れたのは、清太郎の幼く安らかな寝顔だった。

雲が流れたのか、再び穏やかな秋の日が差した。赤や黄や黄金色の木々が燃え立つように輝き、舞い散る落葉がやさしく仙之助と清太郎の上に降りしきる。

すう、と少年が息を吸う音が聞こえる。

「よく眠ってますねぇ」

青年がのんびりと言うのを聞きながら、誰もがただ、布団の清太郎と、庭で眠るもう一人の清太郎を、涙目で交互に見ていた。

（四）

やがて、欠伸《あくび》をしながら目覚めた清太郎は、己の手を取って号泣している両親と奉公人の様子にぽかんとしていた。

「坊ちゃん、何があったか覚えていらっしゃらないんですか？」

縁側に座らされた少年は、お凛が尋ねても、なぜ己がおみやの人形の格好で庭にいるのか、とんとわからぬらしかった。

「真夜中に手代《てだい》さんに変装を手伝ってもらって、おとっつぁんをびっくりさせた後、すぐに変装を解いて寝たのは覚えてます。それで、目が覚めたらこの格好で庭にいました」

と不思議そうに自分の着物を見下ろしている。

しばし少年を眺めていた仙之助は、思いついたように奉公人を見た。

「清太郎は、もしや眠りながら歩く癖がありますかね？」

手代《てだい》が安堵と怯えの入り混じった表情で頷く。

「はい。妄寝病《もうしんびょう》、とか呼ばれることもありますそうで。しかし最近は治まっていたのですが……」

「意識のないまま、もう一回人形の格好をしていたっていうんですか？　でも、いくらなんでも眠ったまま人形の格好ができるはずがありません。それに、あの清太郎坊ちゃんの人形は、一体どこから来たんですか。気味が悪い」

お凛はそう囁《ささや》くと、まだ布団に座って胸元に首を落としている、清太郎そっくりの人形を恐々と見た。

ふむ、と仙之助は滑《なめ》らかな顎《あご》をさすると、清太郎の顔を覗き込んだ。

「お前さん、うかゐのご店主夫婦の居場所を知っているね？　人形を取り返そうと躍起《やっき》になっていたのも、二人に返す当てがあったからだろう。勝右衛門さんを脅かすのに入用だったってのもあるだろうけどさ。今回の企みも、二人に相談しやしなかったかい」

ええっ、と勝右衛門とちよが息を呑む。清太郎は年に似合わぬ大人びた顔に、きまり悪そうな表情を浮かべた。

「おじさんとおばさんの在所、知っています。うかゐが潰れて少し経ってから、浅草花《はな》川戸町《かわどちょう》の菱屋《ひしや》長屋に住んでいるのを、偶然見かけたんです」

それで……と少年が父親へちらりと視線を送って話し出した。

「文をやり取りするようになりました。俺の思いつきを話したら驚いていたけど、協力してくれるって言いました。おみやの人形を作った人形師に会わせてくれて、俺も祟りで人形になっちまったってことにして脅かそうか、なんて話をして、俺そっくりの人形も作ってもらったんです。店の皆にも秘密にしておいた方が盛り上がるだろうと思って、内緒で庭小屋に隠しておきました」

だけど、と繊細なつくりの顔をしかめる。

「おとっつぁんがおみやを旦那さんのお屋敷へ預けちまったから、どうしようもなくなって……」

おみやに化けた清太郎が家の中をうろついて脅かした上で、おみやの呪いで息子も人形になってしまったと父親に思い込ませようという筋書きなのに、当のおみやの人形がいなくなっては話が成り立たない。しかし、あやかし屋敷の旦那は、清太郎がどれほど懇願しても人形を返してくれなかった。そうこうするうちに、勝右衛門は再び気が大きくなって、またぞろどこぞの店を潰し、香り露《つゆ》を売り出すと息巻いている。

手遅れになってしまう。

焦った清太郎は、亀吉に頼んで人形を取り返してもらったと偽り、父親を脅かすから調子を合わせて欲しいと奉公人たちに頼んだ。そして両親が寝静まった夜九つ、まだ裾を上げていない妹の青い着物を持ち出して手代《てだい》に着せてもらうと、面と鬘《かつら》をつけて勝右衛門の枕元に立ったのだった。

「その後すぐに着物も鬘《かつら》も面も取って、寝たふりをしました」

「そうして気がついたら、また人形の格好をして、ああしてお庭に立っていたんですか」

お凛はしきりと首を傾げつつ相槌を打った。わからないことばかりだ。誰が清太郎に人形の格好をさせたのだろう。おみやの人形はどこへ行ったのだろうか。そして、誰があの人形を屋敷から盗み出したのか？　それにあの時聞こえた童女の声は……

仙之助をうかがうと、おみやの顔を象《かたど》った面を手に取って物思いに沈んでいる。捉えどころのない色を浮かべる両目に、つと楽しげな笑みが閃《ひらめ》いた気がした。何かわかったのだろうか。お凛が口を開きかけた時、清太郎が言った。

「おとっつぁん、怒ってますか？　あのう、俺、どうにかしないといけないと思って……だって、皆あんまり気の毒で……」

　両手を膝の上で握り締めた清太郎に、万年屋の店主は、はぁぁ、と十も老けた顔で長い嘆息を漏らした。

「いや……怒っちゃおらん。お前が人形になっちまったと思った時は、心ノ臓が止まるかと思った。もうあんな思いをするのはご免だよ。うかゐの旦那さん方にも、よくよくお詫びに伺おう。また商《あきな》いに戻れるように、表店《おもてだな》を用意するよ」

　そう言ってから、

「私は怪異の類《たぐい》が苦手だが、人の恨みも恐ろしいもんだとつくづく身に染みたよ」

　と寿命が縮まった様子で付け加えた。

　番頭は悄然《しょうぜん》と項垂《うなだ》れ、清太郎と奉公人たちはぱっと表情を明るくし、涙ぐみながら喜んだのだった。


　浅草寺《せんそうじ》に程近い聖天町の裏店《うらだな》に、亀吉という人形師は住んでいる。

　秋晴れの空の下、黄金色や緋色に燃え立つ待乳山《まっちやま》の優美な姿を町家の向こうに望みつつ、昼でも暗い一本の路地を行く。

　万年屋を辞したその足で、亀吉を訪ねるという仙之助にわけもわからずついてきた。風呂敷包《づつみ》を手にぶらさげて迷いのない足取りで進む青年の背中を、お凜は小走りに追いかける。やがて仙之助は、とある長屋の薄汚れた腰高障子をほとほと叩いて訪《おとな》いを入れた。

　しばしの間があってから、がたぴしと戸が動いて、眠そうな目を擦っている四十路になろうかという男が顔をのぞかせた。

「誰だい、あんた方は。注文なら後にしてくれねぇかな」

「寝不足かい。夜明け前から大層な働きだったようだから、無理もないか」

　仙之助が不躾《ぶしつけ》に言った途端、男の目が剣呑な光を帯びる。お凜は意表をつかれて主を見上げた。

「今朝、万年屋の清太郎を化けさせたのはお前さんだね。おみやの人形を作った人でなきゃ、あれだけおみやそっくりになんざできやしないさ。いや、おみやの変装も清太郎の人形も見事なもんだったよ。そうそう、こいつを預かってきたよ。うかゐのご夫婦に返すんだろう」

　風呂敷包《づつみ》を開いておみやのぼろぼろの友禅を見せると、男はまじまじと二人を眺め、それからにやりと笑ったのだった。

「俺ぁおみやさんの人形を作ったからな。うかゐのご夫婦があんまり気の毒でさ。おまけに万年屋の坊ちゃんときたら、魂消《たまげ》るほど賢い上に健気でよ。例の計画も面白そうなんで、一つ乗ってみようと思いやしてね。いいや、金なんざいらねぇ。こいつは俺の酔狂さ」

張り子の人形がごろごろと転がり、桐の手足や作りかけの玻璃《はり》の目玉、女の鬘《かつら》だのがその辺に散らかった奇怪な部屋に、二人は招き入れられた。

土瓶から冷めた茶を縁の欠けた茶碗に注ぎ、仙之助とお凛に勧めた亀吉は、そう言って涼しげな目元を緩めた。

「今朝の日の出前のことだ。おみやさんの人形が戻ってきたって、うかゐのご夫婦が駆け込んできたんだよ。二人の寝間にいつの間にか座っていたっていうんだ。俺ぁなんだか胸騒ぎがして、万年屋へ向かったんで」

丑三つ時を一刻ほど（約二時間）過ぎた頃だった。静寂が支配する暗い店先に辿り着いてみると、潜り戸《くぐりど》が細く開いて清太郎が手招きしていた。

「これから奉公人にも内緒で最後の大芝居を打つから、手を貸してくれと言われてね」

求められるままに、うかゐの夫婦からおみやの友禅を借りてきてそれを着せ、おみやそっくりの面をつけて鬘《かつら》を被せる。さらに亀吉が入念に化粧を施してやると、黙っていればおみやにしか見えぬ人形が出来上がった。後は、庭小屋に隠してあった清太郎の人形を運び出し、自室の布団に寝かせたら準備は万端だ。清太郎は小屋に隠れ、頃合いを見て父親を脅かしに行く手筈だった。

うっすらと東の空が明らむ中、亀吉は密かに店を離れた。

「どうもありがとう」

別れ際に、面をつけた清太郎ははっきり言ったという。

一瞬、その声が少女のものに聞こえたが、気のせいだろうと亀吉は思ったらしい。

「首尾よく運びましたかい。そいつぁよかった。いや、こんな愉快な企みはねぇな。まったく楽しかったぜ」

板敷に胡坐《あぐら》をかいた男が、膝の脇に置いた風呂敷包《づつみ》を見下ろし痛快そうに笑った。

清太郎の変装を手伝ったのは亀吉だったのだ。お凛は得心しながらも、まだ釈然としない気分で口を開いた。

「あのう、それじゃあ、おみやさんの人形を島田町のお屋敷から連れ出したのは、うかゐのご夫婦なんでしょうか?」

「旦那さんたちが？　まさか。二人とも還暦近いんだぜ。忍者や盗人《ぬすっと》でもあるまいし、そんな芸当ができるもんか。万年屋の奉公人の誰かがやったんだろう?」

「いいえ、皆さん知らないって……」

長屋の外の井戸端で、隣近所のおかみさんたちがどっと笑い声を立てるのが、妙に鮮明に耳に届く。

――誰だかわからないけれど、きっと、屋敷に忍び込んだことに気が咎《とが》めて、言い出せずにいるんだ。そうに決まっている。だって。

人形は歩いたりしない。

昼間だというのに薄暗い部屋の中で、そこらに転がる人形たちが、ふとこちらを見たように感じた。

「――そういえば」

乾いた、しかしどこか粘った口調で人形師がぼんやりと言う。

「うかゐの旦那さんたちが、おかしなことを言ってたっけ。おみやの足の裏がひどく汚れていたって。まるで……どこかから歩いてきたみたいだ、ってな」

――おとっつぁん、おっかさん。

覚えのある童女の声を聞いた気がして、お凛はどきりとする。

息をひそめ、そうっと仙之助に目を向けた。

奇天烈《きてれつ》な趣味の変人の主は、土間の上がり口に腰を下ろし、頬杖をついて悠然と煙管《きせる》をくゆらせている。つややかな黒い瞳は、世にも美しいものを見るかのように、ただ愛しげに精妙極まりない人形の群れを眺めていた。

＊＊＊

それからわずか一月後《ひとつきご》。潰れたはずのうかゐが再建され、店主夫婦が戻ってきたという知らせが舞い込んできた。夫婦は散り散りになっていた奉公人を呼び戻し、早速名高い香り露《つゆ》も売り出したというので、仙之助が辰巳芸者のために買い求めに走ったのは言うまでもない。

万年屋への借金で潰れる寸前であったたちばなは、勝右衛門が突如として借金棒引きを申し入れ、破産を免れたという。

万年屋の店主は人が変わったかのように穏やかになってしまい、昔叩き潰した商売敵《がたき》のもとを尋ね歩いては己の所業を詫び、できる限りのことをさせてもらう、と店の再建に手を貸しているらしかった。

万年屋は当然内証が苦しくなったが、どういうわけか店主一家も奉公人たちも幸せそうだというから不思議なことだ。かつての店を知る人々は、そう言い合っては首を傾げるのだった。


水面をびっしりと覆う落葉が、錦の織物のように赤や黄色の模様を描いている。

「旦那様。坊ちゃんはもう押しかけてこないっていうのに、また舟遊びなんですか？今度はどういう大層な憂《う》さがおありなんですか」

橋の欄干から見下ろしたお凛に、辰巳芸者を舟に侍《はべ》らせた主が、うへぇ、とあからさまに目を剥《む》いてみせた。

「いいじゃないか。一件落着した祝いだよ。それにさ、結局あの人形もうかゐに戻っちまったし。せっかく歩いた呪いの人形だったってのにさぁ。私は意気消沈しているんだよ」

そう嘆くわりに、染吉と差しつ差されつうふふあははと愉《たの》しげなのは、どこの誰であろうか。

「まぁ、なんですかそれ。怪談ですか？　ああ、怪異といえば、怖ぁい話がありますよ」

釣り糸を垂らしていた梅奴が、そう言って花のような顔を上げた。

「少し前にね、明け方まだ暗い時分に、このあたりで舟に乗った女童《めわらし》を見たって話があるんですよ」

お凛は一瞬の間を置いてから身を乗り出した。

「女童《めわらし》……？」

「そうそう。青い友禅のような着物を着て、朝靄《あさもや》の中、きいきい音を立てる小舟に立っていたって。船頭もいないのに舟は勝手に木場を進んで、すうーっと消えていったんですってさ」

刹那《せつな》、目の前に、濃密な青い闇に覆われた水の上を音もなく進む舟と、そこに佇む人形の姿を見た気がした。沈んでいく月の明かりに朧《おぼろ》に浮かび上がる舟は、女童《めわらし》の人形を乗せたまま、黒い鏡のような水面に澪《みお》を引きつつ遠ざかる……

——おとっつぁん、おっかさん。早く会いたいなぁ。

瑠璃色《るりいろ》の大気をかすかにふるわせ消えていく、頑是《がんぜ》なく澄んだ声を聞いた。

「おやまぁ、怖いねぇ。死霊か物の怪が、誰かを取り殺しにでも行く途中だったのかねぇ」

テテン、と染吉が三味線《しゃみせん》を鳴らす。

「いや……案外、おとっつぁんとおっかさんのところに、帰りたかっただけかもしれないよ」

仙之助が、ふわふわと行き過ぎる赤とんぼを目で追いながら呟いた。

「え？　何かおっしゃいました？」

染吉が顔を向けると、いや、別に、と小首を傾げる。

「染みたいな物の怪にだったら取り殺されたいもんだ。ああ、いい香りだねぇ。やっぱり香り露《つゆ》は大したもんさ」

仙之助が染吉のうなじにうっとりと顔を寄せた途端――

「嫌ですねぇ、この助平」

ごつんという音がして、三味線《しゃみせん》の撥《ばち》でしたたかに額を叩かれた主が頭を抱える。

「あ痛ぁ」

という嬉しげな声を聞き流し、お凛は高い秋空の下に広がる木場を見渡した。

赤や黄色のとんぼがそここに舞っている。艶《あで》やかで、どこか物寂しさを感じさせる錦繍《きんしゅう》の水面を、冬の気配を孕《はら》んだ冷たい風が吹き抜ける。

風は遠くの木遣《きや》り歌を幻のように運んできて、またいずこかへと連れ去っていった。

化け猫こわい

（一）

まだ霜月《しもつき》の半ばだというのに、気の早い雪がちらほらと舞っている朝のことだった。

庭から砂粒のような粉雪が舞い込んでは、座敷の畳の上に降りると同時に消えていく。

畳の上を箒《ほうき》で掃いていたお凛は、一句詠《よ》めそうな心地になって手を止めた。頭の中に漂うふわふわとした言葉を掴まえる。

──うん、何か降りて……きた。きたきた。

「うまさうな　雪がちらちら　ちらりかな」

呟いてみてから身震いした。

──あらいやだ。天才かも。こういうのを霊感が降りてきたって言うんだろうか。

己の才能が空恐ろしい。こんなところで、変人の主の奇天烈《きてれつ》な趣味に振り回されている場合じゃなかったのかも。

「そりゃあ一茶《いっさ》だろう。うまさうな　雪がふうはり　ふわりかな、っていう」

女中を辞めて女流俳人になるべきかと悩みはじめたところに、ふがふがと不明瞭な声が飛んできた。縁側を曲がったところにある茶の間の障子が少しばかり開いていて、主の仙之助が半纏《はんてん》を着込んで炬燵《こたつ》に足を突っ込み、饅頭《まんじゅう》を頬張りながらこちらを見ている。なぁんだ、どこかで聞いたことがあると思ったら、あの高名な一茶の句だったのか。霊感ではなかったらしい、と少々がっかりしていると、無神経な主が追い討ちをかけてくる。

「しかもそいつは、牡丹雪《ぼたんゆき》が砂糖菓子みたいに甘そうだって意味なんだぜ。この粉雪じゃあ塩を撒いてるみたいじゃないか。だめだめ、てんで駄目だね。俳句の手ほどきでもしてやろうか？」

細かいことをねちねちと。お凛は頬を膨らませる。この無駄に通人な主もついでに縁側から掃き出してやろうか、と箒《ほうき》を握り締めて抜き足差し足近づいていくと――

「あいてっ！」

突然、仙之助が甲高い悲鳴を上げた。

見れば、青年が右手をさすりつつ、炬燵《こたつ》の上の皿にある饅頭《まんじゅう》を睨《にら》みつけている……かに見えたが、なんだか饅頭《まんじゅう》がずいぶんと大きくて毛深い。

毛深い饅頭《まんじゅう》なんぞ買っただろうかと歩み寄って覗き込めば、皿の上に肥えた白い猫がでんと座っているではないか。

「おい、なんだこの鏡餅みたいな猫は！　どこから入ってきた？」

仙之助がきっと秀眉を吊り上げた。猫は青年にたるんだ尻を差し出し、焦げ茶の斑《ぶち》のある顔を向けて、口の周りを桃色の舌で舐め回している。

「あっ、この！　最後の饅頭《まんじゅう》を食べたぞ、こいつ！　おまけに引っ掻きおって！『塩《しお》瀬《せ》』の饅頭《まんじゅう》をよくも……人がせっかく珍しく早起きしたってのに……」

饅頭《まんじゅう》ではなく自分の尻を掴んだ仙之助の手を、猫は文字どおり足蹴にしたらしかった。わざわざこの寒い朝に、日本橋の名店塩瀬まで行って贖《あがな》ってきたってのに、と仙之助は身悶《みもだ》えして憤慨している。白いほっぺたのような薄皮の饅頭《まんじゅう》は売り切れ御免の江戸の銘菓で、水を使わず山芋と米粉を練った上、滑《なめ》らかで上品な甘さのこし餡《あん》を包んである。少し固くなってきたところを七輪で炙《あぶ》ってやっても美味しいけれど、やっぱり作りたてがふんわりやわらかでいっとう美味なのだ。普段はだらだら朝寝を貪る仙之助は、時折この饅頭《まんじゅう》が無性に食べたくなるらしく、早起きして猪牙舟《ちょきぶね》に飛び乗り買い求めてくることがあった。

「あら、猫なんていつ入ってきたんでしょうね。結構可愛いじゃないですか」

「お前の目は節穴《ふしあな》か⁉　こんな煮崩れた丸餅みたいな猫の、どこをどう見たら可愛いんだ？　さっきの句といい、お前の感性には難があるぞ」

手の甲の傷にふうふう息を吹きかけながら主が目を剝《む》く。

旦那様よりは可愛いですよ、と内心で舌を出すと、お凛は猫の顎《あご》の下を撫でてやった。

猫はごろごろと機嫌よさげに目を細める。

「こら、懐かせるな。追い出せ！　図々しい奴め」

饅頭《まんじゅう》の恨みは深いらしく、大人げなく仙之助がしっしと手で追いやろうとする。途端に猫が応戦して、太い脚に似合わぬ敏捷な動きで足蹴を繰り出す。じとっと仙之助に据えた目は、実に太々《ふとぶと》しい……ではなくて、ふてぶてしい。

「あっこのやろ！　富蔵、富蔵はどこだ。こいつを叩き出せ！」

庭に向かって仙之助が叫ぶと、枝折戸《しおりど》の向こうから下男がぴょこぴょこと走ってきた。

「富蔵、この猫を表に放り出してこい。いや、表じゃあ戻ってくるな。入船町《いりふねちょう》あたりがいい。餌も拾いやすいだろう」

「はぁ、それが、その……」

猫を睨《にら》みつけながら命じる主に、富蔵がごま塩の鬢《びん》を掻きながらもごもご言った。

「旦那様。この猫は、お客様方がお持ちになったんだそうでして」

「お客？　が、持ってきた？」

仙之助の見た目だけは役者のように整った顔が、怪訝そうな表情を浮かべる。

「するとこいつは、いわく因縁付きってわけかい？　猫又にしちゃあしまりがないねぇ。それに、生ものを預かるってのはちょいと厄介だなぁ。そんなこと引き受けた例しがない」

青年は胡散《うさん》くさそうに猫を睨《にら》みつつ、腕組みして唸《うな》った。

「それはそうなんでございますが……と、とにかく、表へお出迎えくださいまし。失礼があっては一大事でございますんで」

柔和な目を落ち着かなげにうろうろとさせる下男を見て、仙之助とお凛は首を傾げたのだった。


かこん、と添水《そうず》が石に染みる音を響かせた。

閉《た》てきった座敷の障子に、昼でも薄く淡い冬の日が透け、時折ちらちらと細かな雪の影が過《よぎ》っている。けれども、かんかんに火を熾《おこ》した長火鉢に、優美な染付けを施した手《て》焙《あぶ》りも置いた座敷はほっこりと暖かい。

先ほどの猫は手焙《てあぶ》りのそばにふやけた饅頭《まんじゅう》よろしく寝転がり、ごろごろと喉で満足そうな音を立てている。実にほのぼのとした景色である。それにもかかわらず、そこにいる人間の間には、ぴんと張り詰めた冬の朝に似た空気が漂っているのだった。

座敷に茶と茶菓子を運んできたお凛は、そっとお客人たちをうかがった。

一人は煤色《すすいろ》の羽織に小袖袴《こそではかま》の武士で、背筋を伸ばして微動だにせず端座し、腰には脇差を帯びている。屋敷には貴人の訪問がある時のために式台玄関が設けられているが、そこで打刀《うちがたな》を預かったお凛は、袂《たもと》に包んだ刀の重さに内心どきりとした。屋敷にお侍が訪れたことなどついぞなかったことで、落としたりぶつけたりしたらえらいことだと冷や汗をかく思いだった。

お侍は一人ではなく、若い女人を連れていた。座敷で埃よけの揚帽子《あげぼうし》を取ったその人は、白百合もかくやと思うほどの臈《ろう》たけた風情《ふぜい》をしていた。椎茸髱《しいたけたぼ》に色糸で豪華な刺繍が施された絹の打掛を纏《まと》った装いからすると、どこぞの姫様ではなく奥女中だろうか。二十そこそこの理知的な目をした、しかしどこか寂しげな美女を前に、仙之助の目が見る間に爛々《らんらん》と輝き出すのを、お凛はもちろん見逃さなかった。

それにしても、お武家様がお客様だなんて珍しいこともあるものだ。

おまけに猫を持ち込むとはどういうことか、と茶を出しながら内心でしきりに首をひねる。

「それがしは長岡慎之介《ながおかしんのすけ》と申す。話に聞くあやかし屋敷の主とは、その方か」

きりりとした顔つきの、三十にはなるまいと思われるお侍が口を開いた。

「はい。手前が仙之助にございます。……で、お武家様が私にいかなる御用でございましょうか？」

のんびりとした口調で仙之助が尋ねると、生真面目そうなお侍が小さく頷いた。

「実は、その方に頼みがあって参った。……この、おみょうどのと猫を、預かってはくれまいか」

お凛が、えっ、と耳をそばだてると、仙之助も寸の間唖然《あぜん》として、お侍と猫とおみょうというらしい娘を順繰りに見る。

「その猫、いやお猫様だけではなく……？」

「左様。おみょうどのも共に頼みたい。存分に礼はする。ならんか」

「ええと……まぁ、おみょう様については大歓迎なんでございますが」

主が聞き捨てならぬ本音を漏らす。

「しかし、私めは一介の町人でございまして……お武家様の御用を足せるものかと、甚《はなは》だ心許なく存じますが」

うむ、と長岡が平静に相槌を打った。

「このおみょうどのは御家のご正室付きの奥女中を務めておるのだが、近頃あの猫に呪われているという噂が立っての。奥勤めをさせておくには不穏だということになり、猫共々お屋敷から出すことと相なったのだ」

「ははぁ、猫に呪《ふ》われて……」

仙之助は腑に落ちない様子でおみょうと猫を眺める。

娘は陶器のごとき白い頬をかすかに強張《こわば》らせ、悲しげに長い睫毛《まつげ》を瞬《また》かせている。ご正室付きの奥女中であればお武家の出自なのであろう。姿勢の美しい凛とした佇まいをしているが、それでいて哀れを誘う儚《はかな》さがまとわりついているように感じられた。手焙《てあぶ》りにくっついている猫は……温もりにすっかり夢の中のようだ。この猫のどのあたりが化け猫なのか、とお凛は内心噴き出しそうになった。形《なり》こそ大きいが、この緩みきった顔と体で凄まれたところで、恐ろしくもなんともなかろう。怪異話には見境なしに飛びつくはずの仙之助も、猫の祟りよりもおみょうの美貌の方が気になる様子だ。

けれども、お侍の表情は真面目も真面目の大真面目、おみょうも今にも涙を零《こぼ》しそうな顔色だった。

「それはそれは、なんとも一大事でございますねぇ。で……不躾《ぶしつけ》とは存じますが、その、長岡様は、どちらのご家中でおいでで……？」

「故《ゆえ》あって、それは申せぬ。詮索をすることは許さぬから左様に心得よ」

しとした。長岡慎之介とし
ぴしりと鼻先を打ち据えるような冷徹な声に、お凛はどきりとした。長岡慎之介としか名乗っていないところを見ると、身分を明かすつもりもないようだ。徹底している。

これはいよいよただごとではないらしい、とうなじのあたりがひやりとした。

「と申すのも、ことはお家の大事に関わるからだ。……委細を聞けば断ることは許さぬが、聞くか?」

長岡がわずかに身を乗り出す。上背のある男の体がさらに背丈を増したように感じられ、腰の脇差の存在が急に不穏な空気を醸《かも》し出す。断ったら……どうなるのだろう。縁起でもない想像が頭を過《よぎ》る。ここは聞かないに限るだろう、とお凛はそろりと腰を浮かせた。

「いや、うーん。そうおっしゃられますと、好奇心がかき立てられるんでございますが……迷いますねぇ。私も命は惜しいですし……」

聞こうか聞くまいか悶絶しながら悩む仙之助が、黒い飴玉みたいな目でお凛を見る。

「ま、いいか。どこへ行く、お凛。お前も聞きなさい」

はっしと袖を掴まれ、お凛は仰《の》け反《ぞ》った。

「えっ、いいえ。私は失礼いたします。女中風情《ふぜい》が恐れ多い」

お盆を抱え、じりじりと膝で後ずさる。

「自分だけ逃げる気か？　ずるいぞ。お前だって聞きたいくせに」

「ちょっと、人を道連れにするのはやめてください！　私には関係ありません」

「主人を見捨てる気か？　それでも奉公人なのか？」

「知ったこっちゃありません。私は人生まだまだ長いんです。何を掴んでるんですか！　それがいい大人のすることですか」

お凛が袖を掴む主にお盆を振り上げる。見苦しく言い争っていると、長岡の咳払いが響いたので、二人して首を竦《すく》めた。

「二月《ふたつき》ほど前のことであった。我が殿が観楓《かんぷう》の宴を催《もよお》されたのだが……」

まだ聞くとは言っていないのに、というお凛の抗議の目を無視して長岡は続ける。

「その際に、いずこからかこの猫が迷い込んで参ってな」

猫は小鳥を追ってきたようで、座敷を飛び回る小鳥を狙って暴れ回ったらしい。女たちは悲鳴を上げて逃げ惑い、男たちは右往左往。挙句に、恐れ多くも猫がお殿様のお背中に足をかけようとしたものだから、その場にいたおみょうは咄嗟《とっさ》に猫を抱え込んでお殿様をお守りしたのだそうな。

お殿様は、若い奥女中の行動にいたく感動なさり、褒美を取らせると仰せになった。するとおみょうは、「この猫をお与えくださいませ」と慎み深く言ったのだった。

お殿様に無礼を働いた猫であれば、手討ちにされると恐れたのであろう。おみょうの無欲ぶりと心根のやさしさに、お殿様は心引かれ、じきに側妾《そばめ》にと望まれた。お玉《たま》と名づけられた猫は、おみょうに恩義を感じたのかすっかり懐いて、おみょうの行くところどこにでもついて回るようになっていた。

だがしかし。他の奥女中たちは当然面白くない。まったく面白くない。案の定、おみょうに様々な嫌がらせをしはじめたのである。

「すると、その者たちが次々に病《やまい》や怪我を負ってな。いつしか、おみょうどのが猫に命じて祟らせたのだ、いや、おみょうどのこそが化け猫の化身なのでは、などという噂がまことしやかに囁《ささや》かれるようになった」

「ほう、化け猫の祟りですか。佐賀鍋島《さがなべしま》に似たような話が伝わっていたような」

仙之助が面白そうに言う。

寛永《かんえい》十七年のこと。一匹の化け猫が、佐賀白石村《さがしろいしむら》に隠居した鍋島勝茂《かつしげ》公の愛妾お豊《とよ》の方に化身し、周囲の者たちや勝茂公を呪い殺そうと企んだ。

だが、家臣の千布本右衛門《ちぶもとえもん》が正体を見破り、死闘の末猫を討ち取ったのである。

「それとも、薄雲太夫《うすぐもだゆう》の猫のような、忠義な化け猫なのかもしれませんよ」

青年は嬉々として続ける。

元禄《げんろく》の頃、吉原は三浦屋《みうら》の花魁《おいらん》であった薄雲太夫は、玉《たま》という猫を大層可愛がっていた。

玉も太夫のそばを決して離れず、あまりの懐きように太夫に取り憑《つ》いているのではと楼主《ろうしゅ》が怪しむほどであった。そしてある日、哀れにも玉は楼主に首を斬られてしまうのだ。

ところが、その首は飛んでいったかと思うと、厠《かわや》に潜んでいた大蛇を噛み殺したではないか。

深く太夫を慕っていた玉は、大蛇から太夫を守るためにそばを離れようとしなかったのだ……

「忠義だろうがなんだろうが、化け猫に変わりあるまい。薄気味の悪い話よ」

長岡が唇を歪め、おみょうに疎《うと》ましげな視線を向ける。

「秋頃から立て続けに悪いことが続いたのだが、奥女中の中でもとりわけおみょうどのに辛く当たっていた、お定《さだ》という老女が、心ノ臓の病《やまい》で急死してな。……もがき苦しみながら、怖い、化け猫が怖い、と言ったそうな」

長岡の低い声に、お凛は二の腕に鳥肌が立つのを感じた。

「それでご家中の方々が、おみょう様を苛めていた仕返しをされるのではと、すっかり怯えておられるわけですか」

仙之助が遠慮を忘れてずけずけ言うと、おみょうがさっと顔を上げた。

「私は……誓ってそのようなことはしておらぬ。このお玉も賢い猫で、人を襲ったり、屋敷内で暴れたりせぬようによくよく言い聞かせてからは、行儀よくしているのです」

苦しげに掠れた声に、憔悴《しょうすい》のほどがうかがえる。窶《やつ》れた頬には血の気が薄く、目ばかりが大きく悲しげに光って見える。けれども、目を覚まして膝に寄ってきたお玉を見ると、慈愛を込めて体を撫でてやっている。自分に災厄をもたらしている元凶だというのに、芯からやさしい人らしい。

「そこで我が殿は、ほとぼりが冷めるまで、おみょうどのとお玉を安全なところに隠すようにと命じられたのだ」

そう言って、長岡はふとおみょうの顔をじっと見つめた。

「そこもとが国元へ去れば、このような醜聞も収まろうし、かように辛い思いをすることもなかろうが……それは承知できぬのだな？　側妾《そばめ》の立場がよほど惜しいのかな」

返事をする代わりに、娘の顔が紅を刷《は》いたように赤くなった。

「長岡様にも大変なご迷惑をおかけし、まことに心苦しく存じます。ですが」

おみょうの、水のように静かだった面が激しく波立っている。

「身の程知らずとは存じますが、私は……殿のおそばを、離れたくございません……」

あら、とお凛は思わず目を瞬《またた》かせた。まるで恋する乙女を見ているようだ。

てっきり好色な殿様が女中に手をつけた、なんて話かと思ったら、違うらしい。

「そこもとはなかなか頑固な女子のようだからのう」

長岡がそっと嘆息するのを聞いて、おみょうは身を強張《こわば》らせて唇を噛み締める。

「なぁるほど。それならば、どうぞ心ゆくまで当屋敷にご滞在くださいまし。そこまでお望みならば、私もひと肌もふた肌も脱がないわけには参りません。徹頭徹尾《てっとうてつび》、誠心誠意、おみょう様のお世話をさせていただきます。はい」

仙之助が身を乗り出し、今すぐ着物を脱ぎ出すのではあるまいかという雰囲気で熱心に言う。まことに空気を読まぬ主である。

長岡は心なしか白い目で仙之助を見やると、

「猫も忘れるな」

と冷ややかに言った。

「あっ、はいはい、お猫様でございますね。もちろん忘れておりませんとも」

猫のことなどすっかり忘れた様子であった仙之助が、力強く言って平伏する。

「よろしく頼みます」

綿のようなやわらかさの声が、耳を撫でる。

おみょうは冴え冴えとした光が浮かぶ美しい目を、仙之助とお凛にゆっくりと向けると、淡い月のようにそっと微笑んだのであった。

（二）

「おみょう様、何をしていらっしゃるんですか！」

翌朝、台所でお江津と朝餉《あさげ》の支度をしていたお凛は、板敷に現れたおみょうを見て裏返った声を上げた。

「何か手伝いをしようかと……」

淡い桜色に橘文様を施した縮緬《ちりめん》の綿入れに、きりりとたすきを掛けたおみょうが控えめに言う。

「とんでもありません。滅相もございません。お武家のお方がこんな台所にいらしちゃいけません！　寒いですし」

お江津と卒倒しそうになりながら口々に言うと、娘はなだらかな肩をますます下げてか細く言った。

「しかし、世話になっている身の上であれば、何もしないのは気が引けて」

お凜はお江津と顔を見合わせた。ご正室付きの奥女中といっても色々あろうが、身近に仕える立場のお女中は、話し相手や細々とした身の回りの世話が主な役目で、間違っても炊事や掃除などの下働きなどすまい。おみょうの白魚《しらうお》のような両手に目をやっても、水仕事とは縁がなかったことは容易に見て取れた。

「それはその、もったいないお心遣いとは存じますが……」

二人が大いに戸惑っているのを察したらしく、おみょうがすまなそうに身を縮めた。

「ああ、そうでしたね。祟られている者がうろうろとしていては、落ち着かぬでしょう。申し訳ないことをしました」

あ、とお凜は息を呑んだ。

おみょう様は、お寂しいのだ。不安なのだ——閃《ひらめ》くようにそう悟る。化け猫に祟られている、いやおみょうこそ化け猫だ、などと周囲から恐れられ、敵意を向けられ、孤独を強いられる日々を耐えている。だから、人恋しくていらっしゃるのだ……

お江津はふっくらとした人のよさそうな丸い顔に、小さく苦笑いを浮かべていたが、それじゃあ、と思い切ったように言った。

「お凜と一緒に、器を棚からお出しいただけますか？　ついでに、そこの勝手口の外で葱《ねぎ》を育てておりますんで、二本ほど抜いてきていただけるとありがたいんでございますが」

おみょうが繊細な光が浮かぶ双眸《そうぼう》を見開き、すうっと頬を上気させた。

「お任せあれ」

生まれてはじめてお使いを頼まれた子供のように、白い歯を零《こぼ》してこちらを見た娘に、お凛も思わず笑い返す。

おみょう様、なんだか好きだわ、と思った。


「お前たち、なんつうことをおみょう様にさせておるんだ！」

朝餉《あさげ》の支度が整った居間に欠伸《あくび》をしながら入ったかと思ったら、悲鳴を上げて台所へすっ飛んできたのは仙之助である。

「おみょう様が、め、飯なんぞをよそっておられたぞ！　飯だぞ飯！　なんつう罰当たりな！　胃がでんぐり返るかと思った！」

わなわなとふるえながら、胸を押さえて喘いでいる。

「おみょう様がどうしてもとおっしゃったんですよ。いいじゃありませんか、細かいことは。楽しそうでいらっしゃるし」

「お前たち、長岡様に手討ちにされたいのか？　私は嫌だぞ。絶対にやるぞあの人は。大根でも斬るみたいにこう……」

そう言いかけて、仙之助ははっと口を噤《つぐ》んだ。見れば、台所に現れたおみょうがこちらをうかがっている。

「あのう、仙之助どの。私が無理を申したのです。どうか叱らないでやってください」

「滅相もございません。はい、もう、叱るなんぞとんでもありません」

ささ、どうぞ朝餉《あさげ》にいたしましょう、と額の汗を拭いながら仙之助が言うと、おみょうの足元にまとわりついていたお玉が、腹減った、とでも言うように呑気な声でみゃあと鳴いた。

「うまい。実に美味でございます。うん、柳亭も『平清《ひらせい》』も真っ青な味でございますねぇ」

一人の食事は味気ないので、とのおみょうの願いで居間にて向かい合った仙之助は、先ほどの動揺はどこへやら、味噌汁を啜《すす》ってうっとりと嘆息した。

「仙之助どの。私はただ、葱《ねぎ》を抜いて参っただけなのですが……」

「何をおっしゃいますか。おみょう様の選んだ葱《ねぎ》だから美味なのです。葱《ねぎ》もおみょう様に選ばれたと思えば、我が葱《ねぎ》人生に悔いなし、とまぁ、本望にございましょう。この飯もまた米の一粒一粒が輝いておりますようで……」

「それは私が炊いたんですが」

給仕をするお凛がぼそりと言う。

「いいんだよ。よそったのはおみょう様なんだから」

上座で膳に向かっていたおみょうは、無作法に気を悪くするでもなくおかしそうに微笑んでいる。なんとも心の広いお方である。

「のう、仙之助どの。あなたは天眼通《てんげんつう》と噂されているそうですが、それはまことなのですか?」

やわらかな声で、不意におみょうが問うた。

「いやぁ、世間様はそんな風に呼んでくださっておりますが。どうでございましょうねぇ」

珍しく謙遜《けんそん》した主がくすぐったそうに言う。

「では、このお玉が本当に化け猫なのか、あるいは私が化け猫の化身なのかどうか、わかりますか」

居間に、しんと沈黙が広がった。

「さぁて……そうですねぇ」

息詰まる間があってから、仙之助がゆっくりと口を開いた。

「本当だったら、どうなさいます？　お玉を殺して、おみょう様はお国元へお戻りになり、尼にでもなられますか」

お凛はぎょっとして目を見開いた。なんという無礼なことを。しかしおみょうは激昂するでもなく、じっと主の顔を眺めて何事かを考え込んでいる。

「いいえ。嫌です」

ぽろりと、丹花《たんか》の唇から言葉が零《こぼ》れ落ちた。

「私はこの子を失いとうない。殿とお別れしとうない……」

「それでしたら、化け猫が祟っていようと、おみょう様が祟っていようと、どうでもいいんじゃないですかね。話は簡単ですな。大きな顔していらっしゃったらいいんですよ」

飯を口に運びながら、無責任なことをあっけらかんと言ってのけるので、おみょうが苦笑いした。

「長岡様がお聞きになったら雷が落ちます」

「あのお方はねぇ、どうもこう、四角四面そうでいらっしゃいますな。忠義なお侍様の鑑《かがみ》なのでしょうが、もうちょっと人生楽しんだらいいのにねぇ。お若いのに、眉間に皺《しわ》が寄ってましたもんね。ま、私みたいなどら息子がお侍だったら、お家があっという間に潰れるでしょうから、丁度いいんですかね」

調子に乗ると叱られますよ、とお盆で主の膝を小突いてやろうとした時、くくっ、と小さな笑い声が耳に届いた。見れば、おみょうが唇を指先で軽く押さえ、肩をふるわせて笑っている。

そこだけ光が発せられたように明るくなった気がして、お凛はつい見惚れた。なるほど、これはお殿様も夢中になるに違いない。こんなお方が化け猫を使役しているだの、化け猫が化けているだの、馬鹿げた話だ。ご家中にはよほど意地の悪い方が多いのではないか、とおみょうが気の毒に思われてならない。ふと横を見れば、おみょうの後光に魂を抜かれたような仙之助が、唇の端から米粒を零《こぼ》しそうになっている。

染吉と梅奴に言いつけてやろうかと考えながら、お凛がお盆でごつんと膝を突くと、青年は慌てて口を閉じた。しかし再びおみょうを忘我の体《てい》で見つめ、いつの間にかお玉に皿の上の焼き魚をかっ攫《さら》われたことにも気づかないのであった。

夕刻、入船町の魚屋へ魚介を求めに行くと言うと、おみょうは好奇心に目を輝かせた。

「魚屋というと、どんなものを売っているのですか？」

「色々ございます。何しろ深川は漁師町でございますからね。さざえに蛤《はまぐり》、牡蠣《かき》はもちろん、きすに石鰈《いしがれい》、鯵《あじ》にほうぼう、あいなめ、鯒《こち》に黒鯛、なんでもござれです」

「まぁ」

感心したように娘が長い睫毛《まつげ》を瞬《また》かせる。

「同行しても構いませんか」

「えっ……魚屋へですか⁉　でも、その、荒っぽい棒手振《ぼてふ》りも多いですし、騒々しいですよ？」

「構いませぬ。お屋敷にいては見られないものですから、行ってみたい。邪魔にならなければ……」

「もちろんです！　ちっとも邪魔なんかじゃございません！」

おみょう様は意外とお転婆なお方らしい。お凛は笑いを堪《こら》えて、嬉しそうなおみょうをそうっと眺めた。

つるべ落としの夕闇が迫る中、赤く染まった掘割《ほりわり》を見下ろしつつおみょうと入船橋を渡る。風はすっかり冬の凍風《いてかぜ》で、綿入れを着込んでいても頬がひりひりと痺れてくる。

だがおみょうに尋ねられるまま、町のあれこれを説明して進むのは楽しかった。白い息をふわりふわりと頬にまとわりつかせているおみょうを見ているうちに、お凛は女同士の気安さでつい尋ねていた。

「あのう、おみょう様、お殿様ってどんなお方なんですか？　素敵なお方ですか？」

えっ、とこちらを見た娘に、お凛ははっと我に返る。

「あ、し、失礼申し上げました！　つい……」

お武家のお方を掴まえて恋話はなかろう。自分の頭を小突き倒したい気分に襲われる。

しかし、おみょうは叱りつけてはこなかった。

「ど、どのようなと言っても……」

それどころか、きらきらと目を潤ませて、はにかみながら袂《たもと》を手で弄《もてあそ》んでいる。

あら、おみょう様ったら惚気《のろけ》たいのだろうか、まるで町娘みたい、と頬が緩む。

「その、ご立派なお方でいらっしゃいます。おやさしくて、文武に秀でておいでになります。それから……」

「見目麗《みめうるわ》しいのでいらっしゃいますね？」

思わず食いつくと、ぽっとおみょうの頬が染まった。茜色の夕日の中でも、初々《ういうい》しく色づく頬の赤い色がはっきりと見て取れた。

「その……恐れ多いことです……」

なるほど、なるほど。眉目秀麗で文武両道で人格者でいらっしゃると。おまけにお殿様。うーん、非の打ち所がない。どこかのがらくた蒐集《しゅうしゅう》が趣味の道楽息子では、とても太刀打ちできなそうだ。

「野山を歩いて草花を蒐集《しゅうしゅう》なさり、記録の絵をお描きになるのを好まれます。野鳥や虫の観察をなさるのもお好きです。江戸郊外の山野にお出かけになると、とてもお幸せそうでいらっしゃいます。皆を楽しませようと、そこで野点《のだて》をなさることもあります」

「まぁ、そうなんですか。風流でございますねぇ」

にこにこと顔を綻《ほころ》ばせるおみょうを見ていると、お凛まで笑顔になるようだ。

「失礼ですが……お年はお幾つになられるんですか？」

「今年御年二十六歳におなりです。御年十七でご家督をお継ぎになられ、お若い時分から名君と謳《うた》われるお方でした」

「あら、そんなにお若いお殿様でいらっしゃるんですね！」

己の想像していたお殿様像とはずいぶん違うらしい、とお凛は脳裏に描いていたお殿様の絵を大幅に描き直した。

「ですが、その……ご正室様がおいでなんですよね。私、お武家様のことはよく存じませんが……お辛くはありませんか？」

おそるおそる、しかしどうしても気になることをずばり尋ねると、おみょうは前を向いたまま、ほう、と短く嘆息した。

「辛く、ないことはありません。しかし、格式のあるご家門では、ご正室様も同じ格式のお家からお迎えしなくてはならないのです。私など大した家の出ではございませんし、まして、十四でお輿入れなされた奥様でおられますから、今更……」

そう呟いて、遠い目になる。

「殿は、どうか負けてくれるなとおっしゃいました。あの方は、決して我儘を仰せになられませぬ。ご自分のお立場を弁《わきま》えておられ、下々を困らせることはなさいません。ですが、私を側妾《そばめ》に上げることだけは、我儘を通したとおっしゃいました……」

独り言のような囁《ささや》きが、ぎゅっとお凛の胸を締め付ける。

「ですから、私は負けてはならぬのです」

目に染みるほど冷たい空気に、静かな熱を孕《はら》む声がかすかに響く。

妙に視界がぼやけてきて、道の先の魚屋の明かりが滲《にじ》んで見えた。

——その夜、屋敷から猫のお玉の姿が消えた。

お殿様のお屋敷で、人が一人化け猫に殺されたらしいという話を聞いたのは、翌朝のことだった。

（三）

もう中食《ちゅうじき》の時分になろうかというのに、つくばいの水に張った薄氷も解ける気配がないほどに寒い日だった。

険しい表情で現れた長岡と供侍が、半ば押し入るようにして屋敷に上がり込んできた。お江津と共に刀を受け取ろうとすると、「下がれ」と言い捨てて居間へ向かうので仰天する。訪問先で相手に打刀《うちがたな》を預けるのは、害意のないことを示す当然の作法だ。町人の屋敷とはいえ、二刀を帯びたまま家に上がるとは一体どういう了見なのだ。

「お、お待ちくださいませ……」

慌てて後を追っていくと、二人は居間に仁王立ちになり、のんびり茶を喫していた仙之助とおみょうを傲然《ごうぜん》と見下ろしているのだった。

「これはこれは、長岡様。難しいお顔をなさってどうかなさいましたか。まずは熱いお茶でも……」

「貴様は下がっておれ」

太平楽な仙之助には見向きもせず、長岡は怯えたように身を強張《こわば》らせているおみょうに言った。

「波路《なみじ》どのが死んだ。また化け猫が出たぞ」

長岡を見上げるおみょうの両目が、零《こぼ》れんばかりに見開かれた。

「まさか……」

顔から血の気が引く音が聞こえてくるようだ。喘ぐように囁《ささや》いたきり、おみょうは氷の塑像《そぞう》のように凍りついた。

「昨夜のことだった」

長岡がぼそりと言う。

屋敷の蔵の陰で、波路という奥女中が、血まみれの無残な遺骸となって見つかったという。

体中に鋭い爪で引っ掻かれた、あるいは鋭い牙で噛みつかれた無数の跡があった他、後頭部に打撲と裂傷があった。顔のすぐ横に鋭く尖った大きな石があったことから、何かの獣の群れに襲われて、もがくうちに転んで石で頭を強打した、というのが検視した医者の見立てだったそうだ。

目撃者はいなかったが、「助けて、化け猫が、化け猫が……！」と叫ぶ声を、近くの中間《ちゅうげん》長屋の者たちが夢うつつに聞いたらしい。

「波路どのは、そこもとの悪い噂を家中に広めておったというではないか。さぞ、恨んでおったであろうな？」

「わ、私は何も。恨んでなどおりませぬ」

どうかな、と冷たい声が囁《ささや》いた。

「そこもとが意地を張っておらねば、このような仕儀にはならなかったやもしれぬ。だから再三、国元へ帰れと申したのに。情の強い女子よ……」

おみょうが鋭く息を呑み絶句する。

長岡の視線を避けるようにして俯《うつむ》く娘の肩が、哀れなほどにふるえていた。

お凛はかっと腹の底が熱くなるのを感じながらも、まさか長岡に食ってかかるわけにもいかず、ただ前垂れを握り締める。

「お玉は戻っておらぬか。見つけ次第斬り捨ててやろうと思ったものを。その方ら、あの猫めを見かけたら殺せ。よいな。——おみょうどの。そこもとはこの上まだ、側妾《そばめ》に収まりたいなどと申さぬだろうな？　これ以上人死《ひとじに》を出しとうなければ、どうすべきかわかっておるだろう。即刻身を引け。手形はすぐに用意してやるから、江戸を去るがいい。……ああ、殿に挨拶に参る必要もないぞ。お屋敷には金輪際足を踏み入れるな」

「な……」

あんまりじゃないですか、と思わず詰め寄ろうとして、ぎゅっと袂《たもと》を引かれた。仙之助が茫洋とした目で長岡を眺めながら、お凛の袖を掴んでいる。

「明日、迎えに参る」

長岡はおみょうの返事も待たずに踵《きびす》を返すと、仙之助やお凛らには一言もかけることなく、入ってきた時と同じように、無遠慮に去っていった。


「……私が、甘かったのです。波路どのがお命を落とされるなど、あってはならなかった……」

侍たちが去った後の、重い沈黙が漂う居間に、おみょうの軋《きし》んだ声が響いた。

「おみょう様……」

言いかけて、お凛はおみょうの両目からあふれ出す涙に口を噤《つぐ》む。ふるえる顎《あご》の先からぽとぽとと雫を滴らせながら、おみょうはただただ頬を濡らしていた。

「波路どのが私を疎《うと》ましく思っておられたというのは、本当のことなのです」

波路という奥女中は賢く美しい娘であったのだが、おみょうがお殿様の寵愛を得て以来、様々に嫌がらせをしてきたそうだ。

お殿様からの文を横から攫《さら》って握りつぶすとか、贈りものを捨てるだとかは可愛いもので、着物を刃物で裂いたり、足袋《たび》に針を忍ばせてみたり、柄の悪い中間《ちゅうげん》に言い含めて襲わせようとしたこともあったという。

「なんてひどい……!」

お凜は怒りに目をくらませながら呻《うめ》いた。そこらの怪談や戯作に登場しそうな陰険な女ではないか。

「しかし殿がお気づきになられて、遠ざけてくださったのです。だから、今更恨みを晴らそうなどとどうして思うでしょうか」

そうおみょうが呆然として囁《ささや》いた時、みゃあと声がして、お玉がとことこと居間に入ってきた。

途端、皆一斉に息を呑む。

「お前……!」

おみょうがたがたふるえ出しながら呻《うめ》いた。お玉の胸のあたりが、赤黒く汚れて見える。お凜の肌がぞっと粟立《あわだ》つ。もしや、血だろうか。どうしてあんなところに血がつくのだ。一体誰の。いや、まさか……

おみょうは泣きながら頽《くずお》れると、お玉を懐にかき抱いた。

「お前は本当に化け猫なのかもしれない。けれど、お前を殺すなど私にはできない。国元へ連れていくこともかなわない」

いつもどおりのふてぶてしい顔でごろごろ喉を鳴らすお玉を抱いたまま、嗚咽《おえつ》を殺して泣いたおみょうは、やがてお玉を離し、障子を開いた。

「お行き……早くお逃げ。遠くへお逃げ。もう、戻ってきてはなりません」

滂沱《ぼうだ》の涙に濡れた頬を拭いもせず、おみょうはお玉を押しやった。不思議そうに振り返る猫を、歯を食い縛ってぐいと押す。

「行きなさい！　お別れです。さぁ……！」

掠れた声で叫ぶと、お玉が驚いたように身を竦《すく》め、さっと庭へ飛び出していった。

仙之助とお凛は、障子の外を見つめたまま小刻みに体をふるわせる娘を、声もなく見つめる。

誰も動かぬ部屋に、長火鉢の炭が熾《おこ》って立てるきりきりという音が、かすかに聞こえた。

——おみょう様、お国元へ帰ってしまわれるんだろうなぁ。

　お凛は茶の間の長火鉢の前に座り込み、ぼんやりと火箸で炭をつついていた。客間にこもってしまったおみょうは、さめざめと泣いているらしい。遅い中食《ちゅうじき》の膳が手つかずで戻ってきたのを見て、お凛とお江津は悄然《しょうぜん》と顔を見合わせたのだった。

　ぐす、と鼻を啜《すす》る。

　――旦那様は、どこかへ消えてしまうし。

　仙之助は、浅草田町の実家へ行くと言ったきり、もう二刻（約四時間）になるというのに帰ってこない。まさか、その足で辰巳芸者を訪ねているのではあるまいな、白粉《おしろい》の匂いなんてさせて帰ってきたらどうしてくれようか、などと、八つ当たりのように仙之助にも腹が立ってくる。

「相手がお侍でなかったら、あんな好き勝手させないのに。何よ、偉そうに。こうしてやる！」

　無念さのあまりぶつぶつ呟きながら、親の仇《かたき》のようにがしがし炭を崩していると、大股に廊下を歩く音が聞こえてきた。

「あのお侍め、おみょう様を苛めおって。今に見ろ」

　宙を睨《にら》んで言いながら、冷たい風をまとった仙之助が部屋に入ってきた。

「あ、お帰りなさいまし。一体どこへ……」

いつになく鋭い声に、お凛はぴっと背筋を伸ばす。

「お凛！」

「は、はい！　なんでしょうか」

「お前、おみょう様を助けたいな？」

「も、もちろんです！　何か策があるんですか？」

「ある」

お凛はぐっと身を乗り出した。

「本当ですか……⁉」

「ああ。だからお前に一働きしてもらいたい」

いつもは迫力のない童顔が、別人のように引き締まって見える。あの与太郎の旦那様が、なんという変わりよう。おみょう様に横恋慕するのはいただけないが、やればできるじゃない、とお凛は思わず涙ぐみそうになった。

「危険な役目だぞ」

「任せといてください。何しろ力持ちですから！」

うむ、と仙之助がきりりと頷く。

「じゃ、猫を集めろ！　ありったけ！」

「は……？」

勢い余って畳に手をつくと、あんぐりと口を開けて主を見上げた。

「ね、猫って……あの、にゃーんって鳴くあの、猫、ですか？」

「他になんの猫がいるんだ。わんとでも鳴く猫がいるのか？　猫といったら猫だ！」

いいな、と言った仙之助の表情は、これから鵯越《ひよどりご》えの奇襲に臨まんとする義経《よしつね》のごとく、勇気凛々《りんりん》としている。気迫だけは大したものだ。だが、携えるのは刀でも槍でも弓でもなく、猫であるらしい。

そこだけが、気にかかる。

（四）

翌日、夕闇が鋭い陰影を刻みはじめた中を、長岡と供侍が駕籠《かご》を伴って現れた。

「おみょうどの、参るぞ。外に駕籠《かご》を待たせてある」

男は供侍を駕籠舁《かごか》きとともに表に待たせ、刀を預かろうとするお凛を前日同様に振り切って、ずかずかと居間に入ってくる。そして、青ざめたまま座り込んでいるおみょう

促した。

仙之助の姿がないことに、お凛は内心はらはらしていた。おかしい。話が違うじゃないの。長岡が現れたことは伝えたのに、何をしているのだろう。心ノ臓がどきりとする。まさか、心変わりして尻尾を巻いて逃げ出したんではなかろうな。

それとも、あれだろうか。あれを使う気だろうか？　だけど一体、どう使うつもりなんだろう？

おみょうは必死に長岡を睨《にら》みつけていたが、そんな抵抗などそよ風よりも無力だった。石のように動かぬ男に屈したように、やがて娘はのろのろと立ち上がった。

と、その時。

「長岡様ぁ」

緊張感に欠ける声と共に隣の間の唐紙《からかみ》が細めに開き、仙之助がひょいと顔をのぞかせる。長岡は怪訝そうな顔で青年をじろりと睨《にら》んだ。

「何事か」

「これはどうも、お役目ご苦労様でございます。実はですね、ご出発の前に見ていただきたいものがあるんですが……」

「お前の話になぞ付き合っておれん。急いでおる」

「いやぁ、そうつれないことをおっしゃらずに。お手間は取らせません。勝手にやりますんで」

なに？　と男が尋ねる間もなく、仙之助は唐紙《からかみ》を開け放った。

途端、隣室から矢のように次々飛び出してきたものが、長岡に殺到していく。

「な、なんだ！」

うろたえてたたらを踏む男の足元で、凄まじい猫の鳴き声が一斉に響いた。

見れば、五匹ほどの猫が、男の脚によじ登ろうとぴょんぴょん飛び跳ね、体を擦り付け、あるいは興奮した声で鳴きながら、一塊の毛玉のようになっているのであった。

これはなんだ、とお凛とおみょうは唖然《あぜん》とする。

「あれ？」

仙之助は無邪気に目を光らせて声を上げた。

「長岡様、妙に猫に好かれていらっしゃいますねぇ。こいつはどうしたことでしょう」

引き攣《つ》った顔で仁王立ちになっている男の足元で、猫たちが喚《わめ》き、取っ組み合い、悲鳴を上げている。

「……これは、またたびですね？」

仙之助の囁《ささや》きに、ぴくり、と長岡の精悍《せいかん》な頬が痙攣《けいれん》したようだった。

「またたびの匂いが、まだたっぷり全身に染み付いているみたいですねぇ。これでお玉や他の猫を誘い出したわけですか。長岡様の着物にも、その時に匂いが移ったんですね」

「……何を言う」

「ついでに波路様というお女中様の着物にも、またたびを溶かした水でも塗りつけたんでしょう？　それで猫を興奮させて、襲わせたんですね？　猫にまたたびというと、猫が酔っ払っていい気分になるもんだと思いがちですけど、逆にえらく凶暴になる猫もいるってご存じでした？　私知らなかったんですが、長岡様はご存じだったんですねぇ」

おみょうが耳を疑うように仙之助を見上げる。

「で、わざわざそういう猫を集めてきて波路様にけしかけ、頃合いを見計らって相手を突き倒し、尖った石に頭をぶつけるように仕向けた……なんていう次第ですか」

馬鹿な、と長岡が憤怒に青ざめた。

「いや、申し訳ないとは思ったんですが、ちいっと探りを入れまして、長岡様がどちらのご家中なのかを突き止めたんですよ。あ、長岡様はご奏者番《そうじゃばん》様でいらっしゃるそうで。偉いお方なんですねぇ。黙っていらっしゃるなんてお人が悪い」

毛ほども申し訳ないとは思っていない顔で言う。長岡のこめかみに、不穏な青筋が浮くのが見えた。

「手前の実家がちっと知られた料理茶屋なぞを営んでおりましてね、お武家様にもご贔屓《ひい》《き》にしていただいております。まぁ、色々な話が耳に入って参りますよ。化け猫の怪異伝というものは皆様お好きですからねぇ。そこは庶民もお武家様も同じでございますな。で、そういう話が聞こえてくるご家門を訪ねてみたところ、これが大当たり。長岡様のご家中だったというわけです」

侍の殺気に満ちた視線も柳に風と受け流し、芝居がかった調子でぺらぺら喋る。

「昨今のお武家様の奉公人は、譜代《ふだい》ではなく口入れ屋の斡旋《あっせん》した渡りが多ございましょう？　ご家中の方々は口が堅くとも、下働きの者はお家に忠誠など誓っておりませんようで。なんとも嘆かわしいことですな。ま、そういうわけで、お屋敷の中間《ちゅうげん》にちょっと小遣いを握らせたら、簡単に口を割ってくれましたよ」

斬り殺しそうな目で睨《ね》めつける男を、一反木綿《いったんもめん》のような掴みどころのなさで見返すと、仙之助が続けた。

「それでですねぇ、波路様のご遺骸はまだお屋敷にあって埋葬されていないと伺いましたので、仏様には大変失礼とは存じますが、ちょいと猫を近づけてみてくれないかと頼んだんです。そうしましたらね、猫が喜んで擦り寄って大騒ぎだったと言うじゃありませんか。……あれ、またたび、ですよね？」

「いい加減なことを抜かすな。丸一日も経てば、またたびの匂いなんぞとうに消えておるわ。猫が擦り寄ったりするものか。大体、その時俺が着ていたのは別の着物で……」

勝ち誇ったようにまくし立ててから、はっと男が口を噤《つぐ》む。

しん、と冷たい静寂が広がった。

「ああ、やっぱりまたたびを使ったんですか？　違うお召しものでしたか。そうですかぁ」

「……違う。言葉の、綾だ」

「いやいや、だって今おっしゃったじゃございませんか。ねぇ？　おっしゃるとおり、ご遺骸に猫を近づけたなんてのは大嘘です、はい」

優美な白い手でつるりと月代《さかやき》を撫でながら青年が笑う。侍がみるみる顔色を失っていく。その様を、お凛は涙を堪《こら》えながらじいっと見た。

「その中間《ちゅうげん》にはですね、今日長岡様がご出立なさる前に、お着物にまたたびを塗りつけておいてくれと頼んだんでございます。びっくりなすったでしょう？　いやぁ、よく働く中間《ちゅうげん》をお持ちで。もうちょっと礼を弾んであげたらよかったなぁ」

「貴様。ふざけた真似を……」

長岡がきりきりと歯を噛み締める。

「こんなことで、私に縄をかけられるとでも思うのか」

「いえいえ、お武家様にそんなこと、滅相もございません。まぁ、おみょう様に罪をなすりつけてねちねち苛めるのはやめにして、化け猫なんぞいやしません、とお殿様にご注進していただいて、さらっとご浪人にでもなって江戸から消えてくださったら男が上がるんじゃないかなーと、こう思うんでございますが」

しゃあしゃあと述べる仙之助を見る長岡の目が、煮え滾《たぎ》る憎悪に濁っていく。男は忌々《いまいま》しげに擦り寄る猫を蹴りつけた。

「町人ごときが何を抜かす！　そもそも、なぜ俺が波路どのを殺《あや》めねばならんのだ」

「だってですね、私聞いちゃったんですよ。そのう、亡くなった波路様ですか、そのお方が長岡様といい仲だったらしいと」

長岡の動きが一瞬止まった。

「……卑しい真似をしくさる」

男の左手がねっとりとした動きで刀の鍔元《つばもと》を掴むのを見て、お凛は背中にどっと汗をかいた。昨今は、侍といえど庶民を無礼討ちにすることなど滅多にないし、刀を抜いただけで厳しく罰せられると聞く。しかし、長岡の尋常ではない殺意と憎悪を目の当たりにすると、今にも抜刀して襲いかかってくる気がしてきた。何か、武器を。いや、自身番に助けを求めようか。頭の中でぐるぐると思うのに、凍りついたように体が動かない。

「相すみませんです。私も不粋な真似は嫌いなんでございますが、行きがかり上、仕方なく。胸が痛みますね、ほんと。……で、なんとですねぇ、その波路様、他にも恋人があったっていうじゃありませんか。いやはや、長岡様というお方がありながら、不実なことをなさいますな」

「波路と俺は、とうに切れておる」

「そのようですねぇ。二月《ふたつき》ほど前になりますか。そりゃあ長岡様の沽券《こけん》にかかわりますから、潔《いさぎよ》く身を引いたそうですね。ところがところが、さして浮気を咎《とが》めなかった長岡様を、波路様は侮《あなど》った。これ幸いと、人目も憚《はばか》らずその男と仲睦まじくお過ごしになっている。いやぁ、憎たらしい！　まったく業腹だ。馬鹿にしておりますな。——殺してやりたい！　と、思っちゃったわけですか」

男の目から表情が消えた。死んだ魚のように虚《うつ》ろで、剣呑な目が、仙之助をものか何かのように見据えている。

「それで長岡様はまた融通の利かないお方だから……どうしても波路様を罰しないことには収まらぬと思いつめたんですか。可愛さ余って憎さが百倍って奴ですね」

哀れむような眼差しで男を見返すと、仙之助は緊張感に欠ける声で言う。

「波路様を殺したのは、あなたですね、長岡様。波路様たちがただの病《やまい》や事故を化け猫の祟りだと騒ぎ立てたり、おみょう様は化け猫の化身だとか言い立てたりするのを見て、こいつを利用しようと思いついたわけですか？」

話のおどろおどろしさとはまるでそぐわぬ軽快な口調が、妙に寒気を催《もよお》させる。

「それでぼろが出ないようにと、さっさとおみょう様をどこかへやってしまいたいわけですね。だけどほら、いくら確たる証拠はないとはいえ、私が色んな手を使って騒ぎ立てたら、色々まずいんじゃございませんか？　別に本当にやるとは申してませんよ。ご家中の偉いお方が実家の料理茶屋をご贔屓《ひいき》にしてくださってるそうなんで、ちょっとご相談することもできるかなぁ……なんて考えたりはしますけどね。いや、本当にやるなんて申してませんよ？」

言葉とは裏腹にやる気に満ちあふれた目で、底冷えのする笑みを浮かべる。

「だけど、何かの間違いで波路様とのあれこれがお殿様のお耳に入って、いらぬ疑いがかかったら困るでしょう？　穏便に済ませた方が、いいんじゃございませんかねぇ」

居間に満ちた沈黙を埋めるように、ひゅう、と障子の外で風が鳴るのが耳に届いた。

「おみょうどのは強情で」

不意に、その沈黙を破り長岡が嘆息した。

「早々に国元へ帰ってくれていたら、あの猫にすべての責任を負わせ万事うまくいったのだがな。私とておみょうどのに害を加えたいとは思わぬ。しかし、どうあっても帰らぬというから往生したわ。お陰で思わぬ邪魔が入った。……結局、おみょうどのも貴様らも成敗せねばならん羽目になったようだ」

長岡の双眸《そうぼう》がぎらりと光った気がした。瞳孔がつうっと、細く、細くなっていく。まるで、猫のように。

右手が刀の柄《つか》を握り、左手がゆっくりと鯉口《こいぐち》を切る。おみょうに向かって一歩足を進める。おみょうがひゅっと喉を鳴らし、畳の上を後ずさろうとするが、もがくばかりで動けない。

侍の全身から禍々《まがまが》しい殺気がどっとあふれた、その時。

ぎゃあ、という叫び声と共に、どこからか現れた白っぽい猫が男に襲いかかった。

——お玉！

日頃のふてぶてしく緩慢《かんまん》な動きが嘘のように、毛を逆立て、目を金色に光らせたお玉は、長岡の手に鋭い牙を立て、顔と言わず耳と言わず食らいつき、爪で掻きむしる。

それに呼応したかのように、他の猫たちが、ぎゃあぁ、と鳴きながら侍に躍《おど》りかかっていく。

「う、うわっ！　やめろ！」

よろめいた侍が、慌てふためいて障子をがたがたと開き庭に飛び降りる。

腹の底からふるえがくるような声を立てながら、猫たちは男に飛びかかっては容赦のない攻撃を執拗《しつよう》に加える。

呆気に取られて見ているうちに、お凛は目を疑った。猫たちに襲われながら暴れる長岡の黒い影が、人間離れした動きを見せはじめている。飛び跳ね、四つ這《ば》いになってお玉らを威嚇し、かっと口を開いて尖った歯と真っ赤な舌をのぞかせる。

——あれは、あれではまるで。

ぎゃあああ！　と凄まじい声を上げて、長岡らしき影が咆哮《ほうこう》した。

「長岡様、いかがなされましたか」

「一体なんの騒ぎで……ひぃっ！」

物音を聞きつけて現れた供侍や奉公人たちが、激しく鳴き立てる猫の群れと、空気をふるわせて吼《ほ》えるおぞましい何かを見て顔色を失う。

男の影は宙に飛んだかと思うと、ひらりと屋根に着地する。真っ赤な夕日に照らされて、深い陰影の中に浮かび上がった男を見上げ、お凛はへたり込みそうになった。男の口は耳まで裂け、目は凶暴な野性を滾《たぎ》らせ爛々《らんらん》と光り、振り乱した髪はたてがみのようだ。

その人ならぬ姿の何かは、ぎらぎら輝く瞳孔を縦に細くして皆を睨《にら》みつけると、敏捷な動きで屋根瓦の上を音もなく走って、消えていった。

（五）

牡丹雪《ぼたんゆき》が庭と屋根に降り積もり、目に入るものすべてが白くまぁるく見えた。炬燵《こたつ》に潜り込み、はぁ、と切なそうなため息を吐いた仙之助が、少し開いた障子の隙間からその景色を眺めて言う。

「あーあ。おみょう様がいなくなって、火が消えたようだよ。おみょう様の葱《ねぎ》の入った味噌汁が恋しいなぁ……」

「何おっしゃってるんですか。染吉さんと梅奴さんに言いつけますよ？」

足し炭をしながらお凛がしらっとした顔で言うと、青年は傷心の目を見開いた。

「おお、ひどいことを言うねぇ。かなわぬ恋と知りながら、尽くした男の純情ってもんがわからないかねぇ」

「殊勝なことを言いながら、羊羹《ようかん》なんぞ食べないでくださいよ」

佐賀町『船橋屋《ふなばしや》』の練り羊羹《ようかん》をもりもり口に運ぶ男を、お凛は冷ややかに見下ろした。

「この胸の空虚な洞《うろ》を、羊羹《ようかん》で満たしているのさ……お凛、お茶お替わり……」

「そんなことより、あの長岡ってお侍はどうなったんでしょうね」

お凛は遠い目を庭へ向けた。

あの夕刻の出来事から、二日が経とうとしていた。


供侍の知らせを受けた殿様は、おみょうとお玉を即座にお屋敷へ呼び戻した。お屋敷から差し向けられた立派な駕籠《かご》にお玉を抱いて乗り込むおみょうは、目に涙を浮かべながら幾度も仙之助とお凛に礼を言った。

「おみょう様、行かないで……お殿様より私の方がいい男ですからぁ……」

鼻水を垂らして泣きながら後を追おうとする主の袖を、お凛はがっちり掴む。

「おみょう様、末永いお幸せを祈っております！」

満面の笑みで言うお凛を見て、おみょうはあの後光が差すような眩《まばゆ》い笑みを浮かべていた。


——しかし、あの男はどうなったのだろう。ご家中の方々も行方を追っているに違いないが、果たして捕まえられるものだろうか。

去り際の異様な姿を思い出すと、背筋にぶるっとふるえが走る。あれはまるで、化け猫そのものだった。いや、夕日のせいで目が眩《くら》んだのだ。そうに決まっている。けれど、とお凛は我知らず己の二の腕を両手でさすっていた。

あの身のこなし、鳴き声、爛々《らんらん》と光る双眸《そうぼう》、耳まで裂けたような口……人というのは、憎悪と執着と殺意とであれほどまでに変貌するものなのだろうか……。

すると、ああ、と主が世間話のように言った。

「あのお侍、どうも死んじゃったらしいよ」

「死んだ⁉」

裏返った声で叫ぶと、仙之助はうんうんと頷く。

「あの夜遅く、両国広小路のあたりで暴れている男がいるっていうんで、町方が様子を見に行ったんだと。そうしたら、侍らしき男が白い猫を相手にものすごい格闘をしていてさ。町方が唖然《あぜん》としていると、月明かりの下に顔が浮かび上がって……」

猫の頭をした男、に見えたという。

「男は逃げ出し、行方がわからなくなった。けれど翌朝近くを探してみたら、元柳橋《もとやなぎばし》の袂《たもと》に浮かんでいるのが見つかったそうでね。どうも薬研堀《やげんぼり》に落ちたらしいよ」

猫と激しく争ったのか、体中が噛み跡と引っ掻き傷だらけだったという。

「お玉は人を呪い殺す恐ろしい化け猫じゃなくて、薄雲太夫の猫と同じ、主を敵から守る忠義の猫だったわけだ。そういえばあの侍、ちょっと前から、『化け猫がいやがる。化け猫が来る。やられてたまるか』なんて鬼気迫る様子で呟いて、ひどく憔悴《しょうすい》してたって言ってたよ。……え？　誰に聞いたって、お屋敷の奉公人に決まってるだろう。いやぁ、こんな話まで外に漏れるんだから世も末だぁね」

どうせまた、中間《ちゅうげん》にべらぼうな額の金子《きんす》を握らせて口を割らせたに違いないのに、いけしゃあしゃあと嘆いてみせたものである。

「あれかねぇ。化け猫騒ぎを演じるうちに、あのお侍自身が化け猫に取り憑《つ》かれちまったのかな。業《ごう》ってのは恐ろしいもんだねぇ」

子供のようにつるつるした瞳に牡丹雪《ぼたんゆき》を映しながら言う主の声を、お凛は言葉もなく聞いた。怨念《おんねん》の黒い手に捕まってしまったのは、それを利用しようとした長岡自身だったということだろうか……。

お玉が化け猫であったのかどうかお凛には到底わからないし、そんなものの存在は今も信じてなどいない。いないけれど。

お殿様とおみょう、長岡や奥女中たちの住まう屋敷には、化け猫は何匹もいたのではないかと、ふとそんなことが頭を過《よぎ》る。多くのきらびやかな人々の中に、化け猫の頭をした人間が何食わぬ顔をして紛れ込んでいる。隙あらば獲物を頭から噛み砕こうと、目を細くして狙いを定めている。そんな奇怪な想像が心を離れない。

「あ、そうそう」

能天気な声に、お凛は物思いから引き戻された。

「おみょう様はご息災にしていらっしゃるって話だよ。殿様の果報者め。涙を呑んで身を引いてあげたんだからさ、私に感謝して欲しいもんだ」

鼻を啜《すす》りながら、お茶、と湯飲みを振ってみせる。

「旦那様、おみょう様たちは一体どちらのご家中なんですか？　旦那様はご存じなんでしょう。教えてくださいよ」

「駄目だよ。下手に話が広まって、ご家名に傷がついたら困る」

にべもなく断られ、お凛はむっとした。

「私はそんなに口が軽い金棒引《かなぼうひ》きじゃありません！　ぺらぺら人に喋ったりしませんから」

「駄目だね。絶対駄目」

「けち！　猫を集めるの大変だったんですよ？　あちこち引っ掻かれそうになるし、逃げないようにご機嫌を取って餌もやって。ご褒美くらいくれたって罰は当たりませんよ！」

「それが褒美をもらおうって態度なのかい……」

今にも化け猫のごとく飛びかかろうとするお凛に、うえっ、と目を見開く。仙之助は炬燵《こたつ》から飛び出し、さっと障子の間を指差した。

「お凛、ほらほら。あれを見ろ」

お盆片手に間を詰めるお凛は、油断なく青年を睨《にら》む。

「うまさうな　雪がふうはり　ふわりかな」

見れば、こんもりと積もった雪が、白い菓子のようにきらきらと薄い冬の日差しに輝いている。

ほう、とお凛は思わず感嘆し、しばしその景色に見惚れた。

――なるほどねぇ、美味しそうでほのぼのと和む景色だわ。今頃はおみょう様も、お玉とお殿様と一緒に、この雪景色を眺めているんだろうか……

「ん？」

我に返って見回せば、茶の間はすでにもぬけの殻で、主の姿は猫よろしく音もなくかき消えている。

にゃあ、と笑う誰かの声が、どこからともなく聞こえてきた。

百物語

（一）

弥生《やよい》の終わり、満開の桜が一斉に花を散らしはじめたある午後のことだった。

「――いや、いやいやいや。やっぱりやめた。やめます！」

お客が顔を上げるなり口走ったので、仙之助はいい加減うんざりした様子で童顔をしかめた。

「またですかぁ？　いいじゃないですかもう。そら、潔《いさぎよ》く手放しましょうよ、一、二の、三、ね？」

「いやいや、や、やっぱり嫌です。駄目です！　やめます！」

「ちょっと、往生際が悪いなぁ」

苛立たしげに言うなり、仙之助は男と自分の間に置かれたものを両手で引き寄せる。はっとしてお客も反対側から手を伸ばし、ぐぐぐと引っ張り返す。途端、それが鳴いたので男はぎくりと動きを止めた。

「これでもう三度目なんですよ。すっきりさっぱりさよならしましょうよ。そういう粘っこいのはもてませんよ？　べたべたしつこいのが好かれるのは納豆か山芋かべったら漬けか鳥黐《とりもち》か、はたまたいい女の掻き口説きかってなくらいのもんなんだから。鳥黐《とりもち》野郎とか呼ばれてもいいんですか、え？」

「何をわけのわからんことを言ってんですか！　放してくださいよ！」

お客と仙之助とが鼻息荒く睨《にら》み合ったその時、またしても玉を転がすような鳴き声が、険悪な空気に満ちた居間に響き渡った。ひっ、と男が手を引っ込めると、主はしめたとばかりにそれをがばと腕に抱く。

「あっ、このっ！」

男が顔色を変えて猛然と飛びかかった。

「何をっ！　ちょいと私の羽二重を引っ張るな！　高いんだから！」

手の塞がった仙之助が、業《ごう》を煮やして噛みつこうとする。

「やりやがったなこの青瓢箪《あおびょうたん》！　これでも食らいやがれっ」

男が倹《つま》しい藍の長着の裾を割ってむさくるしい足を上げ、主の顎《あご》を蹴り上げにかかる。

「汚い脚を晒すな、目が汚れる！」

仙之助がすかさず躱《かわ》して罵《ののし》った。

互いの着物を引っ掴み、醜《みにく》い争いを繰り広げる男二人を、お凛は「こういう大人になってはいけないな」と思いつつ白い目で見守っていた。

二人が引っ張り合っているのは鳥籠である。そして中には赤い鳥が一羽収まっていて、呑気に歌を歌っているのであった。

「ええいもう、なんだってそう思い切りが悪いんです？」

息の上がった仙之助が一旦力を緩めて鳥籠を畳に置くと、男もぜいぜい肩で息をしながら座り直した。

「新吉《しんきち》さん、ああ苦しい、あんた……こいつのせいで夜も眠れず死んじまいそうだって、そう言ったじゃありませんか」

「へ、へぇ。それは……そうなんです」

青白い顔を一層青くして、男も汗だくで頷く。

「こいつが夜ごと泣き喚《わめ》くもんで、おちおち眠れやしなくて……」

話は先月の末に遡《さかのぼ》る。

「こいつがうるさくてうるさくて、眠れねぇんです」

と、その新吉というお客は隈《くま》の浮いた顔で息も絶え絶えに言った。堀留町《ほりどめちょう》の長介店《ちょうすけだな》に住む板前だそうで、苦み走った風采も鯔背《いなせ》な二十八だが、両目にどんよりと重い疲労が蓄積しているのが見て取れる。その陰鬱な視線の先には、自分と仙之助の間に置かれ、手ぬぐいを被せられた籠らしきものがあった。

「はぁ、うるさい……？」

仙之助とお凛は首を傾げた。先ほどから何やら麗《うるわ》しい囀《さえず》りが聞こえているが、これが騒々しくてたまらぬというのだろうか。すると、新吉は思い切ったように手ぬぐいを捲《まく》った。あら、とお凛は目を瞠《みは》る。赤く輝くような鳥が一羽、丸屋根に猫足の台座までついた優美な鳥籠の中にいるではないか。

鵯《ひよどり》ほどの大きさだろうか。なんてきれいな鳥なのだろう。黒々としたつぶらな瞳、愛嬌のある嘴《くちばし》、とまり木の上をぴょこりぴょこりと動き回っては、小首を傾げる仕草も愛らしい。

「おや、緋鸚哥《ひいんこ》ですか」

仙之助も興奮気味にその美しい鳥を間近に眺めた。すると鳥は誇らしげに胸を反らし、高らかに美声を張り上げた。なんとも高貴な響きの、耳を心地よくくすぐる声だ。

「いやぁ、乙ですねぇ。舶来ものじゃありませんか。通人が喜びそうだ。こいつがうるさいってのはどういうことです？　いい声じゃないですか」

「へぇ、この鳥……こいつはですね……」

男がすっと表情を強張《こわば》らせて声を落とす。なんだろう、とお凛と仙之助も固唾《かたず》を呑んだ。

「夜に、鳴くんですよ……」

身を乗り出した二人はつんのめりそうになった。

「そりゃ鳴くでしょうよ。鳥なんだし。朝だろうと夜だろうと」

「ち、違うんです。そうじゃなくて！　こういう風に、いつまでって……！」

なんの話をしているのだ、と二人が真顔で男を見ると、新吉がもどかしげに月代《さかやき》を掻きむしった。

「ですからね、いつまでーとか、夜になると言うんですよ！　こう、気味の悪い姿と声で！」

鳥が喋る？　お凛が目を丸くする一方で、へぇ、と仙之助は目を光らせた。

「いつまで、いつまで、ねぇ……そいつは……以津真天《いつまで》、ていう奴ですかねぇ」

それを聞いた途端、新吉がぴくりと頬を引き攣《つ》らせる。

「差配《さはい》さんに相談しましたら、同じことをおっしゃって、深川木場の天眼通《てんげんつう》の旦那さんに相談したらどうかと勧めてくださったんですが……そうなんですかねぇ？　どうもあっしにはぴんとこなくて」

「以津真天……て、なんですか、それ」

お凜が怪訝な顔をすると、仙之助は嬉々として語り出した。

以津真天とは鳥に似た姿をしたあやかしで、埋葬もされず、無残に打ち捨てられた遺骸のそばに現れるのだという。そうして夜な夜な「いつまで……いつまで……」と鳴いては、「いつまで我をここに打ち捨てておくのか」と死者の無念と怨念《おんねん》を骨も凍えるような声で掻き口説くらしい。

「えっ、し、死体⁉」

新吉が仰《の》け反《ぞ》った。

「そうですよ。その差配《さはい》さんから聞かなかったんですか？」

とんでもない、と男はぶんぶん頭を横に振った。

「いつまなんとかってあやかしじゃねぇかとはおっしゃってましたがね。そんな気味の悪い鳥なんですか、こいつ？」

うん、と得意げに主が首肯する。

「お宅の差配《さはい》さん、以津真天の名は知ってるってのに肝心なところをご存じじゃないねぇ。ま、普通はそうでしょう。それにしても話のわかるいい差配《さはい》さんをお持ちだ。お礼をしないといけないいくらいだ」

怪異を屋敷へ寄越してくれた、気の利く差配《さはい》の肩でも揉みたいところなのであろう。

「はぁ、面倒見のいい人なんですがね。戯作本を書き散らしているちょっと変わった人でして……」

「ほほう、戯作者なんですか？　どんな本を書くんで？」

「版元にはまるで相手にされないって嘆いてますよ。怪談話が得意だとかで……」

話題が見当違いの方向へ進んでいるのに痺れを切らし、お凛は二人の会話に割って入る。

「それで、これが本当にあやかしなんですか？　ただのきれいな鳥に見えますけれど」

「そうなんですよ。二月《ふたつき》くらい前までは、ただの鳥だったんです。今も、昼間はなんの変わりもねぇんですがね……」

途端に新吉の口が重くなった。

「夜になるとどんな姿をしているんですか？」

主が興味津々の様子で身を乗り出すと、男は鳥籠をそろそろと横目に見て、鳥に聞こえぬように囁《ささや》いた。

「夜になると、に、人間の顔になるんですよ」

骨と皮ばかりの男とも女とも知れぬ容貌に、嘴《くちばし》は唇のように切れ上がり、そこに鋸《のこぎり》のような歯が並び、ぎょろりと目玉を動かし新吉を睨《にら》むのだという。お凜は想像してみて、ひぇっ、と首を竦《すく》めた。

「そして、いつまで、いつまで、と喚《わめ》きたてるんです」

「ほおぉ、そいつは不気味だ。うん、実にそそりますな」

美人の茶屋娘の噂話でもしているかのごとき調子で、主が舌なめずりしながら相槌を打った。

「そんな話、人にしたって頭がおかしいと思われちまうでしょう？　だから誰にも相談できなくてね。だが、怪談話が好きな差配《さはい》さんならと思って打ち明けてみたんでさぁ。そうしたら親身になってくれて、旦那さんのことも教えてくれたんです」

「で、私にこいつを預かって欲しいと。いいですともいいですとも」

主はほいほい嬉しげに言うが、新吉は額の汗を手のひらで拭いながらしばし口ごもった。

「そうなんですけど。でも……いや、やっぱり今日は、やめときます」

そう言って、ぽかんとする仙之助とお凜に構わず、さっと鳥籠を抱えるなり屋敷をそそくさと辞していった。

「何しに来たんだ、あの男は？」

世にも珍妙な妖鳥をもらいそこね、主は悔しげに身を揉んで大層残念がったのだった。

――だがしかし。夜な夜な不気味な声と姿で鳴くその鳥のせいで、新吉はその後もろくに眠れぬ夜に苦しめられたらしかった。

やがて、気の毒な板前は前よりも一層隈《くま》の濃くなった顔で、鳥籠を抱えて現れた。そうしてまた同じような問答をした末に、「やっぱりやめた！」と言い出して、仙之助の制止も振り切り出ていってしまったのだった。

「またあの男は……！　人を馬鹿にしているのか⁉」

仙之助は畳を掻いてじたばたと悶絶した。

そういうわけで――

「こちとらお預け食らった犬の気分だ。今度来たら絶対に置いていかせるからな！」と心に誓っていた主が、今日再び現れた板前を見て、ここで会ったが百年目とばかりに鳥の奪い合いをするのも無理からぬ話ではあった。

新吉もさすがに疲労困憊《ひろうこんぱい》であるらしい。今日は鳥籠を抱えて逃げ去るのではなく、何かもじもじと言いたそうにしていた。

「こいつは、そのう……実は、昔の女が置いていった鳥なんです。だから、その……」

途端に、ほう、と仙之助がころりと表情を変える。

「お前さんも隅におけないねぇ。で……いい女でしたか」

聞きたいのはそこか、とお凛はのっぺりとした表情を浮かべた。

「いや、まぁ……それは、そうですねぇ」

新吉が目元を染めて曖昧《あいまい》に頷く。

「ですが金遣いの荒い女で……」

「骨までしゃぶられて捨てられたわけですか？」

「そんなこたどうだっていいじゃないですか、もう！」

男の声が上ずる。図星だろうか。

「いやわかる。わかるよわかりますともその気持ち！　ちょっと聞いてくださいよ、私の贔屓《ひいき》の辰巳芸者のつれないこと。神田上水の鮎《あゆ》並みにつれないんだ、これが」

突如、仙之助が拳を握って嘆き出す。神田上水には鮎《あゆ》をはじめ川魚が豊富なのだが、江戸中に水を供給する上水ゆえに釣りも水浴もご法度《はっと》である。辰巳芸者同様、釣りたくとも釣れない、という下手な洒落《しゃれ》らしい。

「先月なんて新しい着物を作ってやって、酒井抱一《さかいほういつ》大先生の扇子もあげて、鼈甲《べっこう》の櫛《くし》も買ってやって、深川八幡の松本屋で遊んだってのにね、少しこう手を撫でさすっただけで三弦の撥《ばち》で殴るんですよぉ。まぁそれも意外といいもんなんですけどね。でもちょっとひどかありませんか?」

「そ、そりゃひでぇ……」

我がことのように顔を引き攣《つ》らせた新吉だったが、

「いや、旦那さんの女難なんぞ知ったこっちゃねぇですよ」

とすぐに唇を歪める。

「そう言わずに聞いてくださいよ。染はそりゃあ、うわばみの上に気はきついけど三弦が絶品のいい女で、梅はやさしいけど貢がせる手練手管がまぁ、百戦錬磨の花魁《おいらん》も真っ青ってなくらいでね、でもいっとう踊りがいいんだなこれが。わかっちゃいるけど惚れた弱みっていうか」

「えっ……二人も侍《はべ》らせてんのかいこの罰当たり! 独り占めすんじゃねぇ!」

目を剥《む》いて羨《うらや》ましそうに身悶《みもだ》えしてから、新吉ははっと我に返って咳払いした。

「ですからね、そういうわけで……この鳥にはちいっと思い入れがあるんですよ」

この鳥は、半年ほど前、新吉がお伊予《いよ》という恋女房と暮らしている長屋に迷い込んできたのだという。

お伊予は二十二の、湯島天神《ゆしまてんじん》近くにある味噌問屋の一人娘で、輝くばかりの美貌なのだそうだ。ところがこのお伊予、蝶よ花よと育てられたせいか、十七、八になると立派な我儘放題の放蕩娘となっていた。悪い仲間とつるんで遊び歩いているうちに、博徒《ばくと》崩れのような男に引っかかり、仲町の悪所に程近い長屋で遊び暮らしていたという。

仙之助は同病相憐れむ眼差しを新吉に向けた。

「で……お前さんもその娘の欲望の餌食となって、油かすみたいに金を搾り取られた挙句、ぽいっと捨てられたわけですか。そいつぁ辛い。ひどい話だ。男だってね、ほんとに辛い時ぁ泣いていいんですよ。ねぇ、泣いて……うっ……ぐすっ、染と梅の馬鹿ぁ……！」

「あんたが泣いてどうするんですよ！　大体ね、旦那さんと一緒にしないでくださいよ。あっしたちは惚れ合ってたんですからね」

男が憤慨しながら力説する。

お伊予は新吉にぞっこんで、何もかも捨てると言って新吉の長屋に転がり込んできたらしい。

丁度一年ほど前の晩春のことだった。お伊予は破落戸《ごろつき》まがいの男に嫌気がさして、さりとて実家へ戻る気にもならず、ふらふらと永代橋を対岸に渡ったのだという。永代橋広小路で永代だんご屋を冷やかし、豊海橋《とよみばし》も渡ってあてどもなく賑やかな港町をさまよっているうちに、日が暮れてきた。茜色に染まる新堀の流れを見下ろしながらぼうっと佇んでいる娘に、偶然通りかかった新吉が目を留めた。

「おい、そこのあんた。大丈夫かい？」

今にも水に飛び込みそうな風情《ふぜい》で、抜け殻のごとく突っ立っている姿を見て、思わず声をかけていた。

無防備な表情でこちらを見た女と目が合う。途端、うなじの毛が逆立つような身震いを覚えたという。


「なんていうんでしょうねぇ、赤縄《せきじょう》で結ばれた相手ってのはあるんだなぁ、なんて思いましたっけね」

気恥ずかしげに鬢《びん》を掻く新吉とは対照的に、仙之助は耳の穴を小指でこじりつつ、けっ、とばかりに障子の間に見える庭の方を向いている。まったく大人げの欠片《かけら》もない主だ。

「あっしは新堀近くの『波膳《なみぜん》』て小さな料理茶屋で働いておりましてね。お伊予が金もないし家にも戻れねぇっていうんで、とりあえず店の台所に連れてって飯を食わせてやったんでさ」

真面目一徹の新吉は波膳で十七の年から修業を積み、今や板前の頭である本板を務めるほどの腕前だった。賄い料理の余りの鰆《さわら》の酒蒸しを小鉢に盛り、貝柱と三つ葉のかき揚げを丼の飯にのせ、出汁《だし》を利かせたつゆをかけて出してやると、お伊予はあまりの美味さに涙ぐむほど感激したのだという。

「舌が蕩《とろ》けるんじゃないかしら。平清にだって負けやしない」

魂を奪われた様子で言うので、

「こんなもんで大げさだな」

と新吉は照れた。

「ほんとうよ。新吉さん、そのうちお江戸で一番の板前になると思う」

きらきらと澄んだ双眸《そうぼう》を輝かせるお伊予の顔を、吸い込まれるように見つめ返した。

「……あんたが言うなら、そうなる気がするよ」

そう囁《ささや》いた時には、「互いにもう、ぞっこん惚れ込んじまっていた」のだそうな。

「へーえ、そいつぁよかったですねぇー」

仙之助が平べったい声で相の手を入れ、火のついていない煙管《きせる》を親の仇《かたき》のごとく噛みはじめる。

その日から、お伊予は堀留町の新吉の棟割長屋《むねわりながや》で暮らしはじめた。

お伊予の実家の味噌問屋には、知らせなかった。

「今更合わせる顔なんてないし……もういいのよ」

お伊予は言葉少なに、しかし頑として言い張ったのだった。

二人の暮らしは、楽しかった。可憐な新妻は掃き溜めに鶴が舞い降りたかのようで、明るく人好きのする性格は長屋の店子《たなこ》たちにも好かれた。下手くそな料理も、つたない繕《つくろ》い物や掃除も、かえっていじらしく思われた。忙しい合間を縫って新吉が料理の腕をふるうと、お伊予はことのほか喜んだ。「あんたの料理はお江戸一」と蕩《とろ》けんばかりに微笑みながら、最初に新堀で新吉と出会った時のことを嬉しげに、繰り返し語る妻ほど愛らしいものはなかった。

赤い鸚哥《いんこ》が部屋に舞い込んだのは、その年の夏の終わりのことだ。

庭に向いた障子を開けておいたら、どこからともなく入り込んできたのだ。

狭い長屋の内を飛び回る鳥を、お伊予は飼いたいと言った。

「放したら可哀想よ。冬になったらきっと死んじまうわ」

そう懇願するので、新吉は器用な手先を生かして凝《こ》った鳥籠を作ってやった。

明るい歌声で囀《さえず》る華やかな赤い鳥は、若い夫婦の暮らしにますます幸福な彩りを添えるようだった。

二人して鳥を眺めながら、新吉はささやかな幸せを噛み締めていた。

「憂いは何もありゃしないと、思っておりやした」

ただ、一点を除いて。

「お金、ですか」

お凛がこそりと尋ねると、男は疲れた表情で首肯した。仙之助が忌々《いまいま》しげに煙管《きせる》を噛むのをやめて、つうっと新吉に視線を向ける。

新妻は、金の使い方が荒かった。いや、下手だった。何度教えても、ものの質と値を比べ、慎重に選ぶということができなかった。高価な魚や米、砂糖、味醂《みりん》にはじまり、菓子だの酒だのに新吉の稼ぎを注ぎ込んでしまう。本板である新吉の稼ぎは悪くはないが、いずれ暖簾《のれん》分けしてもらい自分の店を持つ夢があるから、切り詰められるだけ切り詰めて生きてきたのだ。無駄にできる金は一文だってなかった。

元は九尺二間の狭い棟割長屋《むねわりながや》に住んでいたのを、所帯を持ったのだからと六畳一間に四畳の中二階、さらに裏庭がある割長屋《わりながや》へ移った。これで家賃四百文が八百文と倍になったのだ。これ以上の贅沢などとんでもない。

それなのに、「とっても美味しそうだったから……」と、妻は勧められるまま、見境なしに高いものをほいほい買ってしまうのだ。

着物が少し傷《いた》めば古着屋へ行かずに新品をあつらえようとし、下駄や草履がちょっと古びたら人にやってしまおうとする。いい鴨がいるらしいと聞きつけて、押し売りまがいの連中が長屋を訪ねてきては、あの手この手で品物を売りつけることが増えた。これでは暖簾《のれん》分けしてもらっても店など到底立ち行かない。そう言い聞かせるのだが、やはりお伊予には我慢が利かなかった。

「これ、どうかしら。お前さんに使ってもらおうと思って」

ある日、袱紗《ふくさ》に包んだ出刃包丁を手渡され、新吉は驚愕した。

見るからに高級品とわかる、青白く輝く出刃だ。一体いくらで押し売られたのだと気が遠くなった。

三つ子の魂百までというわけか。父親は左官で、母親は洗い張りをする倹《つま》しい家に育った新吉とは、まるで見ている世界が違っていた。深川で一緒に暮らしていた破落戸《ごろつき》とやらは、それほどまでに金回りのいい男だったのか、と嫉妬とも憎悪ともつかない気持ちまで腹に湧き上がってくる。

思わず張り倒し、

「いい加減にしやぁがれ、この金食い女、あばずれ」

などと罵《ののし》ってしまった。

鳥籠の中で赤い鳥が激しく囀《さえず》っていた。ばさばさと羽ばたいて、血しぶきのように赤い羽根が飛び散った。

お伊予が唖然《あぜん》とし、それからみるみる青ざめていく姿を今もはっきり覚えている。張られた頬を手で押さえ、お伊予は涙を堪《こら》えながらじっと新吉を凝視すると、つるべ落としの晩秋の夕暮れの中、長屋を飛び出して……

そのまま、帰ってはこなかった。

「誰にも、何も言わずに消えちまったんです。ご番所も探してくだすったんですが……後の祭りでさぁ」

項垂《うなだ》れた新吉が、重く嘆息する。

お伊予はあたかも煙のごとく、忽然《こつぜん》と姿を消してしまった。

後に残ったのは、お伊予の持ち込んだ手回りの品や着物、それに、赤い鸚哥《いんこ》だけだった。

一人きりになった長屋で、異国の響きを思わせる華麗な囀《さえず》りを聞きながら、新吉は魂が抜けたようにただ呆然としたのだった。

「そいつはご愁傷様《しゅうしょうさま》でしたねぇ」

先ほどまでとは打って変わった神妙な表情で、仙之助が深く頷いた。

「いや……仕方ねぇのかもしれません。あっしの甲斐性がなかったんです。縁がなかったってことでしょう。所詮《しょせん》、高嶺《たかね》の花だったんでさぁ」

すん、と新吉が鼻を鳴らす。

「一緒になった時に差配《さはい》さんに伝えた、人別帳の内容も当たってみたんですがね。これがなんとお伊予って名の別人のもんでして。もう、なんて言やぁいいんだか。悪い夢みたいでしたよ」

途方に暮れた、虚《うつ》ろな笑い声が小さく響いた。

お伊予が消えてしばらく経ってから、一度だけ便り屋が短い文を届けに来た。

そこには、『さがさないで　さようなら　いよ』とだけ書かれてあった。

「そうは言われても、諦められるわけがねぇ。あいつが達者でいるのかどうかだけでも知りたくて、心当たりを探して回りましてね。もしかしたら実家に戻ったのかもと思って、湯島のあたりも探し歩いたんですが、それらしい味噌問屋は見つからずじまいで。――

全部、嘘だったんでしょう。赤縄《せきじょう》だのなんだのと舞い上がって、馬鹿な男だって思ってたかもしれやせんね。考えてみりゃ、悪所で面白おかしく暮らしてたってぇのに、不思議なくらいに世間ずれしたところがない女でした。どっちかっていうと、世間知らずで浮世離れして見えた。不思議な女でしたよ」

　鳥に話しかけるように、ぽつりぽつりと続ける。

「もっと早くに、腹を割って話をするべきだったのかもしれねぇ。あっしも馬鹿なもんだから……。でも、もうきっぱり忘れるべきじゃねぇかと思ったんです。この鳥が家ん中にあるのは、どうも辛くていけねぇ」

　なんだかこう、ふらっと迷い込んできて、ふらっと出ていっちまったあいつを見ているようでやり切れない、と新吉は嘆息した。

「あっしの頭がどうかしてきたのかもわからねぇが、この鳥も毎晩恐ろしい顔で泣き喚《わめ》くようになっちまったしね。お陰で、両隣の人らが気味悪くて耐えられねぇって出ていっちまって、差配《さはい》さんに迷惑をかけちまって……こりゃあもう、手放すしかねぇと決めたんです」

　捨てたいのに、捨てられない。忘れたいのに、忘れられない。男の内心が鳥を見つめるその切ない眼差しに表れているようで、お凛はいたたまれない心地に襲われる。

しんみりしているお凛を横目に、うんうんと頷いていた仙之助が不意に身を乗り出した。

「で……本当のところはどうなんです？」

「な、何がでしょう」

新吉が面食らって背筋を伸ばすと、主がつるりとした目を無邪気に見開く。

「いやだなぁ。だから、部屋に死体をうっちゃってあるんですかって聞いているんですよ」

「はぁ？」

男の口があんぐり開いた。

「だって、この鳥は打ち捨てられた死体の代わりに鳴くわけでしょう？　床下にでも埋めてあるんですか、そのう、お伊予さんが。人のよさそうな顔してすごいことをなさるもんですねぇ。そら、正直に言って楽になっちまいなさいよ」

「な、何を言い出すんですよ⁉　そんなわけないでしょう！」

傷心の板前が裏返った声を上げた。

「あれ、違うんですか」

心なしか残念そうに青年が首を傾げる。新吉は呼吸困難を起こしたように赤くなったり青くなったりしている。

「違うに決まってるじゃありませんか！　あんた人の話を聞いてたんですか？　あっしは人殺しじゃございません！　お伊予を手にかけたりするもんですか」

「じゃあどうして鳥が喚《わめ》くんです？　そんなのおかしいじゃありませんか」

じとっと疑いの眼差しを注ぐ青年に、新吉が絶叫する。

「知りませんよ！　こっちが聞きてぇよ！」

「本当かなぁ。本当に本当のこと言ってます？　そのお伊予さんに骨までしゃぶり尽くされて、もはやこれまで、と得意の包丁捌《さば》きでブスッ、バサッとこう……で、お伊予さんは、あれぇお前さん悪い男だ、あなうらめしや、この恨み晴らさでおくべきかぁ、と掻き口説く。そこにお宅が土間に穴でも掘ってお伊予さんを放り込み、血も涙もなく土を被せて、俺を怒らせたのが運の尽きよ、あの世で後悔するこったぜ、あばよ、なんちゃって……」

『東海道四谷怪談《とうかいどうよつやかいだん》』と『盟 三五大切《かみかけてさんごたいせつ》』の歌舞伎の観すぎではなかろうか。ぐへへ、と真に迫った殺人鬼を演じていた仙之助の襟を、わなわなふるえる新吉の右手が鷲掴《わしづか》みにした。

「そんなにあっしの包丁捌《さば》きを知りたいかい。試しに三枚おろしにされて刺身になってみるかい、え……？」

殺気漲《みなぎ》る柳葉《やなぎば》包丁みたいな目で凄まれ、主は俎上《そじょう》の魚のごとくふるえあがった。

「ここは笑うところなんだってば！　ちょっと場を和ませようと思っただけで……お宅が言うと洒落《しゃれ》にならないんだから落ち着いて、ね！　わかった、この天眼通《てんげんつう》の仙之助がお役に立ちましょう。これであなたは安心安眠間違いなし！　目が溶けるほど眠ってもらおうじゃございませんか！」

香具師《やし》の啖呵売《たんかばい》よろしく口上をまくし立てる主を、新吉は鼻息荒く睨《にら》んでいたが、やがてしぶしぶ伸びた襟を離した。

「……どうするっておっしゃるんで？」

「なぁに、簡単ですよ」

乱れた襟を整えながら、能天気に仙之助が笑った。

「探してみたらいいんですよ、部屋に死体があるかどうか。でしょ？」


その夜。

ふあぁ、と大欠伸《おおあくび》をする寝間着姿の主を見て、お凛も涙目で欠伸《あくび》をかみ殺していた。

行灯《あんどん》が一つだけ灯された薄暗い茶の間にいる二人の前には、赤い鸚哥《いんこ》が鳥籠の中でかさかさと動いている。

「それで、旦那様。本当に、探すんですか？　そのう……死体を……？」

お凛は目を擦りながらぼそぼそと尋ねた。

鳥籠を覗き込み、仙之助は眠気を追い払おうとするかのようにぱちぱちと瞬《まばた》きする。

「もちろんだとも。こんな機会は滅多とないぞ。今度の百物語にうってつけだ」

「百物語……？」

怪訝な顔で繰り返すと、「そうさ」と青年の目が興奮気味に輝いた。

「来月初めの新月の夜に鶴屋《つるや》先生のお宅で百物語をするっていうんで、私も一席ぶってくれと頼まれているんだよ。愛憎の果てに殺した女が以津真天の口を借りて、男に夜な夜な恨みを訴える。そうしてある夜、白骨となった女が、男を取り殺さんと土の下から現れ、男はついに正気を失う……いいねぇ、痺れるよ。今度の百物語の主役の座は私がいただきだね」

楽しそうに血みどろの惨劇を物語る主を白い目で眺めながら、お凛は、もうそんな時期なのか、と考えていた。

鶴屋先生こと四代目鶴屋南北《なんぼく》といえば、歌舞伎狂言作者として知られる当代随一の大作家で、西の大近松、東の大南北と称されるほどの有名人だ。『東海道四谷怪談』の作者でもある南北は、怪談話にも目がない。お江戸の夏の風物詩となった怪談会も、この人が定着させたと言われているほどだ。昨年まで亀戸《かめいど》に暮らしていた南北は、今は門前仲町に程近い黒船稲荷《くろふねいなり》神社の敷地内に古びた家を構えていて、時折百物語の怪談会を催《もよお》していた。仙之助とは怪異話つながりで面識があるらしく、夏になると怪談会にお呼びがかかるのだ。

この黒船稲荷の周りというのが、「すずめの森」とも呼ばれる鬱蒼《うっそう》とした林で、昼でも暗く実に薄気味が悪いところだった。わざわざこんなところに住まなくとも、と思う場所に嬉々として住まう大作家であるから、仙之助と気が合うのも道理というものだ。

「大南北の百物語に招かれるなんて名誉なことなんだぜ。前の会では呪いの石に祟られて、危うく死にかけたって話をしたんだけどさ。俺もやってみたい、お前だけずるいって散々ごねられて往生したよ。ほんと変人だよねぇ」

感想を述べる気にもならず、お凛は話題を変えた。

「……それにしても、何も起こりませんねぇ」

「ふむ」

また二人して鳥籠を覗き込む。この緋鸚哥《ひいんこ》が果たして異形の姿を現すのか否かを、こうして深夜まで起きて検証しているのである。

「まぁ、もう少し待て。うちの下にも死体が埋まってるかもわからないじゃないか。いつまで、と鳴き出すかもしれないぞ」

物騒なことを言いながら、主が嬉しそうに両手を擦り合わせている。

なんでもいいが、どうして自分まで付き合わされねばならないのだ、とお凛は朦朧《もうろう》としかけた頭で考えた。

「じゃ、私はもう寝てもいいですか。明日も早いんですよ、旦那様とは違って」

「なんだって？　ずるいぞ、私が眠い目を擦って起きてるってのに！　それでもお前は奉公人か？」

ばんばんと畳を叩きつつ子供のように憤慨するので頭痛がしてきた。

「私がいない方がいいんじゃありませんか。祟りも呪いも私のことを避けていくんでしょう？」

嘆息しながら問うが、

「こいつはあやかしだ。祟りでも呪いでもないから障りはない」

と仙之助は自信たっぷりだ。

あやかしだって祟ろうと思えば祟れるのではあるまいか、などという疑問が頭を過《よぎ》るが、議論を戦わせるのも馬鹿馬鹿しく思われる。

鳥籠をしょぼついた目で見下ろすと、燃えるように赤い鸚哥《いんこ》はとまり木の上で全身をふんわりと膨らませている。そうしてぶつぶつ寝言を言うように嘴《くちばし》を鳴らしながら、うつらうつらと眠り出した。

一体いつまで続けるのか、と向かいの青年を睨《にら》んでみれば、仙之助は腕組みしたままこっくりこっくり船を漕いでいる。

むにゃむにゃと唇の緩んだ太平楽な寝顔が実に腹立たしい。

「あっ、染吉さんに梅奴さん！」

両手を口に添えて叫んだ刹那《せつな》、「なぬ⁉」と主の両目がかっと開き、ぐらりと体が泳いだ。

おっと、と鳥籠に置いた右手に鳥が驚いてぴょんぴょん跳ねる。そして無遠慮に籠の隙間に突っ込まれた人間の指を見るなり、闘鶏《とうけい》のごとく毛を逆立てて猛然と噛みついた。

「いってぇ！　出た、出たぞお凛！　助けろ！　わぁぁ！」

という寝ぼけた仙之助の悲鳴が、夜のしじまに響き渡った。

（二）

その翌日。

暖かな風が桜の花弁を散らす夕暮れ時、二人は堀留町の長介店へと向かっていた。

急ぎ足に家路を辿る人々の間を、むやみに粋な黒羽二重の長着の裾を捌《さば》きつつ飄々《ひょうひょう》と進んでいた仙之助は、表通りをきょろきょろと見回し、やがて一つの長屋木戸を潜《くぐ》ると意外そうに声を上げた。

「おや、ずいぶんと小ぎれいな長屋だねぇ」

長屋木戸から左右の割長屋《わりながや》と棟割長屋《むねわりながや》、惣後架《そうごうか》に稲荷社、井戸端までもが、真新しい木の香りでむせ返るようだ。裏長屋であるから所詮焼屋造《しょせんやきやづく》りの安普請であるが、破れも黄ばみもない真っ白な障子がずらりと並び、店子《たなこ》の名が墨痕《ぼっこん》鮮やかに記されている様は清々《すがすが》しいものだった。

「そうですね。そういえば、表通りも新しい家ばかりだったような」

木場の屋敷から持ち出した鍬《くわ》を軽々と肩に担いだお凛も首を傾げた。すると、割長屋《わりながや》の前を行ったり来たりしていた男がこちらを見た。着流しに前垂れ姿の新吉である。

「旦那、こちらです。昨日はどうも……」

強張《こわば》った表情で小走りに駆け寄ってくる。新吉が勤めから戻る頃に長屋で落ち合う約束だったので、波膳の店主に無理を言い仕事を早めに切り上げてきたそうだ。

「その、どうでしたか？　あいつは鳴きましたか……？」

恐々と尋ねる板前に、仙之助はむっつりとして晒《さらし》を巻いた指を振って見せた。

「いーえちっとも。指を食い千切られそうにはなりましたがね。いやまったく凶悪な鳥だ。さすが以津真天ですな」

「えっ？　あっしは噛まれたことはありませんけどね。以津真天てのは人を食うんですか……？」

男がぎょっとして身を縮める。涼しい顔をしたお凛に、仙之助がじろりと恨めしげな視線を注ぐ。

「それにしても、いい住まいじゃありませんか。えらく新しいし」

「へぇ。昨年の暮れに火事がありやしたでしょう？　その時にここら一帯も焼けまして……」

「ああ……」

「あの時の」

お凛と仙之助は同時に嘆息した。昨年の年の瀬に、この堀留町では付近を焼く火事があった。

幸い大火事になる前に火は消し止められたが、それでも表店《おもてだな》や裏店《うらだな》がいくつか焼け、怪我人も出たと耳にした。

長介店の地主は桔梗屋長介《ききょうやちょうすけ》といい、日本橋近くで大きな唐物屋《からもの》を営んでいるそうだ。この長屋の他にも、神田や日本橋のあちこちに長屋を所有しているのだという。長介店を管理する差配《さはい》を任されているのは銀次郎《ぎんじろう》という独り身の男で、木戸のすぐ内側の割長屋《わりなが や》に住んでいるらしい。

「桔梗屋さんが即座に長屋を建て直してくださったもんで、すぐに部屋に戻ることができたんです。あっしは如月《きさらぎ》の初めに戻ったばかりで……」

しかし、新しい長屋に入ったのも束の間、あの鳥が騒ぎ出したのである。

「だから、床下を掘り返すなんてやめてくださいよ！　建て直したばっかりなんですから。その物騒なもん、なんですか？」

お凛の担いだ鍬《くわ》を見て、新吉が青ざめながら言う。

「でも安眠したいんでしょう？」

けろりとして仙之助が尋ねた。

「いや……そりゃあそうですけど……もし変なもんが出てきたら、それこそ安眠どころじゃなくなるし……」

「ま、殺しの疑いがかかるかもね。殺しは死罪ですもんねぇ。永遠《とわ》の眠りにつけるかもしれませんよ」

「縁起でもないことを言わないでくださいよ！　あっしはやってないですってば！」

必死に懇願する新吉を置いて、仙之助は差配《さはい》の部屋に入っていくと、しばらくの後、銀次郎らしき男と共に出てきた。

「なんだい、床下を掘り返したいんだって？」

がっちりと四角い顎《あご》をした、四十をいくつか越して見える差配《さはい》が、どんぐり眼を白黒させる。何やら鬼瓦を思い起こさせるご面相だ、とお凛は思った。

「いや違うんです、差配《さはい》さん。このお人が突っ走っているだけで、掘り返したくなんぞありません。本当に、ちっともまったく！」

ぶんぶんとかぶりを振る新吉に、仙之助が疑わしげな目を向ける。

「なんだってそんなに嫌がるんです？　やっぱり掘り返すとまずいことでもあるんじゃあ……」

「違いますよ！　せっかくの新しい部屋をひっくり返されたくないんです！」

「そんなこた心配いりません。私が責任を持って元通りにするって、今差配《さはい》さんと話をつけましたんでね」

ええっ、と声を上げる新吉に、差配《さはい》が鷹揚《おうよう》に首肯した。

「面妖な話だが、柳亭の仙之助さんのたっての願いというんじゃ、嫌とは言えんだろう」

地主の桔梗屋店主は差配《さはい》の実兄で、長屋の采配は自分の裁量で何事も図って構わないのだそうだ。どうぞお好きなように、と銀次郎が朗らかに言うのを見て新吉は絶句する。

「あたしは怪談話の類《たぐい》が好きでしてねぇ。そういえば、柳亭の仙之助さんの噂を聞いたなぁと、こう思いましてお屋敷を訪ねるように新吉に勧めたんですよ」

そう言った銀次郎は、ここだけの話、と声を低くする。

「あたしも戯作を書き散らしたりしておりまして。あの鶴屋南北先生に見ていただくこともあるんですよ。一度旦那さんにも怪異話を伺いたいなぁと思っておりました」

「おや、奇遇ですねぇ、差配《さはい》さんも鶴屋先生とご懇意で。来月の百物語にはいらっしゃいますか？」

「えっ、そうなんですか？　いいですねぇ、あたしはお招きにあずかっちゃおりませんよ。先生のお気に入りの人しか招かないって話です。あたしなんかじゃあ、まだまだ先生のお眼鏡にはかなわないんでしょうな」

羨《うらや》ましいなぁ、と銀次郎が頬を赤らめ心底残念そうに呻《うめ》くのを、まぁまぁ、と主が宥《なだ》める。

「ちなみに、どんな作品をお書きになるんですか？」

「あたしですか。いや、駄作ばかりなんですがねぇ」

差配《さはい》がはにかんだように丸い鼻先を擦った。

「ですが去年書いた『浅草血塗女地獄《あさくさちまみれおんなのじごく》』って怪談話は、手前味噌ながら結構いい出来でして。本にして鶴屋先生に差し上げたら、ちょっと褒めていただけたんですよ」

なんだそのおどろおどろしい題名は。お凛は思わず三歩引いた。

「ほう、恐ろしげですな。そいつは拝見してみたいもんですねぇ」

「あ、あのう。差配《さはい》さん、もしもし……」

和気藹々《わきあいあい》とした好事家《こうずか》二人に新吉が痺れを切らして声を上げると、差配《さはい》は我に返った様子で会話を切り上げる。

「だからさ、新吉。旦那さんもこうおっしゃっているし、いっそ床下を掘ってみて、何がどうなってるんだかはっきりさせたらどうだい？　死体なんざあるわけないんだから、そうとわかればお前さんも安心できるってもんじゃないか。そうだろう？」

見るからに期待に胸膨らませている様子の差配《さはい》に、「そんなぁ……」と新吉が涙目になった。

一方の仙之助は路地にいた長屋のおかみさんと立ち話をしていたが、近くの腰高障子の戸を叩くと、出てきた筋骨逞《きんこつたくま》しい男に何やら話をつけている様子だ。

一旦長屋の奥へと引っ込み、しばらくして再び現れたその男は、腰切り半纏《はんてん》に股引《ももひき》をはき、大工道具を肩に担いでいた。

「大工とも話をつけたよ。すぐに大工仲間がもう一人来るってさ」

にこにこ微笑む仙之助に、新吉が、ああ、と頭を抱える。

「じゃ、日が暮れちまう前にはじめましょう。まずは床下を見てみようか。さぁ一丁やっておくれ」

威勢よく言って、「新吉」と腰高の障子に書かれてある部屋をぐいと顎《あご》で示してみせる。

「へい」と言ったかと思うと、大工は土間の障子を取っ払いはじめた。狭い土間を覗いてみると、六畳ほどの畳部屋と、裏庭に面しているらしい障子が奥に見える。

「おおい、荷物を運び出すのを手伝っておくんな」

と言うので、お凛も慌てて鍋やら茶碗やら煙草盆《たばこぼん》やらを表に運ぶ。

だが、仙之助はそんな仕事は一切手伝うつもりはないらしい。

「新吉さん、布団やら枕屏風《まくらびょうぶ》やらは、ご近所さんに預かってもらうといいよ。そら、庭の方の障子も取っちまいな」

などと、お気楽な調子で命じるばかりだ。

やがて遅れてきたもう一人の大工も加わって、男たちがすっかり畳を上げてしまうと、引っ越し前のまっさらな部屋が忽然《こつぜん》と現れた。

「ようし。はじめるぞ」

豆絞りの鉢巻を締めた屈強そうな大工二人が、ばりばりと床の荒板を剥《は》がしはじめた。戸を取っ払った土間の外で店子《たなこ》たちが不安げに見守るのをよそに、

「差配《さはい》さんには断ってあるから遠慮はいらないよ。それも、そこの板も、どんどん剥《は》がしちまっておくれ」

と仙之助は遠慮も会釈もなく指示を出す。

やがて床下の礎石を残してあらかた床板と基礎の柱を除いてしまうと、安普請とはいえ新しかった部屋が見るも無残な姿に変わった。もうもうと埃が舞い、壁は汚れて土間は木材で埋め尽くされている。いきなり屋根を剥《は》がされて、慌てふためきながら逃げていく蜘蛛《くも》やら百足《むかで》やらを見送る観衆は、一様に哀れみの眼差しで新吉を気まずそうに見やった。

……これ、ちゃんと元に戻るのかしら。皆にまじって見守るお凛も、見てはいけないものを見た心地で頬を引き攣《つ》らせた。

けれども仙之助は一人ご満悦な様子で、

「さすが仕事が早いねぇ。いや、見事なもんだ」

と言ってはすべすべの顎《あご》を頷かせている。それから、声もなく立ち竦《すく》んでいる新吉に

にこにこしながら近づいたかと思うと、

「ほれ、がんばんなよ」

と言って屋敷から持ってきた鍬《くわ》を押し付けた。

「えっ、あ、あっしがやるんで……？」

「お前さんの部屋なんだから、お前さんがやらないでどうするのさ」

散々人の部屋を破壊しておいて、そう涼しい顔で言ったものだ。

「なんだかもう、色々嫌になってきましたよあっしは……」

涙ぐみながら呻《うめ》いた新吉が、やけっぱちのように鍬《くわ》を振り上げる。

おりゃあ、と振り下ろした鍬《くわ》が、六畳間があったあたりの土に刺さる。えい、と返して土を起こし、また鍬《くわ》を振り下ろす。

埃に土の匂いがまじり、ざくり、ざくり、という鍬《くわ》の音と、ぜいぜい喘ぐ新吉の呼吸音ばかりが響く。そう硬い土ではないらしく、鍬《くわ》はみるみる地面に穴を穿《うが》っていく。

「あのう、何か、お宝でも埋まっているんで？」

見物人の間で首を伸ばしていた老人が、土間で腕組みして新吉の作業を見ている仙之助にそろりと尋ねる。

仙之助は苦笑しながら手を振った。

「違う違う。死体だよ。ただの」

「はぁ、ただの……」

老爺《ろうや》が曖昧《あいまい》に頷いてから目を剥《む》いた。

「死体⁉」

「違いますってば！　誰かその人黙らせといてくれ！」

汗だくになった新吉が振り返って喚《わめ》く。

その時、ん、と新吉の手が止まった。

「なんだ……？」

鍬《くわ》の先に何かが引っかかったのか、土に食い込んだ刃をぐいと揺する。

お凛は思わず身を乗り出して穴を覗き込んだ。ごつ、という鈍い音と共に、土に汚れた何かが穴の底に顔を出す。擦り切れた古布のようだ。どろどろに汚れたそれに、朧《おぼろ》げな麻の葉模様が見て取れる。そこから木の枝に似たものが突き出している。くの字に少し折れ曲がった、何か。

うなじを氷の手で掴まれたかのごとく、お凛は息を呑んだ。

人の、脚に似ているような……

「あっ……？」

新吉がさあっと青ざめ、腰を抜かして座り込む。

途端、仙之助がだっと駆け寄り、新吉を押しのけて掘り返した穴に屈《かが》み込んだ。

そのまま黙して動かなくなった青年の背中を、お凛は固唾《かたず》を呑んで凝視する。

「差配《さはい》さん、八丁堀《はっちょうぼり》の旦那がたの出番のようですよ」

おもむろに、のっぺりとした声が一帯に響いた。

凍りついたような沈黙の中、穴と仙之助を向いていた皆の視線が一つ、また一つと新吉に注がれる。

「新吉、まさか……お前、そんな」

両目を見開いた差配《さはい》がふるえる声で言う。

「え。……えっ？　ええ？」

人々の強張《こわば》った顔を見返し、新吉は浅い呼吸を繰り返す。それから、ひぃ、と喉から掠れた悲鳴を漏らし、がちがちと歯を鳴らし出した。

「こりゃあ、困ったことになったねぇ、新吉さん」

仙之助が振り返り、新吉を見つめて妙にしみじみと嘆息する。

新吉はぺたりと土に座り込み、青ざめながら仙之助と皆の顔を見回して、ただただ口をぱくぱくさせていた。

「あっしじゃねぇ！　あっしは潔白だぁ！　濡れ衣だ！」

「うるせぇ！　言い分は番屋でじっくり聞いてやらぁ」

知らせを聞いて駆けつけた御用聞きの手下にふん縛られ、新吉が赤くなったり青くなったりしながら声を嗄《か》らして叫んでいる。

それを眺めていた仙之助は、悲しげに首を振った。

「新吉さんたら、道理で床下を掘るのを嫌がったわけですねぇ。まさか本当に死体を埋めていたとは。いやぁ、悪いお人だ。私は見損ないましたよ、ほんと。悪い女に弄《もてあそ》ばれるのが生き甲斐のお仲間だとばかり思ってたのに、がーっかりだ」

「勝手にがっかりしねぇでくださいよ！じゃなくて旦那、あっしは新しい部屋をひっくり返すのが嫌だっただけです。そんな骨知りやせん！　人殺しなんて大それたこと、あっしがするはずないでしょう？　お伊予は生きてますったら！　あんた千里眼なんでしょ？　この目を見てくださいよ！　ねぇ！」

この善男《ぜんなん》の心の窓をのぞいてくれと言わんばかりに、新吉が縄尻《なわじり》を掴まれたまま詰め寄って、必死に仙之助の顔を凝視する。

うーん、と仙之助はおざなりに男の顔を眺め、無邪気に首を傾げた。

「でもほら、骨が出てきちゃったしさ。しょうがないんじゃない？」

「旦那ぁ！」

じたばたして叫ぶ板前の傍らに立つ、懐手《ふところで》にした浅黒い肌の男が口を開く。

「お伊予が出ていったふりをして、実は殺したのをどこかに隠しておいたのか。だが、そのまんまにしとけねぇ理由ができたと。そこに丁度頃合いよく火事が起きた。で、長屋が焼けたのをこれ幸いと、人目もねぇし床を張る前に埋めちまえばいいと考えたってわけか。ふてぇ野郎だぜ」

男は東西の堀留川《ほりどめがわ》に沿った一帯を縄張りにする御用聞きの親分で留七《とめしち》といい、本業は堀江町《ほりえちょう》の貸本屋らしい。

「なんてこった。まさか新吉の奴がお伊予さんを……」

差配《さはい》の銀次郎が真っ青になった唇をふるわせた。

「こりゃあ、あたしもお上の処罰を受けるでしょうな。兄さんになんと伝えようか……」

差配《さはい》は店子《たなこ》の親も同然、などと言われるが、これは単に情に篤《あつ》い付き合いを指すだけにとどまらない。店子《たなこ》が重罪を犯せば、差配《さはい》にも監督不行き届きを理由に処罰がくだされる場合があった。まさに一蓮托生《いちれんたくしょう》、子の不始末は親の不始末というわけだ。

「差配《さはい》さん、誓ってあっしはそんなこたしちゃいません！」

新吉が身悶《みもだ》えして叫ぶ。

「銀次郎」

不意に、長屋木戸の方角から声がかかった。押し出しのいい五十がらみの男が、松葉《まつば》色《いろ》の羽織と袷《あわせ》の裾を靡《なび》かせながら大股に近づいてくる。

「白骨死体が出たっていうじゃないか。どういうことだ？」

「兄さん……」

差配《さはい》が青ざめてぎくりと肩を竦《すく》ませる。兄さん、ということは、この長介店の地主で、桔梗屋店主の長介であろうか。ふくよかな頬と柔和な細い目が、どんぐり眼にがっしり締まった顎《あご》をした銀次郎とは対照的だ。

「はぁ、それが……」

差配《さはい》の喉仏が大きく動いた。

「新吉の部屋から出まして……出ていった女房じゃないかと」

「なんだと……⁉」

細い両目の奥にぎらりと怒気が宿る。大店《おおだな》の店主ゆえであろうか、その迫力にお凛の心ノ臓がぎゅっと縮んだ。

「あ、あっしは知りやせんです。桔梗屋さん、本当なんですよ」

今にも泣き出しそうな新吉が必死にことの経緯を訴えるのを遠目に見ながら、お凛は仙之助に囁《ささや》いた。

「人殺しだなんてそんな恐ろしいこと、あの真面目そうな新吉さんがするでしょうか……。大体、どこにお伊予さんを隠していたっていうんです？　旦那様も新吉さんがやったと思うんですか？」

もし新吉が無実であったらどうするのだ、と思いながら尋ねると、主は欠伸《あくび》をしながらのたもうた。

「ま、そういうこともあるんじゃないか。骨までしゃぶり尽くされた恨みが骨髄《こつずい》に徹し、新吉さんが殺して埋めた。うん、実に単純明快。人間、積もり積もった憎しみが爆発すると、獄卒も真っ青な残虐非道をやってのけちまうもんさ。一件落着でいいじゃないか、面倒くさいし。大悪党がお縄になってめでたしめでたし。やっぱり駄目だよねぇ、遊び慣れていないとさ。悪女でいい女に好かれるには、私みたいに余裕がないと。じゃ、そろそろ帰ろうか。今日はよく働いたから疲れたよ」

そう言いながら片手で肩なぞ揉んでいる主の襟を、お凛は久々に締め上げてやりたくなった。

その時——

「おっ、須藤《すどう》様だ」

留七が、どぶ板を鳴らしながら長屋木戸を入ってきた侍を見て鋭く囁《ささや》いた。粋な小銀杏《こいちょう》に髷《まげ》を結い、帯に羽織の裾を巻き込んだ巻羽織という独特の着こなし、着流しの腰に両刀を差した背の高いお侍が、中間《ちゅうげん》と小者を従えている。北町奉行所の定町廻《じょうまちまわ》り同心、須藤英之進《えいのしん》様だという。細面に眠そうな目をした男だが、両目の奥に不穏な刃のような光が宿って見える。駆け寄った桔梗屋の兄弟や御用聞きと二言三言言葉を交わし、怯える新吉をちらりと見やった須藤は、彼らに先導されて新吉の長屋に入っていった。

その様子を眺めていた仙之助が、間延びした声で言う。

「……新吉さんさぁ」

「へ、へぇ！　なんですか」

「お伊予さんが失踪した後に白骨死体が見つかったってのは、だいぶまずいぜ」

「へ……へぇ」

板前が悄然《しょうぜん》と項垂《うなだ》れる。

「あんたこれから自身番へしょっぴかれて、すぐに大番屋行きですよ」

お江戸の町には無数の木戸が設けられていて、町を区切るものを町木戸、長屋の入り口に設けられたものを長屋木戸とか路地木戸と呼ぶ。町木戸の脇には木戸番屋と共に自身番屋があり、町内で捕縛された者は最寄りの自身番屋へ連行され、定町廻り《じょうまちまわ》同心によって下吟味《したぎんみ》が行われた。そこで怪しいと判断されれば、大番屋、最終的には小伝馬町牢屋敷へ身柄を送られることになるのだ。牢屋敷で刑が確定すれば……執行まではあっという間だ。

「自身番には半日留め置かれるのがせいぜいで、大番屋へ送られちまったらまず戻っちゃこれないぜ」

仙之助が神妙な調子で言う。お上の裁きは白状に基づくので、罪を認めない限り有罪にはならない。裏を返せば、白状してしまえば証拠が上がらなくとも罪人となってしまうのだそうな。

「それじゃあ、ずーっと罪を認めずにいたらいいじゃありませんか！」

お凜が両手を叩いてぱっと顔を明るくする。

「お前は肝心なところが抜けてるねぇ」

仙之助が小憎たらしい顔で見下ろしてきたのでむっとした。

「白状さえさせりゃあいいんだから、牢問《ろうもん》して嫌というほど責め立てりゃ、やってないことだって認めちまうだろうさ。それだって立派な証拠だ」

お凜と新吉がさぁっと青ざめて凍りつく。

「ま、そうしなきゃ咎人《とがにん》に白状させられないってのは同心の旦那方の恥だそうだから、やたらめったら苛めまくるってこたぁないさ」

そうなのか、と二人は少し安堵するが――

「だが御用聞きの親分だとか、その手下になると話は別だけどね。荒っぽいお人が多いからねぇ。たまーに、しょっぴかれてすぐに死んじゃう人とか、いるもんね」

二人はまたもやふるえあがった。

「新吉さん、恐ろしさのあまりあることないこと白状しちまうかもな」

仙之助が緊迫感のない調子で言った。

「旦那様、あんまり新吉さんを怖がらせないでください！　あっ、新吉さん気を確かに！」

新吉はもう紙のように白い顔をし、半分白目まで剥《む》いて放心の体《てい》である。これはいけない。本当にあることないこと白状してしまいそうだ、とお凜は真剣に不安になってきた。

「お前さんが犯人じゃあないとしてだ」

仙之助が腕を組む。

「あの死体の着物、あれはお伊予さんのだったかい？」

「いやぁ、どうだか。どろどろに汚れちまってはっきりとは……」

ぼんやりと板前は首を横に振った。

「この長屋がある場所で昔殺しがあって、葬《ほうむ》られなかった遺体があったとか……ないよねぇ？」

「いいえ……そんな物騒な話、聞いたことありませんや」

ふぅん、と仙之助は滑《なめ》らかな首筋を撫でて考え込んだ。

「やっぱりお前さんがやったんじゃないの？」

「そんな簡単に見切りをつけねぇでくださいよ！」

地団太を踏む板前をよそに、主はつまらなそうに嘆息した。

「まぁ、引っかかるのはその骨だよね。お伊予さんが失踪して半年ってとこだから、遺体が骨になるには早すぎる」

「そうなんですか？」

お凛が瞬《まばた》きすると、うん、と主は腕組みをした。

「普通は土に埋めてきれいな白骨になるのに四、五年はかかるって話だ。条件次第では一年くらいで骨になっちまうこともあるらしいが。お伊予さんだと言えないこともないが、確証はないってところだろうねぇ。野犬に食わせたとか、骨になるまで焼いたってんなら話は別だけどさ。それなら着物もズタボロになるだろうし、焼けちまった骨ってのは脆《もろ》くなるからぁあんな風にきれいに残りゃしないよ。私の見た感じじゃあ、そういうんじゃないね」

やたらと骨に詳しいのはどういうわけだろうか、とお凛は一瞬薄気味悪いものを覚えたが、深く考えないことにした。

「つまり、新吉さんはやっぱり無実だってことですね？」

「でもこれだけじゃあ、無罪放免とはならないよ」

わずかな希望を感じてお凛は意気込んだが、仙之助の顔色は冴えない。

「ところであの以津真天ですけどね。鳴きはじめたのは、長屋を建て直した後からなんですよねぇ？」

へえ、と新吉が力なく頷いた。

「それまでは普通の鳥と変わりゃしませんでした」

「ということは、それまではあの骨は別の場所にあったんだよなぁ……」

「本当にあの鳥が以津真天だとすれば、ですよね？」

お凛が釘を刺すと、「当たり前じゃないか」と仙之助は胸を張った。

「あの鳥が鳴いて、骨が出てきたんだ。本物の以津真天でなかったらなんなんだい」

「いえ、まぁ……そうかもしれませんけれど……」

ただの癇症《かんしょう》な鳥なのではなかろうか、と思いつつも、お凛は語尾を濁らせた。

「差配《さはい》さんはさ」

新吉の長屋の方へ顔を向けた主が、思いついたように言った。

「あの鳥が以津真天だと気づいて、欲しがったりしませんでした？」

「え、あの鳥をですか？」

訝《いぶか》しむ新吉に顔を戻し、仙之助は当然のように首肯する。

「だって、世にも珍しい怪鳥ですよ？　私だったら絶対何がなんでももらっちまうけどな。それを私のところへ持っていけと勧めるなんて、どういうわけでしょうね」

「夜中に不気味な姿で叫ぶ鳥なんて、欲しかないでしょう」

「死体がなければただの鳥ですよ。なんの問題もありゃしないでしょう？」

「それは……まぁ」

新吉が言葉に詰まる。

「でも、あやかしかもしれない鳥なんて、普通そばに置いておきたくないでしょう」

お凛は異議を唱える。

「あのねぇ、怪談話が大好きな戯作者だよ？　普通なわけないだろう。鶴屋先生を見てごらんよ。死霊に出会ったら、怯えるどころか狂喜乱舞して追いかけ回すに違いない変わり者だよ？」

普通でない人の見本みたいな主が言うだけに、妙な説得力がある。

「そういやぁ……」

唐突に新吉が声を上げた。

「差配《さはい》さんにあの鳥を預かってもらってた時に、気味が悪いっておっしゃってましたよ。夜ごと妙な声で鳴くからやりきれんって。だからどこかへやってしまいたかったんでしょう。その時は、一体なんの話だろうって不思議に思ったんですが……」

お凛と仙之助は同時に男を凝視した。

「いつ？　そりゃあいつのことです⁉」

「どうして差配《さはい》さんの家にあの鳥がいたんですか？」

あ、え、と新吉は目を白黒させて二人を交互に見る。

「いやね、長屋を建て直してた時に預かってもらってたんです。ほら、焼け出されちまってからしばらくの間は波膳に寝泊まりさせてもらってましたもんで……。あの日はもう、取るものも取りあえず鳥籠だけ引っ掴んで逃げたんですよ。ですが料理茶屋に鳥なんぞ持ち込めねぇし、どうしようかと困っちまって。そうしたら、差配《さはい》さんが長屋が出来上がるまで預かってくださるって」

仙之助と視線を交わし、お凜はごくりと喉を鳴らした。これは一体、どういうことなのだろう……？

「その時、差配《さはい》さんはどこに住んでいたんですか？　差配《さはい》さんの長屋も燃えちまったんでしょう」

「へぇ。ええと、桔梗屋さんの持ちものだっていう寮で……たしか浅草の元吉町《もとよしちょう》にあったはずです」

桔梗屋は、山谷堀《さんやぼり》を少し遡《さかのぼ》った元吉町の外れに川面を望む寮を持っていて、銀次郎は時折舟でそこへ行っては、誰にも邪魔されずに創作に励んでいるのだそうだ。なんでも、銀次郎は自ら猪牙舟《ちょきぶね》を漕いで日本橋と元吉町を行き来するほど、舟の扱いに長けているらしい。

「そこで気味悪い声で鳥が鳴いたというのは、どういうことなんでしょう……？」

お凜は怖気に襲われながら呟いた。

打ち捨てられた亡者の代わりに鳴く鳥。それが鳴いたということは……。

「あの、旦那様？　まさかその寮に、誰かの遺骸が打ち捨てられているというんじゃ……？」

うーん、と仙之助はすべすべした頬に手のひらを当てて考え込んだ。

新吉は二人の様子を見てはじめてそこに気がついたのか、

「えっ……差配《さはい》さんの寮に死体？　ええ？　何が、どうなってるんですか……？」

と思考が追いつかぬ様子で唖然《あぜん》としている。

「ところで、新吉さん」

しばらくの沈黙の後、仙之助がゆっくりと口を開いた。

「桔梗屋さんのご店主と銀次郎さんだけどさ。兄弟だってのに似ていないんですねぇ」

「へ？　あ……そう、ですかね」

新吉がぽかんとしたまま応じると、うん、と青年は頷いた。

「差配《さはい》さん、なんだかご店主を怖がってやしませんでしたか？　仲悪いのかな？」

「さ、さぁ。ああ、戯作者になりたいだとか言ってふらふらしているんで、長介さんによくどやしつけられてるって、昔おっしゃっていたかも……それが何か？」

「いや、別に。私もねぇ、くだらん遊びにうつつを抜かしおって、と兄にはよく叱られていますからねぇ。気持ちはわかりますよ」

あはは、と緊張感のない様子で仙之助が笑った時、長屋から侍が姿を現した。

ちゃり、ちゃり、とばら緒の雪駄《せった》の裏に打った鋲《びょう》を鳴らしながら、烏《からす》を思わせる長身痩躯の須藤が迫ってくる。お凛の背後で新吉がじりじり後ずさり、がちがちと歯を鳴らすのが聞こえてきた。

「てめぇが新吉だな。番屋でじっくり、あの骨の話を聞かせてもらおうか」

御用聞きたちを従えた同心は、どろりとした鉛《なまり》のような目を新吉に向けて言った。


蝙蝠《こうもり》が飛び交う青い夕闇の中、猪牙舟《ちょきぶね》を雇って木場の屋敷への帰途についた。

鍬《くわ》を担いで物憂《ものう》げに項垂《うなだ》れる娘と、涼しい顔をしている通人風の青年を乗せた若い船頭は、二人の風体を見回しては、一体全体どういうお客なのかとしきりに首を捻っていた。

大川《おおかわ》を渡り、佐賀町を貫く油堀川《あぶらほりがわ》にかかる下之橋《しものはし》をくぐったところで、「兄さん、すまないんだが……」と仙之助が口を開いた。

「ちょいと寄り道して黒船稲荷へ行ってくれるかい？」

「黒船ですかい。へぇ、承知しやした」

船頭は威勢よく答え、千鳥橋《ちどりばし》をくぐったところで油堀川を逸れて右に曲がり、加賀町《かがちょう》と伊沢町《いざわちょう》の間にかかる緑橋《みどりばし》の下をくぐった。そのまま堀を南下して、どん詰まりを左に曲がれば、じきに黒船稲荷神社に行き着く。

仙之助は「すぐに戻るよ」と言って、黒船橋の袂《たもと》で身軽に河岸に上がり、すでに黒々とした森の輪郭しか見て取れぬ神社の奥へと消えていった。

何をしているのだろうか。温《ぬる》い風にざわざわと揺れる森の梢《こずえ》の音と、時折囀《さえず》る鳥の声、それに、ちゃぷ、ちゃぷ、と舟の腹を揺らす水音を聞きながらお凛が不審に思っていると、予告どおりいくらもせぬうちに青年が戻ってきた。

「何をなさっていたんですか？」

「決まっているだろう。鶴屋先生のところへ寄ってきたのさ」

ひょいと舟に乗り込んで、出しておくれ、と鷹揚《おうよう》に船頭に声をかける。

はぁ、と解せない気分で薄闇を透かして仙之助を眺めると、上ってきた月の朧《おぼろ》な明かりをつるつるした両目に映した主は、何かをしまってあるらしい懐をぽんぽんと叩いて、にやりと笑った。


「旦那様、そんなものをいつまで読んでいらっしゃるんですか」

茶の間でお江津と膳を片付けていたお凛は、夕餉《ゆうげ》を済ませた途端ごろりと畳に転がって、呑気に戯作本を読み耽《ふけ》っている主に眉を吊り上げた。

新吉のことなどまるで頭にない様子ではないか。夕餉《ゆうげ》もお替わりをした上に燗酒までつけて優雅なものだ。今頃大番屋へ送られて、牢につながれてふるえているであろう哀れな板前のことなど、毛ほども案じていないのではなかろうか。

「これかい。例の怪談話だよ。ほら、差配《さはい》の銀次郎さんが書いたっていう、『浅草血塗《あさくさちまみれ》女地獄《おんなのじごく》』。筆名は黒船東西《くろふねとうざい》。大南北にあやかったのかなぁ」

へ、とお凛は目を白黒させた。

「どういう話なのか気になるだろう？　借りてきたんだよ」

ほくほくしながら、ほれ、と開いた本を畳に置いてお凛に向ける。うっ、とお凛は顔をしかめた。題名どおりの凄まじい絵が描かれている。血塗《ちまみ》れの女の死体がいくつも折り重なっていて、断末魔の呻《うめ》き声までもが聞こえてくるかのようだ。

「嫌だ、そんな本誰が読もうと思うんですか？　書く人も書く人ですよ」

「そう？　先生は結構褒めてたよ。銀次郎さんにしちゃあよく書けてるってさ。実際、なかなか面白いぜ」

類は友を呼ぶ、とお凛はげっそりした。絵を見ないようにして、指先で本を主の方へ押しやる。

「どういう筋かというとだ」

お凛の腰が引けているのにも構わず、よいしょ、と身を起こした仙之助は嬉々として語り出した。

「浅草は門前町の甘酒屋で奉公する娘と、上野の大きな料理茶屋の跡取り息子が心中をする。親に結婚を反対されて、思いつめた末に互いの手首を縛り、山谷堀に身を投げるのさ。それが今戸橋《いまどばし》の袂《たもと》に引っかかっているのが見つかった」

相対死《あいたいじに》は重罪である。遺骸は埋葬も許されず、着物を剥《は》ぎ取られた上、近くの寺の墓地に放置されるのが常であった。近くで死なれた寺にとってもとてつもない悲劇であるが、お上の法であるから従うより他にない。そういうわけで、二人の遺骸は橋に近い慶《けい》養寺《ようじ》の墓地に投げ込まれたのだ。

「ところが、投げ込まれた直後に、その墓地から娘の遺骸が消えた」

「消えた？　どうやって」

まさか、生き返ってとことこ歩き去ったわけではなかろう。背筋がぞわぞわするのに耐えながら尋ねると、主はあっさりと答えた。

「盗まれたのさ」

今戸町に住む貧乏絵師に、豊州《ほうしゅう》という男がいた。長年修業に励んできたが、一向に名が売れぬ。決して下手ではない。公平に見て、美麗で繊細な画風はなかなかのものだと自負している。しかし、師匠に言わせると「お前の絵には魂が入っておらん。小ぎれいだが、血が通っていない」というのだ。思い悩んでいた豊州のもとに、ある日、幽霊画の依頼が舞い込んだ。張り切って描き上げたが、「まるで気の抜けた幽霊だ」と客に突っ返されてしまう。幾度描き直しても気に入らぬと言う。弱りきった豊州は、夜の墓地をさまよって、どうにか霊感を得ようと試みる……

「で、慶養寺に打ち捨てられた二人を見つけるわけだ」

仙之助が低く囁《ささや》いた。

——これだ、と豊州は慄然《りつぜん》とした。青白い、哀れで凄まじい女の姿。愛慕と狂気、至福と苦痛とが同居する、これこそが我が幽霊の姿だ。

「豊州は娘に自分の着物を着せて、こっそり長屋へ背負って戻った……」

「それで……？」

ごくり、と喉を鳴らしてお凛が顔を引き攣《つ》らせると、主はすうっと凍風《いてかぜ》のような微笑を唇に浮かべた。

「見事な幽霊画を描いて、たちまち大評判になった」

恋しい男を取り殺し、愛憎にもがき苦しむ血塗《ちまみ》れの女の霊。師匠が青ざめるほどに真に迫った、腐臭漂う生々しい絵であった。

「で……それがすっかり癖になっちまったんだな」

煙管《きせる》を取り出しながら、仙之助は茫洋とした目で噛み締めるように言った。

「相対死《あいたいじに》が出たと聞いちゃあ、こっそり死体を連れて帰る。その度に描いた絵が評判を呼び、豊州の名声は高まるばかり。やめられないよねぇ。終いには女の骸《むくろ》を愛でること自体が目的となり、骨になっても手放そうとしなかった。……だがとうとう、死体を盗んで夜道を歩いていたところをお縄になった」

町方が豊州の長屋を検《あらた》めると、床下からはおびただしい数の白骨が掘り出されたという……。

「……お、お話なんですよね。ただの。差配《さはい》さんの、作り話で……」

口の中が干上がるのを感じながら、お凛はぎこちなく尋ねた。

「まぁ、そうだ。しかし新吉さんの言ってたことが気になるじゃないか。差配《さはい》さんの寮であの鳥が――」

本を眺めつつそこまで言った仙之助は、

「あれ?」

と突然声を上げた。

「これは……いや、しかし……あれぇ?」

本を覗き込んではしきりと首を捻っている。

「なんですか、どうかなさったんですか？」

「うーん……これはどういう……」

今度は天井を睨《にら》んで、一心不乱に何事かを考え込んでいた主は、やおら本を懐に突っ込むなり立ち上がった。

「ちょっと出かけてくる」

「え、今から……？」

「富蔵、富蔵、駕籠屋《かごや》を呼べ！」

ばたばたと茶の間を出ていく青年を、お凛はお江津と共にぽかんとして見送った。

（三）

翌朝、大川の川面にはあえかな霞《かすみ》がかかっていた。

きい、きい、ちゃぷ、ちゃぷ、と耳をくすぐるかすかな音が尻の下から響いてくる。霞《かすみ》を透かした下流を見れば、永代橋の向こう側に、江戸湊へ向かう弁財船の白い帆が幾つも風をはらんでいるのが望める。上流を向けば、荷を満載した荷足舟《にたりぶね》や猪牙舟《ちょきぶね》、釣り舟などが上り下りする様が朝日に浮かび上がって見えた。時折、どこかの木から散ったのであろう桜の薄い花弁が花筏《はないかだ》となって流れてきては、戯《たわむ》れるように船腹にまとわりついた。

お凛たちの乗った猪牙舟《ちょきぶね》が澪《みお》を引いて進むそばで、中洲や川の端の葦《あし》の茂みから、舟に驚いた水鳥が羽で水面を打っては飛び立っていく。その度に、仙之助の膝の上で鳥籠の中の赤い鳥が落ち着きなく囀《さえず》った。

猪牙舟《ちょきぶね》には、お凛と仙之助、留七親分、それに差配《さはい》の銀次郎が乗っている。

「親分さん、うまいもんですねぇ。猪牙《ちょき》を漕げるなんてすごいじゃありませんか」

額に汗して水に竿を差している留七を見上げ、仙之助が呑気に手を叩いた。

「ひい、はぁ、餓鬼《がき》の頃に船頭になろうと思って、ちょいと齧《かじ》って以来だがよ。いや、結構きついもんだな。ていうかよ、仙之助の旦那、なんで朝っぱらから舟なんぞ漕がなきゃならねえんだ?」

「いやだって、まさかこの私にやれってんですか? この細腕で漕げるわけないでしょ?」

「そういう意味じゃねぇ……」

やけくそのように竿を差し、親分が唸《うな》る。

今朝早く、珍しく早起きをしてきた仙之助は、お凛を伴い堀江町の貸本屋に押しかけて御用聞きの留七を叩き起こした。その足で昨日訪ねたばかりの長介店へ向かうと、朝《あさ》餉《げ》の途中の差配《さはい》を強引に猪牙舟《ちょきぶね》に連れ込んだのであった。

「それなら、差配《さはい》さんにお願いしましょうか。ねぇ、銀次郎さん？　舟の扱いは船頭並みだそうですね。はい、よろしく」

留七から竹竿を取るなり、それを差配《さはい》に押し付ける。勝手に話を進める青年を、銀次郎は訝《いぶか》しげに見た。

「あのう、こいつは一体どういうことなんでしょう？　あたしたちはどこへ向かっているんで……？」

「そりゃあなた、差配《さはい》さんの寮に決まってるでしょう。皆でお招きにあずかろうかと思って」

けろりと答える仙之助に、差配《さはい》が唖然《あぜん》とした。

「はぁ……？」

「せっかく鳥も連れてきたんだし、ね？」

何が、ね？　なのだかとんとわからぬ文脈で主が言うと、銀次郎は顔を強張《こわば》らせた。

「そいつは以津真天じゃありませんか。あたしの家なんぞへ連れていってどうしようっていうんで……？」

「まぁまぁ。それより差配《さはい》さん、『浅草血塗女地獄《あさくさちまみれおんなのじごく》』、なかなかよかったですよ」

「あれ、お読みになったんですか？」

ぐい、と危なげのない身ごなしで川底を突きながら、差配《さはい》がすっとどんぐり眼を細めた。

「そうなんです。昨日、鶴屋先生からお借りしてきたんですよ。ほら」

懐からおどろおどろしい表紙の本をちらりとのぞかせ、仙之助は無邪気に白い歯を零《こぼ》した。

「いや、相対死《あいたいじに》の場面もすごいが、死体の描写の凄まじいこと。挿絵もいいですね。差《さ》配《はい》さん、絵の方も達者なようで。なるほど鶴屋先生が気に入ったわけですな」

「そう思いますか」

うふ、と粘っこい笑みが差配《さはい》の唇に浮かぶのを見て、お凛は狭い舟の中で思わず身じろぎをした。

「あれはね、我ながらよく書けていると思うんですよ。なんでしょうねぇ、霊感が降りるっていうんでしょうか？　目の前に見ているかのように、生々しく情景が思い浮かんだんですよ」

「ほほう」

興が乗ったように主は身を乗り出した。

「確かに、豊州が死体を背負っている場面なんて、死体の重さを肌に感じるような描写でしたね。ああいうのは、頭の中で考えているだけではなかなか書けるもんじゃないでしょうねぇ」

唇に笑みを張り付かせたまま、差配《さはい》は光のない黒い穴のような瞳で青年を凝視している。

「それで私思い出したんですけど、三年くらい前に、浅草でそういう事件があったんですよ。柳亭を訪ねたら兄が話していたのを聞いた覚えがありまして、昨晩実家へ行って確かめてきたんです。そうしたらね、心中した男女の遺骸が今戸橋のあたりで揚がって、その上、近くの寺に投げ込まれた娘の遺骸が消えたっていうんですよ」

お凛は顔を撥《は》ね上げて主を見上げた。昨夜屋敷を飛び出していったのは、それを確かめに行っていたのか。

「でね、柳亭がお世話になっている御用聞きの弥助《やすけ》親分にも話を聞きに行ったら、もっと面白いことがわかったんです。なんと、つい先月に浅草で死体泥棒が出たそうなんですよ。差配《さはい》さん、留七親分、ご存じでしたか？」

死体泥棒⁉　なんの前振りもなしに言うので、お凛は心ノ臓が危うく喉から飛び出そうになった。

「え⁉ そ、そうなんですか？」

「うん、そう。柳亭でも騒ぎになってたよ。親分が言うには、最近墓荒らしの噂が立っていたもんで、心配した亭主が、つい数日前に死んだおかみさんの墓を見張っていたそうなんですよ。そこに盗人《ぬすっと》が現れて、墓を掘り返しておかみさんを盗み出そうとしたからもう大変。亭主が取っ組み合って止めたそうなんですけどね、犯人には逃げられちまったらしいんだな」

それを聞いた留七親分も頷いた。

「ああ……俺も須藤様にそんな話を伺ったぜ。それがどうかしたのかい」

「どうかしたどころじゃなくて、そりゃあもう一大事なんですよ」

仙之助が嬉しそうに言う。銀次郎は竿を置いて櫓《ろ》に持ち替え、ぎい、ぎい、と漕いでは白い朝日が流れていく川面に視線を置いている。

「その時にね、その盗人《ぬすっと》が落とし物をしていったんですよ。弥助親分に無理を言って貸してもらったんですけどね。それで死体泥棒が誰なのか、私にはピンときちまったんです」

お凛と留七は、えっ、と主をまじまじと見つめた。

仙之助は何を言わんとしているのだろうか。なぜ突然に、死体泥棒事件の謎解きなぞをはじめたのだろうか。さっぱりついていけない。

仙之助は、「なんだと思います？」と春の日差しのごとく爽やかな笑みを浮かべた。

銀次郎は櫓《ろ》をぐいと押しながら、相変わらず貝のように黙り込んでいる。

和やかな春の大川に、ちゃぷ、ちゃぷ、という耳に心地よい水音が響く。それなのに、舟の上は冷たい北風が吹きつけているかのように寒く、暗く感じられてならない。これは、一体なんなのだ。お凛は船縁を両手で掴み、ぞくぞくと背筋を這《は》い上る怖気に身震いしていた。

「これが、落ちていたんですよ」

仙之助が油紙に包まれた薄いものを懐から取り出した。かさかさと広げて見せたものは、一冊の書物のようだ。犯人と揉み合った時に亭主が必死に掴んだのか、あちらこちらにくしゃくしゃと皺《しわ》が寄り、無残に破れた丁（ページ）も見える。それを青年がゆっくりと広げると、絵と文字が綴ってあるのが目に入った。訝《いぶか》しげにその本を見つめた瞬間、お凛は驚きのあまり息を止めた。

――『浅草血塗女地獄《あさくさちまみれおんなのじごく》』

「それからこれが、差配《さはい》さんが鶴屋先生に差し上げた本。先生にお聞きしましたけど、二冊作って、一冊を先生に差し上げたんだそうですね？」

仙之助はもう一冊の本も取り出した。二冊はほとんど同一のものに思われた。いかにも素人の手による自筆の文字と挿絵。抜け落ちた丁があるらしいが、これほど瓜二つのものはこの世に二つとしてなかろう。

「どういうわけで、死体泥棒が、この世にあと一冊しかないあなたの本を持っていたんでしょうね……?」

驚きとも疑いともつかぬ調子で、御用聞きが喉で唸《うな》る。銀次郎は口を噤《つぐ》んだまま、黙々と体を曲げ伸ばししながら櫓《ろ》を漕ぐ。

誰も、口を開かない。

いつの間にか、山谷堀の入り口が左手に近づいている。その対岸に視線を向ければ、薄紅色の花弁を惜しげもなく散らす墨堤《ぼくてい》の桜並木が、ゆるい弧を描いて長く伸びる様が見渡せた。

今戸橋を過ぎ、日本堤に並ぶ料理茶屋の裏手にずらりと浮かぶ猪牙舟《ちょきぶね》を左手に、右手に田畑と寺院を見ながら川を遡《さかのぼ》っていく。浅草寺や吉原の歓楽街が広がる日本堤とは対照的に、右手は畑が広がり、寺社の屋根や森ばかりが目についた。

やがて元吉町が見えてきたところで、差配《さはい》は舟を船着場に寄せた。岸に上がって田畑と緑の木立の中を少し歩くと、ほどなくして竹垣と枝折戸《しおりど》に囲われた、茅葺《かやぶ》き屋根のこぢんまりとした家が現れた。

「……どうぞ」

ぼそりと呟き、銀次郎が枝折戸《しおりど》を入っていく。そして勝手口に回り、懐から取り出した細い鉄製の棒を戸の隙間に差し入れ、慎重に動かしはじめた。

「内から錠をかけてあるのかい？　ずいぶん用心深いじゃないか」

「留守にすることが多いので、掛け金をつけて少々細工してあるんです。まぁ、気休めみたいなものですよ。見られて困るものもありませんのでね」

油断のない目で見つめる留七に冷ややかな声で応じた時、金属の擦れる音とともに、戸の内側で何かが外れる音が聞こえた。

「あばら家ですが、お入りください」

戸を引いた男の背中が、すうっと土間の暗がりに消える。三人は無言で顔を見合わせると、留七を先頭に、静まり返った家へと足を踏み入れた。

仙之助が抱えた鳥籠の中で、鸚哥《いんこ》が一声、麗々《れいれい》しく鳴いた。

「どうぞそちらへ。今雨戸を開けますんで……」

銀次郎に先導されて暗い廊下を進み、やがて茶の間らしき部屋に辿り着いた。障子の外にはぴっちり雨戸を閉《た》ててあり、目の前の仙之助の背中すら朧《おぼろ》げにしか見て取れぬ。雨戸の隙間から漏れる糸のごとく細い幾筋かの光が、弱々しい星のようにちらちらと障子に瞬《またた》いているのが唯一の明かりだった。

「いや、差配《さはい》さん、その必要はありませんよ」

ひんやりとした空気が淀《よど》む暗い部屋に、仙之助の声が響いた。

「雨戸はどうぞ、このままで」

「しかし……真っ暗じゃありませんか」

差配《さはい》がぼそっと低く答える。

「それでいいんです。夜みたいに暗い方が都合がいいんでね」

「都合って——一体なんの話なんで？　何が目的なんですか」

わざとのように表情を消した声に、かすかな苛立ちが滲《にじ》んだようだった。

「まぁこっちの話です。だからちょっとこのままで、ね」

へらへらと、主が宥《なだ》めるように言う。

「何をおっしゃっているんだかわかりません」

「そう焦らずに……」

「開けますよ、やっぱり」

仙之助を振り切って、男ががたがたと障子を開く。

二人のやり取りを戸惑いながら聞いていたお凛は、つと眉根を寄せた。どこからともなく、むっとする血腥《ちなまぐさ》い風が吹いてくる。なんの臭いだろうか。吐き気を催《もよお》す、腐臭まじりの異様な腥風《せいふう》だ。

――雨戸を閉め切っているはずなのに、どこから……

お凛が鼻を覆って総毛立った、その時。

断末魔のような凄まじい絶叫が、突如床から天井までを揺るがして響き渡った。

「うわっ、なんだ？　何の音だ、こりゃあ！」

右手にいる留七がぎょっとして飛び上がる。

百の鴉《からす》と、百の猫と、百の女の泣き叫ぶ声を撚《よ》り合わせて押し潰したかのごとき奇声が、部屋をびりびりと鳴動させている。

地鳴りか地震でも起きたのかと混乱しかけてから、お凛は奇怪な音の源を悟って慄然《りつぜん》とした。

――以津真天……！

身の毛もよだつ雄叫びは、仙之助の手元の鳥籠から発せられているのだ。

なんというおぞましい声だ。

お凛の膝が笑い出し、冷や汗が背中に噴き出した。

何か、言葉が聞こえる。幾つも重なる声が、のたうつばかりに繰り返し咆哮《ほうこう》している。

「あ、雨戸、雨戸を開けないと、ああ……」

がたがたがた、と差配《さはい》が激しく雨戸を揺すっている。

――いぃ……つぅ……まぁ……でぇぇ……！

血塗《ちまみ》れに見えるほど赤い鳥。緋鸚哥《ひいんこ》よりもはるかに大きな鳥が鳥籠の中で暴れる様が、なぜか闇の中に稲妻のように閃《ひらめ》いて見える。

不意に鳥がぐるりと頭を巡らせたかと思うと、こちらを見据えた。

皺《しわ》だらけの、男とも女ともつかぬ痩せ衰えた土気色の顔。ぎょろりと剥《む》いた目玉に、耳まで裂けた嘴《くちばし》のような口。真っ赤な、笑っているかのごとき口の中には、鋸《のこぎり》のような歯がぞろりと並ぶ。かぱっ、と口を開く度、鼻の曲がる血の匂いが立ち上る……きゃああ！　という女の声が自分のものであるらしいと、叫んだ後でお凛は気づいた。

押し寄せる血の匂いがますます濃くなっていく。

金物を掻きむしるのに似た悲鳴と、泥の中でもがくような濁った呻《うめ》きが頭を破裂させんばかりに満たし、正気を保っていられなくなりそうだ。

——いつまで、我をここに打ち捨てておくのだ？

「開かない、開かないぞ、どうなってるんだ！」

差配《さはい》が度を失って叫ぶ。

「旦那、なんだこいつは！　うるせぇ！」

留七が喚《わめ》いている。

鳥がこんな声を出せるものなのか。お凛は歯を鳴らしながら自分の二の腕を両手で掴んだ。これが、以津真天の口を借りた亡者の恨みの声なのか。

「差配《さはい》さん、この鳥の鳴き声に聞き覚えがありますよね」

苦痛に満ちた叫びの中に、奇妙なほど仙之助の声がはっきりと通って聞こえる。

「以前にもここで、こいつが鳴きましたね？　『いつまで、いつまで』……って。そうでしょう」

「や、やめろ……」

鳥籠を提げた左手を前に突き出し、主が一歩踏み出す気配がする。

ひっ、と銀次郎が引き攣《つ》った声を上げる。

「その時、こいつはこんな顔をしていましたか……？」

細い光が鳥籠を照らす。血を浴びたような赤い鳥が、毛を逆立てて怨念《おんねん》を吐き出している。

「あ、ああっ！　ひえ……っ！」

わずかな明かりを受けた差配《さはい》の顔が、恐怖を浮かべて激しく歪んだ。目玉が飛び出さんばかりに瞠《みは》った両目がぶるぶるとふるえ、声にならぬ声が大きく開いた口から漏れる。

「み、見るな。こっちを見るな！　その顔……その顔で見るな……！」

銀次郎が目を覆ってよろめき、何かに躓《つまず》いてどたっと尻餅をついた。

「やめろ、明かり、明かりをくれ！」

黒々とした差配《さはい》の影が、小山のように丸くなって頭を抱える。

「どこに……あるんですか？　ねぇ、教えてくださいよ」

やわらかく囁《ささや》く、耳に忍び入る仙之助の声に、銀次郎が呂律の回らぬ口で何事か呻《うめ》く。

「以津真天が鳴くってことは、あるんでしょう、ここに……。打ち捨てられた、哀れな亡骸《なきがら》が。差配《さはい》さんに恨み言をかき口説こうと、いつも待っている亡骸《なきがら》が、あるんでしょう……？」

「な、ない！　そいつを黙らせてくれ！　頼む、あ、頭が割れちまいそうだ」

「本当のことを教えてくださいよ。あなただってもう、こんなこた続けたかないんでしょう？　わかりますとも、隠しておくのは辛いですよねぇ」

「や、やめろ……雨戸、雨戸を……」

銀次郎が手探りで畳を這《は》い、仙之助から逃れようとしている。しかし主は鳥籠を差配《さはい》に突き出したまま、ひたひたとそれを追う。

「来るな。そいつを黙らせてくれ！」

唐紙《からかみ》が外れてばたんと倒れる音がする。鳥が鳴き叫ぶ。

「あ、あたしが悪いんじゃない……！」

そう口走り、男がどたどたと部屋を飛び出していく。先ほど来た方角へ戻っていくらしい。暗がりの中、お凛たちが手探りで後を追うと、差配《さはい》はぜいぜい喘ぎながら土間に飛び降りた。

暗い土間の奥の土を手でざりざり掻いている。うおお、と獣じみた声が立ったかと思うと、何か重たいものが、ずず、とずれる音が聞こえてきた。

「……穴蔵か」

留七が唸《うな》ったので、お凛ははっとした。

穴蔵というのは裕福な商家が床下に多く備えているもので、火事の際に帳簿や金銀などの財産を投げ込んで、蓋をした上に土で覆って守るために使用する。大店《おおだな》のそれは幾人も入ることができるほど大きく、防火防水の備えもしっかりと施されている。家の穴蔵は台所の土間の奥まったところにあり、土に覆われて蓋は隠されているらしかった。

「ここにある。ここにある！　だから静かにしてくれぇっ」

差配《さはい》のひび割れた声が土間に響いた途端――

「はいはい、よーくわかりました」

場違いに朗らかな声と共に、眩《まばゆ》い光が土間の内へ雪崩《なだ》れ込んできた。お凛は思わず腕で目を覆った。そろそろと腕を外すと、仙之助が勝手口を大きく開け放っている。

鳥は、いつの間にか鳴きやんでいた。

さわさわと薫風《くんぷう》に梢《こずえ》を揺らす庭の青葉が表に見える。やさしい木漏れ日が緑の葉を透かし、土の上に光をふり撒いている。鶯《うぐいす》の朗らかな鳴き声に合わせ、赤い鳥が喉を鳴らして何事もなかったかのように囀《さえず》りはじめた。

もう、血の匂いはどこにも感じられない。

お凛は知らずに肩を大きく上下させながら、呆然として土間の奥を見やった。

「そこに隠してあったんですね。なぁるほど……」

ずれた長方形の大きな木蓋のそばで、差配《さはい》が放心したまま座り込んでいる。がくがくとふるえる両手には、蓋の端につながれた縄が握り締められていた。あれで蓋を持ち上げるのに違いない。

「夜と勘違いして鳴いてくれるかなと、期待はしていたんですよ。きっと死者を隠していると思ったんでね。でもまぁ、こうもうまくいくとは思わなかったな」

仙之助がうっすら微笑む。

穴の中を覗き込んだ留七がぐいと唇を歪め、こちらを向いて小さく頷いてみせる。

「……ほとんど、骨ばかりだな」

お凛の両腕にぶわりと鳥肌が立った。考えたくもない想像が頭を過《よぎ》り、冷たい汗がまたうなじを伝う。

「差配《さはい》さんよ、新吉に続いてあんたも番屋行きのようだな。え？」

しゃがれ声で御用聞きが言った途端、差配《さはい》はがくりと項垂《うなだ》れた。

「死者を粗略に扱って、自分の欲望を満たそうなんて了見はいただけないなぁ、差配《さはい》さん。新吉さんの前では白骨死体なんぞ見たこともないって顔をしておいて、隠れてこんなことをしていたとはねぇ。こういうのをなんて言うんでしたっけ？　因果応報、同じ穴の狢《むじな》……いや、違うなぁ。穴蔵だけに、墓穴を掘るっていうんですかね」

おっと、うまいことを言った、などと青年が両手を叩いて自画自賛する。

「ちくしょう……」

銀次郎の掠れた呻《うめ》きが、鸚哥《いんこ》の明朗な鳴き声にまじって耳に届いた。

「鶴屋先生がね、昔あたしにおっしゃったんですよ。どうもお前さんの書く話は真実味に欠けるねって。うまいにゃうまいが紋切り型で、死人も幽霊もあやかしもまるでハリボテみてぇだって。見てきたような嘘を書けねえと戯作者にゃなれねぇぜ、とこう手厳しいんですよ。あたしも必死にやっちゃあいたんだけど、先生はただの作り話に満足なさるお方じゃあない。真に迫った、背筋の凍るような物語。それがあたしにはどうしても必要だった」

留七の知らせを受け、浅草を縄張りにする御用聞きの弥助が駆けつけてきて、銀次郎を元吉町の番屋へ引っ立てた。お凛たちも同行して同心の須藤の到着を待っていると、腰縄を打たれて奥の板間につながれた銀次郎が開き直ったように語った。

「死体を盗むようになって、かれこれ十四、五年になりますかねぇ。執筆に行き詰まると堪えがきかなくなりましてね。足がついちゃ困るんで、数年に一度で我慢しましたが」

遺骸が白骨となっていたのはそのためだ、と男は締めくくった。

「そ、そんなことのために、遺体を盗んだんですか？」

恐怖と怒りが込み上げ、お凛は思わず声を荒らげた。真実味に欠けるからといって、そこまでするとは常軌を逸している。だが、銀次郎は悠然と微笑んだ。

「あたしの戯作のためだ。黒船東西は、いつか大南北と並び称されるようになるかもしれん。あたしはそのためならなんだって喜んでやる。あたしが大作家になれば、役に立った女たちも、あの世で喜んでくれるでしょうよ」

くたくたと足から力が抜けそうになった。銀次郎の両目はどこまでも正気に見える。せめて狂気に取り憑《つ》かれ、乱心しているのならばまだましなものを、一点の曇りもなく、絶望的なくらいに正気なのだ。

「新吉からこの鳥を預かった時には仰天しましたよ。夜ごと鳴き喚《わめ》くもんですっかり参っちまって……鳥だけここに置いて、あたしは桔梗屋に転がり込んでどうにか過ごしましたけれどね。後になってこいつが以津真天だと知って、そりゃあ驚いたのなんの」

そう付け加えて、銀次郎は乾いた声で笑った。

弥助親分が怒気の浮かぶ目で男を睨《にら》みつける。

「この野郎、反吐《へど》が出らぁ。どれだけの死体を盗んでいやがったんだ。須藤様と締め上げてやるから楽しみにしてやがれ」

差配《さはい》はそれを蚊の食うほどにも思わぬ様子で受け流し、平然としている。

「だが仙之助の旦那にはぶったまげたぜ。まさかこいつの本から死体泥棒の犯人を見つけ出すとはよ。それにしても、なんだってこいつはあの鳥をああも怖がってやがったんだ？　まぁ、馬鹿でかい声で鳴き出したから俺もおったまげたけどよ、ただの鳥だろう？」

留七が気色悪そうに銀次郎を横目に見て言う。あの恐ろしい異形の鳥の顔を、留七は見なかったのだろうか、とお凛は密かに考えた。瞬《まばた》きの間、闇に浮かび上がって見えた人面の鳥。あれがただの鳥であるわけがない。

それとも。あの呪わしい顔は、お凛の恐怖が見せた幻影なのだろうか……

土間の上がり口に座り、勝手に煙草盆《たばこぼん》を引き寄せて煙管《きせる》に刻み煙草《たばこ》を詰めながら、仙之助はひょいと肩を竦《すく》めてみせた。

「さぁねぇ。あの鳥の声がよっぽど苦手だったんでしょうよ。やましいことが心にあると、死ぬほど恐ろしいんじゃありませんか？」

そういうもんか、と留七が腑《ふ》に落ちない様子で首を傾げる。

「あんたさ、銀次郎が他にも死体を隠していやがると思ってたみてえだが、いつまでも穴蔵に隠しているとは限らねぇだろう。川に捨てちまってるとか考えなかったのか？」

「そこが犯人の趣味なんですよ。ねぇ、差配《さはい》さん？」

いきなりくるりと後ろを向いて無邪気に尋ねる。

暗がりに座り込んでいた男は、無言で目を上げた。

「亡者を集めるのが好きっていう、難儀な嗜好なんでしょう？　骨になっても放したくない、いつまでも愛でていたい、そういうことなんでしょう。困りますよねぇほんと」

「そうなんです。お恥ずかしいことで……」

どろんと濁った目を半眼にして、銀次郎が能面のような顔で言った。

「でも、わからないなぁ」

「何がだい？」

留七親分が懐手《ふところで》にして主を見た。

「いやね、差配《さはい》さんたら、先だっての死体泥棒ではずいぶん脇が甘かったなぁと思って」

そう言いながら、懐から『浅草血塗女地獄《あさくさちまみれおんなのじごく》』をひょいとのぞかせる。

「墓場に落とした本ですけどね。こんなものを懐に入れて、墓荒らしをする奴がどこにいるんだろうかとね」

えっ、と御用聞きたちが虚をつかれて瞬《まばた》きをした。

「こんな本を落としていったら、犯人は危ない性癖のある戯作者ですって名乗っているようなもんじゃないですか」

「たまたまですよ。そんなこた、たまたまです。急に思いついて墓場をうろついていたんです。落としたと後で気づいて寿命が縮まりましたよ」

ぶった切るように差配《さはい》が声を上げた。本を弥助親分に返しながら、仙之助は眉を寄せた。

「ええ？　ほんとですか？　でも鶴屋先生に差し上げた本を取り返しに行くでもなし、余裕綽々《よゆうしゃくしゃく》だったじゃありませんか。黒船東西があなただってばれたらまずいと思わなかったんですか？　おまけに私みたいな人間にぺらぺらと喋ったりして。黙って私らを寮まで連れていくしね」

「つまるところ、何が言いたいんだい」

弥助親分が太い眉を八の字にして当惑気味に言う。

「いや、だからね。差配《さはい》さんは犯人じゃあないんでは、と思うんですよ」

空白が生まれた。お凛は息をするのも忘れて唖然《あぜん》とした。

——差配《さはい》さんは、犯人じゃない？

「な、なんだって？」

「あ、あんたなぁ！　今の今までこいつが犯人だって……！」

顔色を変えて青年の胸倉を掴みにかかる御用聞きたちに、「まぁまぁ」と白い手を振る。

「確かに相対死《あいたいじに》の娘さんを連れ帰ったり、墓から死んだおかみさんを盗もうとしたりしたんでしょうし、実際盗んだこともあったんでしょうけどね」

「他に何があるんだよ⁉　やっぱり犯人じゃねぇか」

「と、思うでしょ？　ねぇ？」

火入れから煙管《きせる》に火を移した主が、優雅な仕草でそれを唇に挟んだ。

「私、考えたんですけどね。差配《さはい》さん、わざと自分に疑いがかかるように仕向けたんじゃありませんか？　なんだかあちこちにぼろぼろと、見つけてくださいってばかりに手掛かりを落っことしてる気がするんですよね」

「買い被りすぎですよ。あたしはただの売れない戯作者ですよ？　いちいち細かいことなんざ、考えちゃおりません」

じろりと仙之助を一瞥し、銀次郎はがっちりとした顎《あご》に力を入れる。

滑《なめ》らかな黒い瞳で男を眺め、仙之助はゆっくりと吸い込んだ煙を、口の中で弄《もてあそ》ぶように転がした。

二人を見比べ、留七が途方に暮れた顔で声を上げる。

「どういうこったい。なんだってこいつが、てめぇが犯人でございい、なんてわざわざ触れて回るんだよ？　え？」

「うーん。たとえばですねぇ。……誰かを庇っている、とか?」

「誰を?　何からだよ?」

「そこですよ。なんなんでしょうねぇ。教えてくれませんか、差配《さはい》さん。あなた一体、誰を庇っているんです?　どうも私には、あなたが常軌を逸した狂人だとは思えない。なのにここまでするのはなぜなんですか?　少しは本当のことを話してくれませんか」

無邪気に仙之助が問うと、銀次郎の能面じみた顔に、寸の間ひどく素朴な表情が浮かんだ。

「……仙之助さん」

しみじみと男が呟く。

「はいはい、なんでしょう?」

「あなた、変な人ですねぇ……」

「いやだなぁ。そんなに褒めないでくださいよ」

俺ぁ頭痛がしてきた、と留七が小声で呻《うめ》く。

にこにこ人懐こい笑みを浮かべる青年を物憂《ものう》げに眺めていた差配《さはい》は、やがて疲れたように嘆息した。

「なんだかわかりませんがね。あなたがおっしゃっていることはまるで的外れですよ。

あたしは戯作のために死人を盗んでいたんです。残念なことにそんな大層な表も裏もありゃしません」

「鶴屋先生に伺ったんですけどねぇ」

素っ気ない答えなど耳に入らぬ風に、仙之助がますます笑みを深くする。

「あなたはどうも、自分に自信がなさすぎていけないんだそうですよ。恥も外聞もうっちゃってやればいいものが書けるくせに、臆病さが勝っちまってつまらんものしか書けないんだって。別にいちいち死体を集めてこなくたって、本当は書けるんじゃないんですか？　自分で自分は駄目なんだって、そう思い込んじまってるだけなんじゃないんですか。何が……誰があなたに、そう思わせるんでしょうね？」

殴られたように目を見開いて、差配《さはい》が凍りつく。顔からみるみる血の気が引くのを、お凛と御用聞きたちは唖然《あぜん》として見下ろした。何が銀次郎に、それほどの衝撃を与えたのだろうか。

「買い被りです。買い被りですよ……」

青ざめた唇をふるわせてそれだけ言うと、銀次郎は俯《うつむ》いたきりもう顔を上げようとしなかった。

元吉町の番屋を出ると、仙之助は浅草田町の実家を訪ねると言って、お凛を先に木場へ帰してしまった。

午《ひる》をだいぶ過ぎた頃屋敷に戻った仙之助は、珍しく深刻な顔で何かを一心に考えていた。こんなに真剣な表情の主は、いわく付きのがらくたを見定めている時や、辰巳芸者への口説き文句を考えている時にも目にしたことがない。お八つに茶と大福を出しても、大福をぱくつきつつ心ここにあらずといった風情《ふぜい》で宙を睨《にら》んでいる。かと思えば、縁側に置いた鳥籠の前に屈《かが》み込み、緋鸚哥《ひいんこ》とじいっと見つめ合っているのだった。

浅草で何かあったのだろうかとお江津と顔を見合わせていると、やがて、うん、と青年は一つ頷き、どっかりと自室の文机《ふづくえ》の前に腰を下ろした。そうして筆に墨を含ませるや、杉原紙《すぎはらがみ》の半紙に猛然と何かを書き記しはじめたのだった。

半紙はどんどん継ぎ足され、文机《ふづくえ》から垂れ下がり、波打ちながら畳の上に延びていく。ようやく筆を置いた時には、仙之助は半紙の海に埋もれるようになっていた。それを畳に広げて乾かしながら、「富蔵、富蔵はいるか！」と下男を呼ばわった。

はいはい、と箒《ほうき》を握ったまま縁側の外に現れた下男を見るなり、仙之助は重々しく命じた。

「お前に使いを頼みたい」

「お使いでございますか。ははぁ、文でございますね。こりゃまた熱烈。染吉さんですか、梅奴さんですか」

白い大蛇のように畳に長々と延びる紙を見て、富蔵が心得たように頷いた。

「東海道だ」

「へぇ、東海道さん？　新しい辰巳芸者で」

「馬鹿を言え。そんな相撲取《すもうと》りみたいな名の芸者がいてたまるか」

至極真面目な顔で主が否定する。

「お前はこれから、旅に出るんだ」

「はぁ、旅……？」

富蔵がすっかり混乱した様子で目を白黒させる。

「そうだ。庭掃除をしている場合じゃない。すぐに支度をしろ！」

「へぇ……」

箒《ほうき》を握り締めたまま、富蔵はごま塩頭を傾けて、ぽかんと両目を見開いたのだった。

屋敷の内は、俄《にわか》に富蔵の旅支度で大わらわになった。

お凜とお江津が荷を調えている茶の間で、主は油紙に包んだ手紙を富蔵に手渡した。

「日本橋から馬で行っていいから、まずはこいつを宿の主人に見せておくれ。絶対になくすんじゃないぞ。返事を受け取ったら問屋場《といやば》へ行って、足の速そうな若い衆に運んでもらってくれ。金に糸目はつけない」

「へえ、承知いたしました」

股引脚絆《ももひききゃはん》に手甲を着けた富蔵は、何がなんだかわからぬ様子で手紙を押し頂くと、懐深くそれを仕舞った。

「旦那様、富蔵さんをどちらへおやりになるんですか？　なんの御用なんですか」

風呂敷に弁当や着替えを包み、富蔵に薬を入れた印籠、矢立《やたて》、煙草《たばこ》入れ、小銭入れ、それに菅笠《すげがさ》を手渡す間に、お凜は幾度も尋ねた。しかし――

「うん、東海道にな。そんなに遠くじゃあないよ、私の考えが的外れでなかったらね。二、三日で用は足りるだろう。できれば急いで欲しいんだけどな」

という、要領を得ない答えが返ってくるばかりだ。そんな雲を掴むような旅があるものなのか。つくづくわからぬ主人だが、今日はより一層何を考えているのかわからない。

「頼んだよ。お前の働きにすべてがかかっているからな」

「へ、へぇ。なんだかわかりませんが、お言いつけのとおりにいたします」

しきりに首を傾げている富蔵を駕籠《かご》に押し込んで送り出した仙之助は、途端に、ああ、と伸びをして、「後は、果報は寝て待て」と独り言を呟いた。

「どんな果報をお待ちなんですか。新吉さんの件に、何か関係があるんですか？」

お凛は食い下がるが、仙之助は欠伸《あくび》を繰り返すばかり。

「そんなことより、私は少し昼寝をする。早起きして働いたから疲れたよ。ああまったく、自分の有能さが恐ろしいよ……」

そう言って、座布団を枕に茶の間に転がる。

あっという間にすうすう寝息を立てはじめた青年を見下ろすと、もう、とお凛はぷっと頰を膨らませた。


空が燃えるような茜色に染まり、雲の底が黄金のごとく輝きはじめていた。

富蔵は、今頃品川あたりだろうか。日が落ちるまでに川崎まで辿り着けるかしら、などとお江津と話しながら夕餉《ゆうげ》の算段をしていると、屋敷を一人の客人が訪ねてきた。

「あら……」

応対に出たお凛は仰天して息を呑んだ。

前庭に立った身なりのいい男。丸い顔に柔和な細い目の、恰幅のいい姿は、見間違いようもなく桔梗屋店主の長介である。

お凛は慌てて茶の間へ駆け込んだ。

「旦那様、旦那様、寝っこけている場合ですか！　桔梗屋さんがお見えですよ！　例の、長介店の！」

ぐうぐう眠りこけている仙之助を揺さぶる。

「ええ……？」

頭をぐらんぐらんさせている主を、持ち前の馬鹿力でひょいと引っ張り上げる。そして「ヨダレ、ヨダレ！」と手ぬぐいで顔をごしごし拭い、どうにかこうにか格好を整えると、半分夢うつつの青年を桔梗屋長介が待つ居間へと押し込んだのだった。

「旦那さん。この度はとんだことに巻き込んでしまったようで、申し訳ございません」

寝ぼけ眼の主の向かいで、畳に白い両手をついて深々と頭を下げた長介は、かすかに喉をふるわせながら声を絞り出した。

「先ほど知らせがありました。弟が死体泥棒を働いた科《とが》で、元吉町の番屋につながれているそうで……私はもう、胸が潰れる思いです」

「いや、そのう、こちらこそなんと申しますか……新吉さんを助けようとあれこれやっていたら、どういうわけか弟さんをお縄にすることになってしまいまして。なんともはや、ご愁傷様《しゅうしょうさま》です。瓢箪《ひょうたん》から駒とでも言いましょうか」

寝癖のついた鬢《びん》を撫で付けながら、仙之助が身も蓋もないことを神妙に言うと、品のいい深縹《ふかはなだ》の羽織と袷《あわせ》をきっちり着込んだ長介は「いいえ」とかぶりを振った。

「罪は罪です。弟とはいえ、まったくもって許しがたい所業でございます」

眉根を寄せて目を潤ませ、唇をきつく結ぶ。唇の脇にある、小豆《あずき》大の黒子《ほくろ》が細かくふるえている。

「昔からふらふらと戯作にうつつを抜かしておりましたが、まさか死者を盗み出そうとは。恐ろしい……おぞましいことです。怪異だの怪談だのに取り憑《つ》かれ、正気を失ったのに違いありません。どのような罰も甘んじて受けるのが銀次郎自身のためでしょう」

茶を出して仙之助の背後に控えたお凛は、男の悲嘆を感じて悄然《しょうぜん》とした。実の弟がこのような奇怪な事件を引き起こしたのだ。兄としても、大店《おおだな》の主人としても面目は丸潰れ。その胸中は嵐のごとく乱れているのに違いなかった。

「どうでしょう。お兄さんから見て、ここ数年弟さんのご様子はおかしくなっていたと思われますか」

仙之助が悲しげに問うた。

「ええ、ええ、そうでございますね……。なかなかいい作品が書けないとかで、思い詰めておりましたねぇ。以前も鬼気迫る様子で心配になったもので、人の多い堀留町では気が安まらんだろうと思い、元吉町の寮をやったんです。元は私が別宅にしていたんですがね、弟が案じられて」

長介が女のように白い指で目元を拭う。

「ああ、趣深い寮でございましたね。立派な穴蔵まであって。……しかし、珍しいですね？　店でもないのに穴蔵があるというのは」

仙之助のよく通る声が、夕闇の深まってきた居間に妙に明るく響く。

少しの沈黙の後、長介がゆっくりと言った。

「ええ、そうかもしれませんな。私は臆病でして、いざという時のために、店以外の別宅にも穴蔵を設けておるんですよ」

「なるほど。そのくらい用心深くないと大店《おおだな》のご店主は務まらないのでしょうね」

仙之助がにこりと微笑む気配がした。長介も歯を見せて笑う。健康そうな光沢のある歯が異様なほど白く見え、お凛はなぜか白骨を思い出してぞっとした。

「ところでご店主。差配《さはい》さんの書いた戯作をお読みになったこと、あります？」

「え？」

長介は小首を傾げた。どこか小馬鹿にした色が、温和な目に過《よぎ》ったようだった。

「いいえ、ございませんな。駄作ばかりだと、鶴屋先生にも酷評されておったそうですし」

「手厳しいですね。ですが、これはちょっといい出来だったんですよ。鶴屋先生もお手元に置いておられましてね」

苦笑いしながら仙之助は懐から薄い本を取り出した。『浅草血塗女地獄《あさくさちまみれおんなのじごく》』だ。

「これはですねぇ、貧乏絵師の豊州という男が、情死した女の骸《むくろ》を盗んでは傑作を描き、やがてお縄になるという話なんですよ。……まるで銀次郎さんのことみたいですよね」

ふん、と侮蔑の表情を浮かべて長介が唇を歪める。

「なんとも、くだらん筋ですな。あれの書きそうな話だ」

「まぁそうおっしゃらずに。見てくださいよ、絵も自筆なんですよ。銀次郎さんは多芸でいらっしゃるようで」

主が本を開いて差し出すと、桔梗屋の店主は汚らわしいものを見るかのごとく顔を背けた。

「薄気味の悪い絵だ。まったく、ろくなもんじゃない」

「え、そうですか？　でもほら、よく見てくださいよ。よく描けているんですから。この貧乏絵師ったら、なんだかあなたにそっくりだと思いません？」

お凛は耳を疑い、慌てて仙之助の背後から本を覗き込んだ。

ひゅっ、と喉が鳴る。

――この顔……

血塗《ちまみ》れの女の死体に囲まれながら、悪鬼と見紛うばかりに髪を振り乱し絵筆を走らせる絵師の顔。ふっくらとした白い顔と、柔和に見えながら、奥に狂気を宿らせた細い目。みっしりと肉のついた、恰幅のいい体つき。女のように白い指、それから……

唇の脇にある、小豆《あずき》大の黒子《ほくろ》。

――桔梗屋長介に、生き写しではないか。

長介が彫像のごとく動きを止めて、仙之助の手元に目を落としている。

凍りついたような沈黙に、じりじりという角行灯《かくあんどん》の明かりの呟きがかすかに響く。

桔梗屋店主の羽織の肩が大きく上下し、浅い呼吸が不規則に空気をふるわせた。

「あれは、正気を失っておるようだ……」

ひび割れた低い声に、お凛は首を竦《すく》ませた。

「なんのためにこんな真似を。あいつの考えることは、まるで理解できませんな……。ああ、なんだか気分が悪くなってきましたよ」

途端、縁側の暗がりに置いた鳥籠で、緋鸚哥《ひいんこ》が鋭く鳴いた。はっとそちらを向いて、長介は取り繕《つくろ》った感嘆の声を上げる。

「おや、美しい鳥だ。風流ですな」

「ええ、いい声でしょう？　おまけにね、あの鳥、実はあやかしなんですよ」

「は……？」

「ここだけの話、あれは以津真天という怪鳥でしてね。打ち捨てられた死者のそばでは、恨み言を叫ぶんです」

「は、はは……」

どう反応を返したものかわからぬのか、長介はぎこちなく笑った。

「いやいや、本当なんですよ？　なんたって、新吉さんの部屋でも鳴いたし、差配《さはい》さんの元吉町の寮でも、そりゃあおぞましい声で鳴いたんですから。自分たちを弄《もてあそ》び、骨となってもなおこの穴蔵に閉じ込める、鬼のごとき外道の男が憎くてならぬ……と言うようにね」

しん、と部屋が静まり返る。

探るような桔梗屋店主の目が、じっと仙之助の無邪気な顔に注がれている。赤銅色に染まる庭から生温かい風が入り込み、相対する仙之助と長介の間に数枚の緑の楓《かえで》の葉を落としていく。それも目に入らぬように青年の顔を細い両目で凝視していた男は、やがて感情を表さぬ声で言った。

「なんとも、変わったお話ですな。天眼通《てんげんつう》の旦那さんのお話には、私なんぞは到底ついていかれません」

では私はこれで、と男が膝を立てる。

「桔梗屋さん」

静かな仙之助の声に、その動きがぴたりと止まった。

「弟さんは、正気ですよ。これ以上ないくらいに正気でしたよ。狂気に取り憑《つ》かれているのは……誰なんでしょうね？」

お凛はなぜか身震いを覚え、膝の上で両手を握り締めた。

時が止まったかと錯覚する数拍の間を置いて、長介はすっと立ち上がり――

「なんのことやら、さっぱり」

と暗い穴のような目を細めて、笑った。

（四）

翌日の卯月朔日《うづきさくじつ》、新吉と銀次郎が大番屋へ移されたらしいと御用聞きから聞いた。

もう、時がない。ひたひたと押し寄せる絶望感で、お凛は息ができなくなりそうだった。鳥籠に餌と水を入れた小鉢を置いてやりながら、緋鸚哥《ひいんこ》を胸が押し潰されそうな思いで見つめる。

「あんたのご主人様が二人ともいなくなっちまうなんて、そんなひどいことってないわよね。……あんた、新吉さんとお伊予さんに何があったのか見ていたんでしょ？　『いつまで』ばっかりじゃなくて、何か他のことも言えないの？」

だんだん憤懣《ふんまん》やるかたない心地になってきて、お凛は鼻息荒く鳥に迫った。

「ご主人様の一大事なんでしょ？　そら、『犯人はあいつだ！』とかなんとか、気の利いたことを言ってごらんよ！　聞いてる？　ちょっと、呑気に歌ってないで真面目にやんなさいよ、旦那様じゃあるまいし！　あんたそれでもあやかしなのっ？」

拳を握り締めて散々発破《はっぱ》をかけてみる。けれども、返ってくるのは能天気な囀《さえず》りばかりだった。

尻端折《しりはしょ》りの屈強そうな若い衆が、汗だくになって富蔵からの文を届けに現れたのは、それから二日後の夕刻のことだった。

なんでも、宿場ごとに人を替え、六人あまりが取り次いで、朝から走り詰めに走ってきたのだそうな。

「来たか。でかしたぞ！」

厚い封書を受け取った仙之助が、茶の間に入っていきながらもどかしげにがさがさ文を開く。

ぐるぐると茶の間と縁側を歩き回りながらそれを読み進める姿を、お凛は期待に胸を膨らませつつ追いかけた。

「旦那様、富蔵さんはなんて？　今どこにいるんですか」

うーん、と生返事を寄越す主は、部屋の端でくるりと踵《きびす》を返し、お凛の鼻に文をがさりとぶつけてまた反対側の端へと歩いていく。

「ちょ、ちょっと、待ってくださいまし。その文、なんなんですか？」

追いかけっこを繰り返しながら文を読み耽《ふけ》っている主に訴えるも、まるで反応がない。一体、何が書かれてあるというのだろう。我慢できず背伸びしながら文をちらと覗き込むと、差出人の名に「いと」とあるのが見えた。糸？　女人の名前ではないか。お凛の眉間にみるみる皺《しわ》が寄る。

「お糸さんて、誰なんですか？　まさか、宿場にいる女の人じゃあないでしょうね。艶《えん》書《しょ》にうつつを抜かしている場合なんですか？　新吉さん、もうすぐ小伝馬町の牢屋敷へ移されてしまうんでしょう。すぐに打ち首になってしまうんじゃ……」

「うるさいなぁ。ちょっと静かにしておくれ」

ぞんざいに言いつけて、仙之助はまた文に目を落とす。心なしか、両目が光って頬が緩んで見えやしないか。お凛は前垂れを握り締めると、憤然として地団太を踏んだ。

月のない夜がやってくる。

海から吹きつける湿り気を帯びた潮風が、ひどく生臭く感じられた。

最後の夕日が空の底を赤く焦がしながら消え失せて、蝙蝠《こうもり》の飛び交う青い闇が頭上を覆っていく頃、百物語が幕を開ける。

黒船稲荷神社の鬱蒼《うっそう》とした森の中に、茅葺《かやぶ》き屋根の侘び住まいが、黒い影となってぽつんと佇んでいた。

ぽつり、ぽつりと、かすかな提灯《ちょうちん》の明かりを頼りに、客人たちがどこからともなく現れる。今宵の客は、お凛と仙之助、御用聞きの留七、それから桔梗屋長介。提灯《ちょうちん》を掲げ、屋敷の前で彼らを待ち受ける老人は、主の鶴屋南北であった。


「今夜はどうも、珍しいお客が集まったようだ」

重い闇が立ちこめる座敷に、南北の嗄《しわが》れた声がそっと響いた。

百物語には種々の決まりごとがあるが、今夜はごく簡略に行うとの南北の意向であった。家中の明かりを落とし、一番奥の部屋に火を灯した十本の百目蝋燭《ひゃくめろうそく》と鏡を置き、一人が話をする度にその部屋へ行き、蝋燭《ろうそく》を一本吹き消した上で鏡を覗き込む。何かが憑《つ》いていないかどうか、鏡に映る己を見て確かめるのだ。それからまた皆のいる部屋へ戻り、蝋燭《ろうそく》が一本だけになるまで話を続ける。しかし最後の一本は吹き消してはならない。途中で百物語を止めるのもいけない。一度はじめたならば、決して止めてはいけない。もしその約束を破ったならば、そこに怪異が現れるのだという……

「それにしてもよ、なんだって俺まで呼びつけられているんだ？」

暗闇の中、留七親分がぼやくのが聞こえてきた。

「親分さんなら、きっと色々と奇妙で恐ろしい話をご存じだろうと思いまして……」

お凜の斜向《はすむ》かいから、南北の乾いた声が聞こえてくる。

「老い先短い老人の酔狂にお付き合いくださって、ありがとう存じます」

「ま、怪談話は俺も好きだからいいけどさ。大南北の招きとあっちゃあ、逃す手はねぇやな」

親分がそう言って小さく笑った。

「親分さんはともかく……私のような者がどうして、また」

長介の戸惑った声が部屋の反対側から聞こえてくる。すると、お凜の目の前で仙之助が声を発した。

「いえね、先日の新吉さんと差配《さはい》さんの件。あれはなかなか、背筋も凍る恐ろしいもんだったでしょう？　それを先生にお話ししたら、ぜひ連れてこいとうるさくて。不謹慎で相すみませんねぇ」

「以津真天の怪異に死体泥棒ときちゃあ、ここで語ってもらわぬ手はないですからな」

悪びれた様子もなく大南北が嬉しげに言う。やはり仙之助と同類の人物であるらしい。

はぁ、という長介のわりきれぬような声が聞こえる。しかし仙之助には借りがあると思っているのか、それきり諦めたように黙り込んでしまった。

「それじゃあ、早速はじめますかな。一番手は、お凛さんにお願いしますか」

へっ⁉　とお凛は飛び上がった。

「ですが、あのう。私、怪談話なんて存じません」

「なんでもいいよ。お前さんが怖いと思う話だったら」

鷹揚《おうよう》に翁《おきな》が言う。

「お前に怖いものなんてあるのかねぇ」

すぐ目の前から笑い声が降ってくる。

むっとしたお凛は、

「わかりました。ではやってみます」

と胸を反らした。

「でも、旦那様以外の方々には怖くないかも……」

小声で付け加える。

「実は今日、午後に仲町へ使いに出たのでございますが」

声を改め、お凛はできる限り恐ろしげな声音で語り出した。

仲町の人ごみを縫って歩いていると、女が一人、通りを横切った。美貌の女である。薄卵色の爽やかな紬《つむぎ》の着物もよく似合う、潰し島田のその美女は、すうっと一軒の茶屋に向かった。茶屋の軒先の床机《しょうぎ》に、一人の粋な身なりの男が腰を下ろしている。こちらも美貌の色男だ。女は着物の裾を捌《さば》きながら、一輪の牡丹《ぼたん》のごとく男の前に立った。女が白魚《しらうお》に似た手を男の肩に置くと、男はこう囁《ささや》いた……

「染吉、と」

ぎゃああ！　という耳をつんざくばかりの悲鳴が響いた。

「嘘だ、嘘だぁ！　染の浮気者！　ひどい！」

仙之助が畳を蹴って走り出そうとするのを察し、お凛ははっしと主の袖を掴む。ばたん、と派手に倒れる音がして、「放せ！　染ぇ、話し合おう！」と恐怖に打ちふるえる声が闇を切り裂いた。

「落ち着いてくださいまし。続きがあるんです」

平静に言葉を継いで、すっと声を低くする。

「なんと、そのお方は、染吉さんの、染吉さんの……」

「わぁぁ、聞きたくない！　神様仏様お助けくださいぃ！」

「――お兄さんでした」

えっ、と仙之助が動きを止めた。お凛はけろりとして言う。

「お兄さんです。指物師《さしものし》をなさっているんだそうですよ。美男美女だもんで、私もう見惚れてしまいました」

仙之助が数拍息を止め、「あああ」と畳に突っ伏したらしかった。

「し、死ぬかと思った。こ、怖っ、お前の話怖いよ……！　あのう、ちょっと……私もう帰ってもいいですか？　今ので心ノ臓がもちそうにない……」

「怖がってるのはお前さんだけだろう！　それのどこが怪談なんじゃ」

大南北の呆れたような声が飛ぶ。

「そら、もういいから奥の部屋へ行って蝋燭《ろうそく》を消してこい！　次は仙之助、お前さんがやれ」

「まだ立ち直ってないってのに……あー手ががくがくしてもう。ちょっと泣いてもいいですか？　私こう見えても繊細なんですよ。誰か手を握っててくれません？」

「やかましいわ。さっさとやらんか！」

ぐすぐす鼻を啜《すす》る主のそばを離れ、お凛は手探りで後ずさって唐紙《からかみ》に触れた。そろそろと開いて次の間に入る。唐紙《からかみ》を閉め、畳の上を這《は》っていくと、反対側の唐紙《からかみ》に手が届く。よいしょ、と開いた途端、眩《まばゆ》く揺らめく明かりに目が眩《くら》んだ。

六畳ほどの部屋の文机《ふづくえ》の上に、蝋燭《ろうそく》が十本、煌々《こうこう》と輝いている。豪勢にも一本が百匁《もんめ》もある大きな百目蝋燭《ひゃくめろうそく》を灯しているから、十本だけであっても大層明るい。

やれやれ、と立ち上がって机に近づいたお凛は、そのうちの一本をそうっと吹き消し、そばに伏せてあった手鏡を取り上げた。自分の顔を映し、ちょいちょいっ、と鬢《びん》のほつれを整える。

――それにしても、なんだって旦那様は、百物語に桔梗屋さんまで招いたのかしら。長屋の店子《たなこ》の新吉と、実の弟がお縄になったのだ。とても怪談話に興じるような気分ではなかろう。おまけに、弟の怪談話の主人公が自分にそっくりだなんて、言葉に尽くせぬ衝撃であるに違いないというのに。まったく、よくよく人の心というものを汲まぬ主だ。

そんなことを考えつつ鏡を置いたお凛は、唐紙《からかみ》を開くと、自分の手も杳《よう》として見えぬ暗闇へと、再び戻っていった。

「……すると、その緋鸚哥《ひいんこ》が、夜な夜な喚《わめ》き出したんですよ。『いつまで、いつまで』ってね」

仙之助の背後をどうにか探り当てて座り直すと、ひそやかに語る声が聞こえてきた。

どうやら前に宣言していたとおり、新吉の話を怪談話に仕立てているらしい。

「それでね、私はちょいと気になってきたんですよ。そのお伊予って人が、本当は誰なのか……」

お凛は思わず目を上げた。そんな話の筋だっただろうか？　だがもちろん、目の前にいるはずの主の顔など見えはしない。

「湯島の味噌問屋の娘っていう話だったので、先日実家の伝手《つて》を頼って聞き込んでみたんです。そうしたら、二年くらい前に潰れた店があって、年の頃がそこの娘と似通っているって、別の味噌問屋から聞きましてね」

仙之助の声が、皆の反応をうかがうようにしばし途切れる。

「その潰れた店のご店主には、どうにもならん放蕩癖があったそうなんです。後先考えずに遊びと趣味事に金を注ぎ込んだ挙句、日本橋の遊び仲間で、大店《おおだな》のご店主に借金を拵《こしら》えちまったそうなんですよ。その額がまた半端なもんじゃなくて、何百両だったとか」

青年のよく通る滑《なめ》らかな声を、全身を耳にして聞く。湯島の味噌問屋の娘。その店がとうに潰れていた。けれど、お伊予さんはそんなことは一言も口にしなかったはず。

「で、悪いことにその遊び仲間は狡猾《こうかつ》な男でねぇ、親切心から金を貸していたんじゃあなかった。いよいよ味噌問屋が傾いた時、その何百両かを帳消しにする代わりに、美女だって評判の娘を寄越せと、こう迫ったんだそうですよ」

そこで一旦言葉を切ると、主は軽く咳払いして声を整えた。

「味噌問屋の店主は人身御供とばかりに娘を差し出して、一家は離散したそうです。娘は大店《おおだな》の店主の妾《めかけ》となって、屋敷の一角に住まわされることになった……」

しかし、と低い声が耳を撫でる。

「不幸はそこで終わらなかった。旦那は残忍な本性を隠し持っていたのです。本妻や妾《めかけ》に贅沢をさせる一方で、凄惨な折檻をして喜ぶ男だった。まるで飴と鞭ですな。さらに、娘はやがて、その旦那に恐るべき性癖があることを知ってしまったんです……」

闇が、急に密度を増して肌に張り付いてきたように感じる。

「――その旦那にはね、死体を集めて愛でるという、世にもおぞましい悪癖があったんです。弟を使って無残に死んだ若い女の遺骸ばかりを盗んできては、別邸に蒐集《しゅうしゅう》するという、ね」

お凛は凝然《ぎょうぜん》として息を呑んだ。一体、何を聞いているのか。大店《おおだな》の兄弟。遺骸を集める。それは、まさか……

「娘は、逃げ出した。そりゃあそうです。誰だって、そんな男と一緒に暮らそうなんて気にはならんでしょうね。しかし実家はもうない。戻るところも、頼れる人もない。娘は永代橋のあたりを当てどもなくさまよって……堀留町に住む、腕のいい板前と出会った」

留七のいる方角から、引き攣《つ》った浅い息遣いが聞こえてくる。

「娘は……元の名をお糸といい、その板前にはお伊予と名乗った」

暗闇に、無言の間が広がった。

「……面白い筋だ」

南北の低い笑い声が立つ。

「なかなか、いい。それで？　旦那はもちろん娘を血眼《ちまなこ》で探したんだろうね？」

「はい、それはもう。自分の秘密を知っている上に、月も恥じらう美女でしたからねぇ。

それで、とうとう見つけちまったらしいんですよ」

いよいよ興が乗ってきたのか、仙之助の声が弾んだ。

「自分が地主をしている長屋に、どうも似たような娘がいると聞きつけて、それとなく差配《さはい》の弟に探りを入れたんですな。いやぁ執念深い。ところでこの弟なんですが、兄の妾《めかけ》には会ったことがなかったそうで、娘とは面識がなかったんです。お陰で、長屋の店子《たなこ》である板前と暮らしはじめた娘の素性に気づかなかったらしい。ところが、どうやらその娘がお糸らしいと知って慄然《りつぜん》とした」

お凛は、思わずごくりと生唾を呑み下した。

「兄はいつ長屋に踏み込んできてもおかしくなかった。お糸に同情した差配《さはい》は、どうにか娘を助けてやろうと心に決めた。それで、娘と板前が諍《いさか》いを起こした日、差配《さはい》は行動を起こしました。もうすぐ兄が現れるから、逃げなさいとお糸を説得したんです。自分の正体が知られていると思わなかった娘は驚愕し、泣く泣く長屋から消えた……」

そこで仙之助がほっと切なげな息を吐いた。

「しかし、兄はそれでも諦めなかった。草の根を分けてでも見つけ出そうと、八方手を尽くして娘を探し続けた。困った。このままでは、お糸は生涯身を隠して生きていかねばならない……そう弟が頭を悩ませていた時、師走《しわす》の火事が起きたのです」

大南北が、低く喉を鳴らす音が聞こえてきた。

「弟はふと天啓を得ました。お糸は逃げたのではなく、諍《いさか》いの挙句板前に殺されていたということにしてはどうか、と。そうすれば、さすがの兄もお糸を諦めるだろうと、そう考えたんですな。弟は、密かに白骨を寮から運び出し、再建途中の板前の部屋の床下に埋めた……」

すうっ、と仙之助が息を吸い込む。

「やがて骨が見つかり、兄は激怒しながらもお糸は死んだとようやく得心した。哀れな板前は打ち首となるだろうが、愛しいお糸のためだ、あの世で許してくれるに違いあるまいと弟は思った。いや、少しの嫉妬もあったのかもわからない。何しろ、輝くばかりに美しく愛らしい娘だったそうですからね。だからせめて、板前への償いに、己も遺骸を弄《もてあそ》んだ狂人として裁きを受けようとした……」

ざあっ、と遠い風の音が轟《とどろ》き、おお、おお、という南北の感に堪えない声が聞こえてきた。

「なんという純粋で献身的で、残忍な男だろうか。鬼なのか仏なのかわからん奴だ。まったく面白い」

ぜえぜえと喉をからした哄笑《こうしょう》に紛れて、留七ともう一人の、恐慌を来《きた》した声が聞こえてくる。

「だ、旦那。その話、どこから。そいつぁ、本当なんで……？」

「くだらん……くだらん……！」

きりきりと歯を噛み締める音に、荒々しい唸《うな》り声がまじる。

くだらん、と自分に言い聞かせるかのように、男は幾度も繰り返す。

しかし、がたがたっ、と不意の風が座敷の雨戸を揺らした刹那《せつな》――

「お糸は、どこだ！」

桔梗屋長介の怒声が上がった。

「答えろ！　どこだ、どこに隠した！」

「えーそんな。あなたに教えられませんよ、そんなこと」

仙之助が清涼な声音で楽しげに答える。

べた、べた、と重いものが畳を這《は》ってくる気配を感じる。

「どこだ！　言え！」

「おっと」

お凛の前から仙之助の気配が消えた。途端、どさりとそこに何かが飛びついた。

「きゃっ！」

お凛が叫ぶと、うぬ、とそれが腹立たしげに唸《うな》る。長介に違いない。

「お糸はどこにいる！」

がさがさと衣擦《きぬず》れの音を立て、長介が闇の中をまさぐりながら吼《ほ》えた。

「お糸は私の妾《めかけ》だぞ！　親の借金も帳消しにして、散々贅沢三昧をさせてやったのに、逃げ出しやがった恩知らずめ。隠すのなら拐《かどわ》かしの罪になるぞ、わかっているんだろうな！」

「野暮だねぇ。そういうところが嫌われるんですよ」

思わぬ方角から軽薄な声が聞こえてくる。

「若造がふざけやがって……そこか！」

長介の羽織の裾が鋭く顔をかすめ、お凛は、ひっ、と飛びのいた。

「おいおい。わしの家の中で遊ぶんじゃないよ」

老爺《ろうや》の呆れたような声がする。

「そんなにむきになるところを見ると、やっぱり本当なんですか？　差配《さはい》さんに命じて女の死体をこっそり集めさせていたっていうのは？　趣味も悪いが、実の弟さんにひどいことをさせるもんだ」

嘆息まじりの仙之助の声が、お凛の耳に届く。

「馬鹿をぬかせ。弟が勝手にやっておるんだ。物狂いはあいつだ」

長介の哄笑《こうしょう》が響き渡る。

「弟といってもあれは親父の妾《めかけ》の子でな。餓鬼《がき》の時分に母親が死んだから、仕方なく奉公人として使ってやっているんだ。差配《さはい》をさせてやっているだけありがたいというものだろう。もっとも、下肥代《しもごえだい》も何もかもあいつにはびた一文もやっていないが。下手くそな戯作を書いてのらりくらりとやっていられるんだから、せいぜい働いてもらわんとな」

「ああ、なるほどねぇ。それで差配《さはい》さんは、お妾《めかけ》のお糸さんに同情したんだ。ほろりとくるね」

遠い声が先ほどとは反対の方角から届いた。だだっ、と長介がそちらへ走る物音が立つ。

「それにしたって、差配《さはい》さんのことはちっとも気の毒じゃないんで？　このままだと、弟さんきつーい処罰を受けますよ。江戸にはもういられなくなるかも……新吉さんなんて死罪になっちまうかもしれない。まぁ巻き込んだのは差配《さはい》さんだけどね。でも、あなたが全部自分のアブナイ性癖のせいだったと言ってくれたら、皆助かるんですけどねぇ」

「ぬかせ。私は何もやってない。死体を盗んだのはあいつ。底抜けの間抜けなのもあいつだ」

はぁはぁと喘ぎながら男がげらげら笑う。

「自分の手はきれいにしときたいわけですか？　嫌だねぇ、お糸さんが逃げるわけだ」

「そっちか！」

「やめろ、触るんじゃねぇや。虫唾《むしず》が走るぜ」

留七が怒鳴り、どかっ、と鈍い音が響く。ちくしょう、と長介が呻《うめ》いた。

「ところで、ねぇ長介さん。弟さんの書いた例の怪談話、どういう最後になるか知ってます？」

また別の方角から涼しげな声がする。

「くそっ、知るか！」

「それがね、あなたにそっくりのその絵師、弄《もてあそ》んだ女の霊に引きずられて地獄へと落ちていってしまうんですよ。血塗《ちまみ》れの阿鼻《あび》叫喚《きょうかん》の中、幕が下りる。どう思います？陳腐だけど、怪談話の最後はやっぱりこうでないと……」

うふふ、という子供のような笑い声と共に、お凜の背後の唐紙《からかみ》が突然がらりと開いた。

「待ちやがれ！」

長介が黒い風のごとくそばを走り抜ける。と、間髪を容《い》れずに最奥の唐紙《からかみ》もばしんと開く。

眩《まばゆ》い蝋燭《ろうそく》の光芒が闇に伸び、お凜は思わず腕で顔を覆った。

「どこだ！　出てきやがれ！」

長介の姿が揺らめく炎の中に浮かび、部屋を走り回る度文机《ふづくえ》の上の蝋燭《ろうそく》の光がすうっと翳《かげ》る。

「蝋燭《ろうそく》を、消してはならんぞ。約束を破ったら……」

抑揚のない大南北の乾いた声が、どこからともなく耳に届く。

「怪異が、現れるぞ」

刹那《せつな》、長介の羽織が蝋燭《ろうそく》をかすめ、いくつかの炎があっけなく消える。

あっ、とお凛が腰を浮かせた時、すべての蝋燭《ろうそく》の炎が意思を持ったかのように、一斉に消えた。

漆黒の闇が瞬《また》く間に座敷を満たした。

「な、なんだ」

長介の戸惑った声が、弱々しく虚《うつ》ろに響く。

「何も見えないぞ、ちくしょうめ」

首筋に刃を当てられているかのごとく、闇がひりひりと肌を締め付ける。耳鳴りのする沈黙の中、お凛は指の先すら動かせずに、浅い呼吸を繰り返した。

鋭敏になった鼻が、覚えのある金気《かなけ》臭い風を嗅いだ気がする。

ああ、そんなはずはない。

かたかたと体がふるえ出すのを、お凛は必死に堪《こら》えようとする。

だって、ここには鳥はいないはず……

「い……」

細い、悲しげな女の声が耳を撫で、お凛はひゅうっと息を呑んだ。

「い……っ……」

軋《きし》んだか細い声が、痛みを堪《こら》えるように啜《すす》り泣く。

血が臭う。

冷や汗がどっとこめかみに噴き出し、どんどんと鼓動が速くなる。

この声に、聞き覚えがある。銀次郎の寮で聞いたのと、同じ……

「なんだ、誰だ?」

「いつ……ま……で……」

むせ返るほどに血腥《ちなまぐさ》い風が鼻を覆う。

「いぃ……つぅ……まぁ……でぇ……!」

地の底から湧き上がる呻《うめ》き声が家を揺るがした。

どどっ、と風が唸《うな》る。耳を掻きむしらんばかりの、腸《はらわた》を焼き尽くすような悲鳴が荒れ狂う。

「おいっ、なんの声だ」

留七が混乱した声を上げる。

「うわ、な、なんだ!」

長介の狼狽した声が聞こえたかと思うと、ばん! と奥の部屋の唐紙《からかみ》が音を立てて閉まった。

その瞬《まばた》きの間、閉じようとする唐紙《からかみ》の奥に、お凛はそれを見た。血のように赤く、骨と皮だけの人面に鋸《のこぎり》に似た歯を持つ巨大な鳥が、ぎょろりと両目を剥《む》いて長介に襲いかかるのを。

「ぎゃぁぁ、開けろ！　なんだこりゃあ！」

長介の声が遠くなる。次の瞬間、お凛の鼻先で、ばしん！　と唐紙《からかみ》が勢いよく閉じた。

開けろ、開けろ、と喚《わめ》いている男の声がさらに遠くなる。意味をなさぬ声を上げて、男が叫んでいる。どしん、どしん、と鳴り響く物音は長介が暴れているのか、それとも……

獣のような咆哮《ほうこう》が響いたかと思うと、すべての音が突如消えた。

……ざわ、ざわ、と雨戸の外で風が鳴っている。

耳を覆って丸くなっていたお凛は、そろそろと顔を持ち上げた。

かすかな音と共に、ふわり、と小さな明かりが闇に灯る。見れば、座敷の反対側に座した老人が、角行灯《かくあんどん》に火を灯していた。

と、お凛は小さく悲鳴を上げた。目の前に仙之助が座しているではないか。

「なんだい？」

お凛の悲鳴に驚いた風に、青年がこちらを振り返った。

「だ、だって、向こうへ、今……」

「向こう？ 私はずっとここにいたよ」

訝《いぶか》しげに答え、何事もなかったかのように南北の方を向く。

「桔梗屋さんたら、いけませんねぇ。百物語の約束事を破っちまって。つくづく無粋なお人ですよ」

「まぁ、いいさ」

明かりに浮かび上がる皺《しわ》だらけの顔を密やかにふるわせ、翁《おきな》がゆったりと笑う。

「実に、楽しい夜になった」

お凛は冷や汗がこめかみから喉に伝うのを感じながら仙之助と南北を見つめ、脇に座っている留七へ視線を向ける。

同じようにびっしょりと顔を汗に濡らしている御用聞きと目が合った瞬間、奥の間から響く断末魔の呻《うめ》き声を聞いた気がして、ぎくりとした。

「実に、楽しい百物語だった」

皺《しわ》に埋もれた両目に行灯《あんどん》の揺らめく明かりを映し、もう一度、嬉しそうに喉を鳴らして老人が言った。

（五）

「いやいやいや、よかったねぇ新吉さん！　また生きてお会いできましたね。てっきりあれが今生の別れかと、実は結構真剣に思っていたんですよ私」

　磨いたような青空に仙之助の弾んだ声が響き渡り、路地で群れていた雀《すずめ》が驚いて一斉に飛び立った。

「そんなそんな、礼なんていいんですよ。この天眼通《てんげんつう》でお役に立つって約束したでしょう？　私は約束を守る男ですから」

「はぁ……」

　畳に座した新吉が、仙之助の満面の笑みを恨めしげに見上げる。

「ちっともよかないですよ。留七親分の手下に二、三発はたかれて、あっしは死ぬかと思ったんだから。元はといえば、旦那さんが床下を掘れなんて言うから」

　百物語の怪談会の、翌日である。

　留七の報せを受けた定町廻《じょうまちまわ》り同心の須藤は、仙之助の話を聞き、ただちに桔梗屋長介と銀次郎にことの真偽を問いただした。そして、桔梗屋の奉公人たちから主人の隠された性癖について聞き出すと、新吉への嫌疑を解いたのだった。

大番屋で数日を過ごした新吉は、無精髭《ぶしょうひげ》が伸びてすっかり憔悴《しょうすい》しきっていたが、幸い牢問《ろうもん》にもあうことなく生還できた。

長屋の開いた戸口からはうらうらと真昼の陽光があふれる路地が見え、どぶ板を鳴らして遊ぶ童《わらし》の歓声が聞こえてくる。新吉の部屋はひっくり返されていた床板と坊主畳も元通りにされ、何事も起こらなかったかのようだ。

けれども、店子《たなこ》たちが時折土間を覗き込んでは、

「大変だったねぇ、新吉さん。これからこの長屋はどうなるんだろうね」

などと言葉を交わして歩き去っていく度に、新吉の表情は暗く翳《かげ》るのだった。

「それで、差配《さはい》さんはどんな様子で……?」

複雑そうな表情の板前に、土間の上がり口に腰を下ろした仙之助は、煙管《きせる》を片手におっとり答える。

「牢屋敷に入ってますが、まぁどうにか無事に過ごしているそうですよ。弥助親分に聞いたところではね、桔梗屋さんがぺらぺら白状したと聞いた途端、素直に全部話したんですって。長介さんの方は急に人が変わったみたいになっちまって、亡者に取り憑《つ》かれ

ている、助けてくれって、夜も眠れず牢屋でぶるぶるふるえているらしいんですよ。何があったか知りませんが、桔梗屋も仕舞いですねぇ」

涼しい顔で煙管《きせる》を吸い、ふうっと煙を吐く。

「それを聞いて差配《さはい》さんは、なんだってあんな小心な男にいいようにされていたんだろうかと、目が覚めたんですってさ。自分に自信が持てないばっかりに、とんでもないことに手を貸してしまった。新吉さんには本当に申し訳なかったって言っているそうです」

そこまで言って、主は少し言葉を切った。

「あのお人は……まったく周到でしたねぇ。火事が起きた上に寮で以津真天が鳴いたもんで、この企みを思いついたんですよ。以津真天のことを匂わせれば、怪異に目がない私が必ず死体を探そうとするはずだと見抜いてた。新吉さんの腰が引けちまったら困るから、新吉さんには死体のことを伏せておいた上でね。おまけに自分の戯作のこともぺらぺらと私に喋って、死体泥棒が誰なのかを教えたりしてねぇ。狡猾《こうかつ》なんだか潔《いさぎよ》いんだか」

「今になって思えば、お伊予の奴、他の長屋へ移りたいって何度もあっしに言ったんですよ。でもあっしは、ただの我儘だと思って取り合わなかった。桔梗屋が地主だと知って、いつあの店主が現れるかと気が気じゃなかったんでしょうね……」

俯《うつむ》いたまま、新吉がぽつりと呟く。

「――差配《さはい》さん、お伊予を助けるつもりなら、あっしに打ち明けてくれたらよかったんだ」

怒りとも悲しみともつかぬものが声に滲《にじ》む。

「そこがあの人の屈折しているところなんだな。あなたに嫉妬したのかもわからんし、打ち明ける勇気がなかったのかもしれないし。人を信じない性質《たち》だったんですよ」

仙之助は遠くを見るように目を細め、煙管《きせる》を指の間で弄《もてあそ》ぶ。

「なんでもね、お妾《めかけ》だったおっかさんが死んで桔梗屋に引き取られたものの、小さい時分から皆に苛め抜かれて育ったそうなんですよ。長介さんがまた、ああいう人でしょう。今日こそ殺されるに違いないと思う毎日だったんですってさ」

長介は度外れて残忍な少年だった。突然思い立っては腹違いの弟を蔵に三日三晩閉じ込めて半死半生にするとか、堀に突き落として溺れる様を眺めるとか、着物に毒虫を仕込んで銀次郎が死にかける様を観察するとかしては喜んでいたそうだ。内向的で、絵を描いたり本を読んだりするのが好きだった銀次郎は、生き地獄のような日々を桔梗屋で過ごし、長じる頃には無抵抗に兄に屈服する弟となっていた。そして唯一、細々と戯作を書くことだけが彼の生き甲斐になっていたのだという。

「まぁ、だからといって新吉さんに殺しの罪を着せようとしたことが許されるわけじゃありません。江戸所払《ところばら》いくらいにはなっちまうかもしれない。だけど、あのお人には戯作があるからね。意外と大丈夫なんじゃないかな」

口の中で転がしていた煙を、ぽっ、と吐き出す青年に、新吉は堪《こら》えきれぬ様子で切り出した。

「それで、その……お伊予は。お伊予はどこにいるんですか？　旦那さん、ご存じなんでしょう？」

「そう、そのことですよ。もったいぶらずに教えてくださいよ」

新吉の隣でお凛も固唾《かたず》を呑んで主を凝視した。すると、うん、と気楽な言葉が返ってくる。

「どこにいるか、知りたい？　知りたいよねぇ。まぁでもちょっと考えてみなさいよ。お伊予さんことお糸さんは、逃げ出しはしたけれど桔梗屋さんのお妾《めかけ》だってのは契約があるから変えられない。そうだろう？　じゃあどこへ逃げたらいいと思う？」

得意げに鼻をひくつかせるので、お凛はもどかしげに身を乗り出した。

「ええと、親御さんのところとか？」

「借金棒引きの代わりに自分を桔梗屋に差し出す親だよ？　頼れると思う？」

「遊所に身を隠す、とか……？」

新吉がおそるおそる言った。

「あんたね、お伊予さんは箱入り娘だって自分で言ってたでしょう。そんな人に遊女が務まるとは思えないよ」

「じゃ、どこなんですか？」

悲痛な声で新吉が迫る。

「亭主と別れたい女が逃げ込むところですよ」

意味ありげに仙之助が応じる。えええ、と新吉はしばし泣き出しそうな表情で身を揉んだ。

「亭主……？」

呟いて両目を剥《む》く。

「あ、ま、まさか……か、鎌倉？　鎌倉ですか？」

あっ、とお凛も絶句するのを見て、青年が歯を零《こぼ》して笑った。

「そうですよ。あそこには東慶寺《とうけいじ》があるからねぇ」

鎌倉の東慶寺といえば松ヶ岡御所《まつがおかごしょ》とも称される権威ある尼寺で、上州満徳寺《じょうしゅうまんとくじ》と並び女たちが駆け込む縁切り寺として名高い。妻からの離縁がかなわぬ場合、寺社奉行直轄の権威を備えた東慶寺に駆け込んで、離縁を仲裁してもらうのだ。寺は事を荒立てぬように夫には内済《ないさい》を勧めるが、夫がそれに応じぬ場合、縁切寺法の定めるところにより妻は二十四ヶ月寺に奉公し、その後に晴れて離縁が認められる。

「縁切寺にはお妾《めかけ》も駆け込めるんですよ。知ってました?」

仙之助が付け加えた。

妾《めかけ》にも色々あるが、多くの場合は妾《めかけ》奉公として旦那となる男と契約を交わしている。これは妾《めかけ》の生活を保証する代わりに、契約が有効である限り奉公から逃れられないことをも示すのである。契約を結んだからには、別れたいとなったら即自由、とはいかない。きっちり法に則って契約を解かねばならないのだ。縁切り寺ではその手助けをしてくれる。

仙之助によると、妾《めかけ》が旦那と離縁する場合、本妻とは異なり寺への奉公は半季で済むのだという。なるほど、あの桔梗屋店主から逃れるためには、そのくらいしないといけないのかもしれない、とお凛は驚きながらも納得した。

縁切り寺のことに思い至った仙之助は、お伊予は鎌倉へ逃げたのではないかと見当をつけた。そして、東慶寺近くで駆け込み女の世話をする御用宿《ごようやど》に事情を記した手紙を書き、お伊予宛ての手紙も添えて富蔵に託したのだった。

「親には捨てられ、頼れる人もいない。あの執念深そうなご店主から逃げられそうな場所といったら、縁切り寺しかないんじゃないかと思ってね。それで、見事お伊予さんのいる宿を探し当てて、お伊予さんから返事をもらったんですよ。桔梗屋さんの悪癖や、長屋を逃げ出した経緯も教えてくれました。……ああ、それからね、お伊予さんは寺に入るのを見合わせたんですって」

「ど、どうしてですか？」

新吉が血走った目でにじりよる。

「寺から桔梗屋へ知らせが行けば、たとえ表面上は離縁に応じたとしても、あの旦那はいつまでも自分をつけ回すと思ったらしいですよ。それともう一つ、のっぴきならぬ理由ができた」

「なんですか⁉」

お凛も鼻息荒く主に迫る。

「体の調子が悪かったんです」

「えっ？　病《やまい》ですか？　重いんですか？」

新吉がさっと青ざめた。

「ま、病《やまい》とは違うが、大事には違いない」

「ちょいと旦那さん、謎かけなんぞしてる場合じゃ……」

気色ばんだ新吉の顔に、すうっと空白が過《よぎ》った。

言葉を失ったように仙之助を見下ろすと、仙之助の黒い濡れ濡れとした瞳が涼しげに見つめ返す。

「や、やや子……ですか？」

新吉の顔に驚愕が広がり、次の瞬間には頬がさあっと赤く染まった。

「そうなんですね。やや子が腹にいるんでしょう？」

「そういうこと」

煙管《きせる》をくゆらせる仙之助をよそに、男は肩を揺らして呆然と喘ぎ、「やや子、やや子」と口走った。そして「てぇへんだ……てぇへんだ……」と急に立ったり座ったりしはじめたかと思うと、土間をせかせか歩き回り、かと思うと路地に飛び出してまた駆け戻ってくる。むやみに鍋を上げ下げしてみたり、桶に蹴躓《けつまず》いたり、障子に手を突っ込んだりと、危なっかしいことこの上ない。

「まぁ落ち着きなさいよ、新吉さん。お伊予さんも、身籠もっていることにはそれまで気づかなかったそうなんです。それでね、鎌倉に着いた頃にはやや子が流れちまわないかってくらい具合が悪くて、寺に入るどころじゃなかった。おまけに、新吉さんとの子ができたと知れたら、旦那がどれだけ怒り狂うかわかったもんじゃない。子にまで危害が及ばないとも限りませんからね。だから御用宿《ごようやど》に匿《かくま》ってもらいながら、身二つになるのを待つことにしたんだそうですよ。……ああ、今はずいぶん落ち着いて、腹の子も元気ですって。あと三月ってところでしょう。新吉さんのことをえらく案じてましてね。心配いらないよと返事を送っておきましたけど、あなたが自分で会いに行った方が話は早いでしょうね」

ほら、と仙之助は懐から文を一通取り出す。

「お伊予さんからですよ」

新吉はぶるぶる両手をふるわせながら受け取って、黙って文面に目を走らせた。

次第に呼吸が浅くなり、両目に透明なものが盛り上がってくる。と、新吉は土間にがくりと蹲《うずくま》った。そして無精髭《ぶしょうひげ》だらけの顔を文に埋めると、唸《うな》るように泣き出した。

男の尖った肩が激しく揺れる。それを見ているうちに、お凛までもらい泣きしそうになって、つんとしてくる鼻を上に向けて目を瞬《またた》かせた。

嬉し泣きの嗚咽《おえつ》が路地で遊ぶ子供らの歓声とまじり合い、不格好で不揃いの、けれどもやさしい音曲のように耳に染みる。

「御用宿《ごようやど》や医者の費用を、差配《さはい》さんは借財を重ねて払っていたんだそうですよ。新吉さんにも頃合いを見て知らせるから辛抱しろと、嘘を言って。差配《さはい》さん、お伊予さんに惚れてたのかな。それとも罪滅ぼしだったんでしょうかね」

水のように滑《なめ》らかな声で仙之助が言う。

「まったくひどい話だ。ねぇ？　新吉さんのことも地獄への道連れだとか考えていたんですよ、きっと。腸《はらわた》が煮えくり返りますよねぇ」

手のひらで顔を拭い、啜《すす》り泣きながら新吉は顔を上げた。

「まったくだよ。とんでもねぇ野郎だ」

割れた声で囁《ささや》き、ごしごしと拳で目を擦る。

「だがまぁ、お伊予と腹の子を守ってくれたんだ。二人のために死ぬならあっしだって本望でさぁ」

おや、男前だねぇ、と仙之助が笑った。

「じゃ、こいつはお返ししましょう。本当は惜しいけど、お伊予さんが戻って鳥が消えちまってたら悲しむでしょ？　私からのお祝いってことで。もう鳴き喚《わめ》くこともないだろうから、安心してここに置いたらいいですよ」

そう言いながら、脇に置いていた鳥籠をひょいと新吉へ差し出した。餌を漁っていた真っ赤な鸚哥《いんこ》が、胸を反らして麗々《れいれい》しい声で囀《さえず》る。

「えっ、でも……いいんですか？　旦那さんにはご迷惑をかけっ放しで……」

「いいから取っときな。今度波膳でご馳走でもしてくださいよ」

恐縮しながら鳥籠を受け取った新吉は、しばし玉を転がすような鳴き声に聞き入って、ぽつりと言う。

「ねぇ、旦那さん。あの人……鬼だったんですかね。それとも、仏だったんでしょうかね?」

子供らが路地を走り抜け、笑い声が幻のように後を追っていく。どこかで犬が吠えている。昼九つ（正午）の時鐘に合わせて、機嫌よく緋鸚哥《ひいんこ》が鳴く。

「人ですよ、ただの」

薄暗い土間から表を目を細めて見やりながら、仙之助が遠い声で答える。

お凛はつられて青年の視線を追った。

眩《まばゆ》い初夏の日差しが、青空から降り注いでいる。

潮騒に似たざわめきが満ちる町に、さんさんと、惜しみなく。

お凛たちが見つめる前で、光は刻一刻と、その輝きを増していた。

笹目いく子
独り剣客 山辺久弥
おやこ見習い帖
孤独な剣客が
出会ったのは、
秘密を抱えた幼子だった。

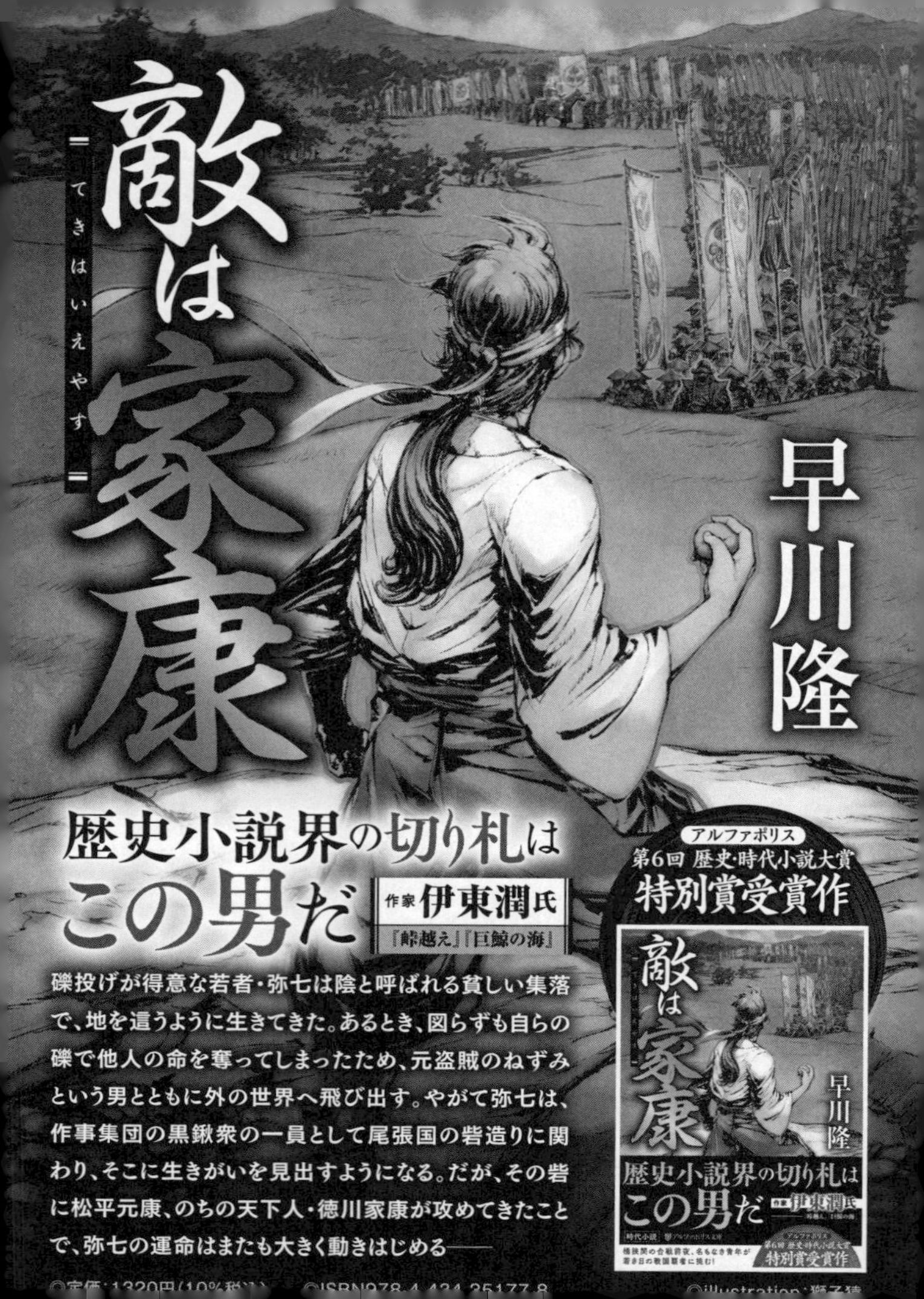

敵は家康《てきはいえやす》
早川隆
歴史小説界の切り札は
この男だ
作家 伊東潤氏
『峠越え』『巨鯨の海』
礫投げが得意な若者・弥七は陰と呼ばれる貧しい集落で、地を這うように生きてきた。あるとき、図らずも自らの礫で他人の命を奪ってしまったため、元盗賊のねずみという男とともに外の世界へ飛び出す。やがて弥七は、作事集団の黒鍬衆の一員として尾張国の砦造りに関わり、そこに生きがいを見出すようになる。だが、その砦に松平元康、のちの天下人・徳川家康が攻めてきたことで、弥七の運命はまたも大きく動きはじめる——
アルファポリス
第6回 歴史・時代小説大賞
特別賞受賞作
敵は家康
早川隆
歴史小説界の切り札は
この男だ
時代小説
特別賞受賞作
◎定価：1320円（10%税込）
◎ISBN978-4-434-35177-8
◎illustration：獅子猿

この作品に対する皆様のご意見・ご感想をお待ちしております。

おハガキ・お手紙は以下の宛先にお送りください。

【宛先】

〒150-6019 東京都渋谷区恵比寿4-20-3 恵比寿ｶﾞｰﾃﾞﾝﾌﾟﾚｲｽﾀﾜｰ19F
（株）アルファポリス　書籍感想係

メールフォームでのご意見・ご感想は右のＱＲコードから、
あるいは以下のワードで検索をかけてください。

アルファポリス　書籍の感想　検索

ご感想はこちらから

アルファポリス文庫

深川《ふかがわ》あやかし屋敷奇譚《やしききたん》

笹目いく子（ささめ いくこ）

2025年　2月　5日初版発行

編集－塙 綾子
編集長－倉持真理
発行者－梶本雄介
発行所－株式会社アルファポリス
〒150-6019 東京都渋谷区恵比寿4-20-3 恵比寿ｶﾞｰﾃﾞﾝﾌﾟﾚｲｽﾀﾜｰ19F
TEL 03-6277-1601（営業）　03-6277-1602（編集）
URL https://www.alphapolis.co.jp/
発売元－株式会社星雲社（共同出版社・流通責任出版社）
〒112-0005 東京都文京区水道1-3-30
TEL 03-3868-3275
装丁イラスト－丹地陽子
装丁デザイン－AFTERGLOW
印刷－中央精版印刷株式会社

価格はカバーに表示されてあります。

落丁乱丁の場合はアルファポリスまでご連絡ください。

送料は小社負担でお取り替えします。


ISBN978-4-434-35176-1 C0193